図説 ケルト神話伝説物語

マイケル・ケリガン　高尾菜つこ 訳
Michael Kerrigan　Natsuko Takao

CETIC LEGENDS
HEROES AND WARRIORS,
MYTHS AND MONSTERS

原書房

図説
ケルト神話伝説物語

目次

序章　ケルトの民族 ･･････････････ 2

ケルティック・フリンジ　6　　実在の民族？　8
ヨーロッパの「異質な民族」　10　　ケルトの年代記　12
アルプス起源　12　　鉄器時代の進歩　14
エリート戦士　15　　派手な消費　17
拡大主義　18　　周縁部へ　22
◆人種vs文化　9　　◆湖の秘密　19
◆グネストルップの大釜　22　　◆入り混じる言語　24

第1章　ケルトの世界観 ･･････････････ 28

多神教のパラドックス　31　　アイルランドの宿命　34
異教徒の詩的表現　35　　場所をめぐる詩　36
流動する神々　38　　樹木と変容　41
ダグザ　46　　ダーナ神族　52
戦争と侵略　56　　ダーナ神族の支配　60
ゲールの勢力　62
◆光あれ　33　　◆アニミズム　34
◆変身とモダニズム　44　　◆神聖でない一団　53
◆ケルトの創世記　57　　◆ルナサの祭り　61

第2章　アルスターの戦争 ･･････････････ 64

人間的な歴史　67　　宿された紛争の種　70
偉大な王　72　　戦争の兆し　73
理想の男　76　　逃避行　78
不幸な帰国　79　　悲しみのディアドラ　82
宿されたクー・ホリン　85　　アルスターの息子セタンタ　87
エマーへの求婚　89　　名誉の問題　91
重なるストーリー　92　　悲劇の再会　94
ふたりの豚飼い　96　　夫婦げんか　97
雄牛を買う　98　　軍隊の召集　99
殺戮の予感　100　　遠征の経路　102

進軍中　103　　四つ又の浅瀬　105
さらなる障害　108　　笑えない喜劇　109
付随する損害　111　　モリガンの訪れ　112
追いつめられたドゥン・クーリー　113　　水位の上昇　115
投石器から一騎打ちまで　115　　戦闘か逃亡か　117
クー・ホリンの疲労　120　　ありがたい休息　122
戦闘復帰　122　　ファーディアとの戦い　125
アルスターでの戦闘　128
◆海上のアルスター　69　　◆神話と人間　71
◆タブーの罠　80　　◆アイルランドの象徴　84
◆消しさられた不貞　95　　◆メイヴの都？　100
◆書きまちがい？　106　　◆フェルギュスとフロイト　114
◆恋の恨みはおそろしい…　118　　◆車輪の戦い　126
◆魔性のフィナバル　128　　◆戦争の作法　130

第3章　フィン物語群　……………………………… 132

アウトサイダー　134　　知恵の鮭　138
タラの丘　139　　王に仕えて　141
父親となったフィン　143　　ニァヴと妖精の国へ　145
失恋　150　　因果応報　152
自己満足と堕落　154　　ガヴラへの道　157
フィナーレ？　159　　いいかげんな民間伝承　162
巨人同士の対決　162
◆宝の袋　135　　◆家族の価値？　137
◆サウィン祭　141　　◆オシアン疑惑　148
◆道徳の限界　153　　◆風景の一部　160

第4章　ウェールズのマビノギオン　………………… 166

廃墟　168　　永遠の存在感　170
騎士物語の再発見　171　　『マビノギオン』の変身　174
宮廷風の特性　175　　家族のドラマ　177
魔力と危害　179　　境界域の伝説　180

呪いと祝福　181　　荒野の７人　183
虐げられた弟　184　　運命の出会い　187
友好的でない父親　187　　いくつかの「頼み事」　189
動物の助言者　192　　追いつめられた猪　194
きわどい一撃　195　　姿を消した王子　196
子馬の行方　199　　ダヴェドの誇り　199
タリエシンの物語　206
◆たくさんのウォルトン　170　　◆ケルトの王様？　172
◆マビノギオンをつくった女性　178　　◆豚の威光　181
◆自然な美しさ　186　　◆鮭と息子　194
◆馬の力　201　　◆オイディプスの動揺　206
◆救い主の象徴　211

第５章　「いざ荒野へ！」……………………………… 212

武器をすてた騎士　213　　騎士道物語の反逆　216
信仰から民間伝承へ　219　　おそろしい物語　219
洗濯女たち　224　　失われた国、沈んだ都　226
◆夜の羊飼い　217　　◆秘密の共和国　218
◆嵐をよぶヌベル　223　　◆厳しい母親　224
◆人をまどわす道案内　226

第６章　ケルトの遺産 ……………………………… 228

ワーグナーの警告　232　　ケルト人への優越感　234
移民と異郷生活　236　　リールの子どもたち　239
白鳥にされた子どもたち　240　　魂の眠り　242
ケルトの白鳥の歌　243
◆人種理論　235　　◆吟遊詩人と恥知らず　238

用語解説　246
訳者あとがき　247
索引　250
図版出典　256

序章

ケルトの民族

　陰謀や魔法、愛や戦争、家族の不和、名誉や恥辱、栄光や苦難──そんな物語の数々に彩られたケルトの伝説は、すぐ目のまえにありながら、遠くかけ離れてもいるという不思議な感覚に包まれている。

　アイルランドでは、シー（Sídhe）はいつもそこにいるといわれた。日常の世界を超越しながらも、そのすぐ隣にある領域で、彼らは「現実の」世界の影として存在し、不可思議な現象をひき起こしていた。妖精、先祖の魂、神、女神、幽霊など、シーはこれら全部かそれ以上だったかもしれないし、あるいはそのいずれでもなかったかもしれない。彼らの棲むもうひとつのアイルランドは、現実のアイルランドのすぐそばにあり、つねに影響をおよぼしている。それはシーの棲み処とされる塚が、白日の光のなかでは、目がくらんでよく見えないが、それでもたしかに存在しているのと同じだ。彼らは真夜中に姿を現し、いっしょに暮らすのにいちばん有望な子どもをつれさったり、妻にするのにいちばん美しい女をさらったりした。シーの好意や嫉妬は、人間を翻弄し、彼らに祝福されるか呪われるかによって、一族の運命が決まることもあった。

　そんなシーの存在を日常の現実世界において感知できるの

前ページ：半人半鹿の姿をした豊饒の神ケルヌンノスは、ケルト人の自然との一体感を象徴していた。

は、このふたつの世界が、ある「境界域」で交わるときだった。それは魔法がかかり、幻が形となり、想像と知覚が一致する瞬間である。日暮れや明け方の薄明かりのなかで、もうひとつの世界をすぐそばに感じるその感覚は、なにか圧倒されるような感覚だった。祭りの興奮のめくるめくような恍惚のなかで、正常な意識や法則はすべて歪められた。一方、シーの存在を感じられる特定の瞬間があったとすれば、それを感じられる特定の場所もあった——木立ちや生け垣、丘の斜面、小川や池など。突然、不思議な前兆によって風景がゆらいで見えたら、それはシーがそこにいるという合図だ。アイルランドの詩人ウィリアム・バトラー・イェーツは、19世紀末に書いた詩において、アイルランドの田舎や人々の意識のなかで、魅惑的な美しさをもつ反面、不穏な脅威でもあったシーの二面性を表現している。

下：死を予告するというバンシーが、アイルランドのある村の上空で悲しげに泣き叫び、あの世からの不吉なメッセージを伝えている。

　　月光が波を打ち暗い灰いろの砂浜に
　　光の磨きをかける場所、
　　遠い向うのロッシズの岬のそばで、
　　私らは一晩踊って夜をあかす、
　　古い踊りを織りまぜて、
　　互いに手を組み、目くばせし合い、
　　月がどこかへ消えるまで、
　　あちらこちらと跳ねまわり、
　　泡立つ波を追いかける。
　　この世は煩（わずら）いごとばかり、
　　眠っていても苦労は絶えぬ。（中略）

　　グレン＝カーにのぞむ山々から
　　うねる流れがたぎり落ちて、
　　びっしりと藺草（いぐさ）の茂る淀（よど）みをつくり、
　　星影一つ映す隙間（すきま）さえも与えない。

上：どんよりした空のもと、ディングル湾の沿岸に波が激しく打ちつけている。ここで精霊の世界と人間の世界が交わったのだろうか。

私らはそこにまどろむ鱒を探し当て、
魚の耳にささやいて
やつらの夢を掻き乱す。
露のしたたる羊歯の葉から
小川の流れに
そっと身をのり出して。（中略）
──「さらわれた子供」（1889年）
[『対訳イェイツ詩集』（高松雄一編、岩波書店、2009年）]

　今日のアイルランドでは、広く都市化が進み、人々は安定したサービスと知識にもとづく経済のなかで、繁栄と幸福を追求している。一方、それにともなって、不安定な雇用や家庭崩壊、依存症や犯罪といった現代社会のおなじみの問題が生じている。そんななかでも、シーはつねに奇想天外な物語の世界に生きている。忘れられた伝説や夢想、精霊の営みなど、シーの世界は自然や超自然の物語に満ちている。ただ、多くの場合、そんなばかげた物語を信じる者はほとんどいない──まるで古い神話の存在自体が、神話であるかのようだ。わたしたちがもうひとつの世界をごくわずかでも感じら

れるとすれば、それは遠い西の果て、忘れられた湖やひっそりと流れる小川、不気味な沼地が月に照らされる夜だけだ。しかし、シーの世界は、たとえ長く忘れさられていたとしても、完全に失われたわけではない。それはいまでも、たしかに存在している。

ケルティック・フリンジ

　ディングル湾の切り立った岸壁やメイヨーの荒野、ドニゴールの砂丘が、アイルランドの都市住民にとって異質なものであるように、ヨーロッパ諸国にとっては、アイルランド自体が異質な存在になっている。すぐ沖合に位置するイングランドにおいてさえ、アイルランドは遠く離れた異郷とみなされてきた。何世紀にもわたって、アイルランドは荒涼たる辺境の地とされ、文字どおり、「柵の向こう側（ビヨンド・ザ・ペール）」とされていた——ペールとは、中世以降、アングロ・サクソンが支配したダブリンの植民都市周辺をさす。秩序ある領域の向こうでは、混沌として謎めいた——しかもおそろしい——世界が広がっており、部族民が野蛮な言葉で互いに意味のわからない

下：神秘的な夕暮れの光のなか、スペインのガリシアにある立石は、ケルトの神秘を伝えるとともに見る者の魂をゆさぶる。

ことを話している…。そんな奇怪なイメージは、かつて露骨な植民地政策を正当化する根拠となったが、いまではやや侮蔑的な印象をあたえるにすぎない。しかし、アイルランドが隔絶された地であるという感覚は、いまも残っている。それは荒々しいエネルギーを秘めた地であるばかりか、叙情に満ちた感性や詩歌を生み出す地でもあり、もちろん、神秘と魔法の地でもある。すなわち、アイルランドこそ、真の「ケルト」国家というわけだ。

　ウェールズにも、まったく同じことがいえる。ウェールズは、イングランドによる強引な征服にもかかわらず、700年にわたって、独自の文化を守りつづけてきた国だ。ウェールズ人は、どんなに抑圧されてもけっして屈せず、独自の言語や吟遊詩、歌や踊りといった芸術的手段によって、アングロ・サクソンの支配に抵抗してきた。一方、ウェールズのナショナリズムが、今日までおもに文化的領域で示されてきたのに対し、スコットランドのナショナリズムは、政治的な領域で発揮されてきた。スコットランドのそうした観念的傾向は、セントラル・ベルト——中央の人口稠密地帯——における脱工業化社会の構造を反映している。実際、同じスコットランドでも、ゲール語を話す西のハイランド地方とアイランズ地方では、印象がまったく異なる。夏の夕暮れにヘブリディーズの海岸に立ち、真っ赤な太陽が西の海へと沈むようすを眺めていると、現在から、はるか昔の魔法の時代へとつれていかれるような感覚を覚える。現実の外側にいるというこの感覚は、遠いコーンウォールの洞窟で岩に囲まれて座っているときや、ブルターニュのひっそりとした静かな砂浜を歩いているときにも体験される。というのも、フランス北西部の沿岸地域には、同国内のほかの地域よりも、むしろウェールズやコーンウォールに似た雰囲気があるからだ。このことは、スペイン北西部のガリシアにもあてはまる。

　こうした地域には、現代社会の主流からはずれたような感じがあり、そうした感覚は地理的なへだたりによってさらに

強まる。実際、これらの地域は、すべて各陸塊の西の端にあり、いずれもヨーロッパの外縁に位置している。そのため、こうした沿岸地域は、その神秘的な雰囲気や独特の心理地理学的アイデンティティーもふくめて、「ケルティック・フリンジ（ケルト周縁部）」と総称される。夜明けまえの一瞬や日没後の一瞬と同じく、このケルティック・フリンジもまた、「境界域」を感じさせるところだ——境界の向こうには、ただ大西洋という底知れぬ深みが広がっている。

> こうした海岸の向こうには、ただ大西洋という底知れぬ深みが広がっている。

実在の民族？

　アイルランドのように、大半の人々が本質的にはヨーロッパのほかの民族と同じような生活を送っている国を、ほかの地域とことさらに区別するのは、あまりに乱暴かもしれない。たしかに、ケルト文化の神秘性を魅力的に感じさせているのは、ケルティック・フリンジのような地域に、古い歴史とロマンティックな叙情性を期待する現代文明の「投影」にほかならない。この意味での「ケルト」とは、神話そのものであり、先祖代々の考え方である。そこでは英雄的戦士や賢者、吟遊詩人や恋人たちといった種族が、ずっと昔に失われてしまった古代の価値観を象徴している。しかし、正直で情熱的なケルト人は、おおらかで熱い「心」をもつとされた一方、じつは冷酷で打算的な「頭」で動くことも、たびたびだったようだ。

　20世紀の精神医学者ジークムント・フロイトによれば、無意識の領域に秘められた本能的衝動の源泉イドは、意識領域のエゴ（自我）がもつ理性によって、完全におおい隠されてもいなければ、統制もされていない。そのため、ケルト人は、これまで二面的な性質をもつ民族と考えられてきた——その起源は古代にまでさかのぼる。しかし、だからこそ、彼らの神話や芸術における類まれな直接性は、異質ではあるも

人種 vs 文化

　民族誌学の近代的研究がはじまった19世紀では、さまざまな民族を「人種」の観点から考えることが当然とされていた。異なる民族グループには、それぞれ異なる特徴があった——それは体格の違いだけではなく、気性や能力の違いでもあり、こうした特徴は、ひとつの人種を形成するうえで本質的な側面とされた。たしかに、そうした考え方は筋のとおった論理であり、もとは人種を純粋に学術的に理解したいとの思いから生じたものだったが、結局はステレオタイプを生み出しただけだった（最悪の結果として、それはアフリカやアジア、南北アメリカにおける植民地政策の拡大にともなう残虐行為の根拠となり、ついにはナチのユダヤ人大虐殺を正当化することにつながった）。たとえば、がっしりした体格のテュートン人は、強くて堅実で組織化された民族とされ、情熱的だが激しやすい南ヨーロッパ人や、繊細で叙情的——だが基本的に頼りにならない——ケルト人とは対照的だった。

　しかし、今日では、こうした独断的な考え方は、信頼性に欠ける人種的概念以外のなにものでもない——DNAにもとづく研究から、それがたんなる偏見による「科学」の嘘であることが明らかにされている。とくに「ケルト人」の人種的アイデンティティーについては、大きな議論がまきおこされた。それまでケルト人として分類されていた民族が、遺伝子学的に互いに深いつながりをもっていたという確証はまったくない。少し考えてみれば、なぜこうなるかは明らかだ。ケルト社会についての考古学的論考によれば、ケルト社会はそもそもエリートに支配された社会であり、彼らの拡大のパターンを見れば、さらに納得がいく。つまり、首長とその配下の者たちは、行く先々で支配した民族に自分たちのやり方を押しつけた。その結果、多くの社会が、征服者によってもちこまれた考え方や価値観をとおして同化した。「ケルト人」であることのゆえんは、血統ではなく、文化によるところが大きかったというわけだ。

のの、つねに魂の奥底からわき上がるような感動を、わたしたちにあたえてくれるのではないだろうか。

　そもそもケルト人とは何者だったのか。彼らはどうやってこの半伝説的な地位を得るようになり、わたしたち自身の野蛮な側面を象徴するような不穏な雰囲気をまとうようになったのか。この疑問に対しては、明快な答えもなければ、完璧な答えもない。現代のわたしたちにも通じるケルト神話の二面性について、完全に理解することは不可能かもしれない。ただ、それをどう解釈するにせよ、古代にさかのぼって考えてみる必要がある。

ヨーロッパの「異質な民族」

紀元前390年7月18日のどんよりとした夏の日、ローマ北東の開けた田園で、執政官のマルクス・ポピリウス・ラエナスは、みずからの軍隊によびかけた。彼のまえにずらりとならんだ兵士たちは、よく訓練され、統制のとれた歴戦の勇士ばかりだった。いくつもの戦闘をとおして腕を磨き、近隣都市とのたえまない争いを果敢に戦いぬいた彼らのおかげで、ローマ共和国はラテン諸国随一の大国となった。しかし今回、ラエナスは状況が大きく異なることを警告した——そこにはかつてないほどの憂慮すべき危険があった。「おまえたちが敵とするのは、倒せばこちらの味方になるようなラテン人やサビーニ人ではない。われわれが剣を抜く相手は、殺さなければこちらが血を流すことになる野獣なのだ」

ラエナスが正確にどんな言葉を使ったかはわからない——この話を記したのは、400年後のローマの歴史家リウィウスだった——が、彼がこうした言葉を発した可能性は十分にある。ケルト人に対するラエナスの見解が、今日でいうところの人種差別にあたるとするならば、彼の軍隊が戦線を維持できなくなったとき、実際にどうなったかを見てみよう。

ローマ軍が敗走し、無防備となった町は、侵略者の一斉攻撃にあい、無慈悲な略奪や破壊の犠牲となった。恐怖に震えあがる民衆や、どうすることもできずにカピトリヌスの丘に隠れていた最後のローマ兵にとって、ケルト人はまさに猛りくるう狼のように見えただろう。しかも、彼らは強姦や殺戮を重ねただけでなく、ローマの歴史的建造物や貴重な文書を破壊した——要するに、ケルト人は文明国家としてのローマの証をなにもかも破壊したのである。

> ケルト人は、文明国家としてのローマの証をなにもかも破壊した。

このローマ略奪の残酷さとローマ共和国が受けた屈辱の深さは、西欧世界に衝撃をあたえた。おそらく、それはほかのどの出来事よりも、ケルトの名を歴史に深くきざみこみ、彼らのイメージを近代にいたるまで決定

づけた。実際、ケルト人
は西欧の人々の心に、野
蛮で抑制の効かない「異
質な民族」として記憶さ
れることになった——
文明や理性や近代性が
何世紀にもわたって秩
序を伝えてきたが、ケル
ト人はその表面下にひ
そむ闇と混乱そのもの
だった。

　こうした「異質性」
が、ふたつの正反対の解
釈を生んだのはいうまでもない。古代ギリシア・ローマの一
部の著述家にとって、ケルト人は卑劣で無教養な人間以下の
存在だった一方で、著名な歴史家タキトゥスのような者たち
にとって、ケルト人は独立心旺盛な不屈の民族であり、「文
明」社会で失われてしまった自由な精神の持ち主だった。し
かし、どちらの側も、ケルト人みずからが自身について考え
ていたようには、彼らを理解していなかった。

　よくいわれることだが、歴史とは、勝者によって書かれた
物語である。ローマの勢力拡大によって、ヨーロッパ全土に
広がっていたケルト文化は、最終的に駆逐されることとなっ
た。わたしたちは建築から科学、政治、法律、言語にいたる
まで、現代のあらゆる事柄がローマに由来していることを知
っている。しかし、それと同時に、何世紀にもわたってヨー
ロッパを支配していたケルト文化に対するローマの偏見も、
同じく今日まで受け継がれている。ケルト文化の功績が、ロ
ーマ文化の功績とまったく同様に重要であることは明らかな
のだ。

上：どんなに神聖なローマの神殿も、ケルト人に襲撃され、どんなに立派な聖職者も、彼らに虐殺された。

ケルトの年代記

　もしケルト人がみずからの年代記を残していたなら、彼らはもっとよく理解されていたかもしれない。しかし、ケルトの歴史の大部分にわたって、彼らは文字の読み書きをしなかった——信仰によって文書の使用が禁じられていたようだ。では、このヨーロッパでもっとも謎めいた民族のことを、しかもただでさえ、そのステレオタイプなイメージのせいで、ほんとうの姿が見えにくいケルト民族のことを、わたしたちはどうやって知りうるのだろうか。さいわい、ケルトについて一定の情報を提供してくれるばかりか、古代ギリシア・ローマ時代に書かれた書物への批評も提供してくれる史料があるおかげで、当時の記録がほんとうに有益なものかどうかを公平に判断することができる。まだ解明されていない部分も多いが、こうしたさまざまな記録をつなぎあわせていけば、すくなくともケルトという実在の民族の概要をつかむことはできそうだ。

> このヨーロッパでもっとも謎めいた民族のことを、わたしたちはどうやって知りうるのか。

アルプス起源

　オーストリアのハルシュタットという村にそびえる山々の高みには、荒涼とした峡谷に、有史時代をとおして採掘されたという岩塩坑がある。しかも18世紀以降、長い年月にわたって、鉱山労働者たちがその曲がりくねった坑道のすみずみから、先史時代の遺物を掘り出してきた。鉱床のなかで文字どおり塩漬けにされ、その化学作用によって長く保存されてきた遺物の数々は、約3000年まえに、これらの坑道で働いていた男たちが残した種々雑多な物品だった。たとえば、房のついた革製の帽子は、坑夫たちがつるはしや木槌で塩の層をたたき割ったり、木製の平らなシャベルで塩をすくい上げ、それを獣皮の背負い袋につめこんだりするとき、彼らの頭を多少は保護する役割もあった。トウヒやマツの小枝は、束にして松明にされ、この迷路のように入り組んだ、暗い坑

上：オーストリアのハルシュタットで発掘された骸骨のレプリカ。原物は紀元前6世紀にさかのぼる。

道を照らした。動物の骨でできた笛は、つねに仲間と合図をかわすために使われた。採掘した塩を立坑の底まで運ぶときには、塩を大きな木製のバケツにそそぎ、樹皮を撚りあわせたロープで地表までひっぱり上げた。道具や食べ物の残骸（やはり奇跡的に保存されていた）まで発見されたことから、当時の坑夫たちは、かなりの期間を地下ですごしていたことがわかる。

　学者の推定によれば、地表から塩層に到達するだけでも、2年から3年という長期の掘削が必要とされた。岩塩の採掘をはじめるとなれば、さらに長期の計画がなされたことは明らかだ。しかも、それは大規模な作業だった。考古学者が調査したところによれば、ハルシュタットには約4000メートルにおよぶ先史時代の坑道があり、それが丘の中腹まで1.6キロメートルにわたって延び、深さは約300メートルに達している。しかし、最初にこの塩山の掘削に着手し、その周辺に産業社会を生んだのはケルト人であり、それが最初のケルト人集落のひとつとなった。考古学者たちは、こうした初期

のケルト文化を、「ハルシュタット」文化とよんでいる。

鉄器時代の進歩

　紀元前1千年紀初めの数世紀、古代の中央ヨーロッパで「産業革命」が生じたのは、鉄製品の製造技術が獲得されたことによる。鉄製の刃が登場したおかげで、森を切り開いたり、土を耕したり、作物を収穫したりすることが可能になった。また、木に細工をほどこすための錐やのみ、家を建てるための金槌や釘、さらには建てた家で料理をするための鉄製の包丁や鍋もつくられた。この時期に発明された道具類はきわめて有用で、それから何世紀もたったいまでも、その形状はほとんど変わっていない。現在の指物師や大工といった職人たちが使う道具を見れば、すぐにそれとわかる。

　ケルトの職人たちは、「鉄のタイヤ」をつくり出したことで、人やものの移動性を大幅に向上させた。車輪にとりつけるためのタイヤを車輪より少し小さくつくり、それを加熱して伸ばし、車輪のうえをすべらせて冷ますことによって、鉄のタイヤを車輪の縁にぴったりはめることに成功した。その後、ローマに征服された地域の多くで、ケルト人が道路建設を行なったという証拠もあり、木の幹で舗装された精巧な道路が各地で見つかっている。実際、ローマの技師たち——現代でもその道路建設の技術は高く評価されている——は、ケルト人がつくった幹線道路に石を敷きつめるくらいしかしなかったかもしれない。また、とくに鋼鉄の登場によって、武器の質も大幅に向上し、炭素の含有量が増したことで、すぐれた強度と耐久性を生み出した。鉄の環をつなぎあわせることにより、最初の鎖帷子もつくられた。さらに、科学技術のあらゆる分野で大きな

下：エナメルをほどこした円盤と色ガラスによって、美しく装飾された青銅のブレスレット。

革新をひき起こしたケルト人は、中央ヨーロッパにはじめてガラス製造術をもたらし、アルプス以北でろくろを使った最初の民族となった。

エリート戦士

　このように勤勉で創意に富んだケルト人は、ステレオタイプなイメージとはまるで違う。しかし、だからといって、そうした一般的なイメージがまったくのまちがいというわけでもない。それどころか、中央ヨーロッパにおけるこうした技術的・経済的な進歩は、猛々しい戦士文化の出現をもたらしたのであり、このことは古代の歴史家たちも証言している。

　ギリシアの歴史家ディオドロス・シケロスが、紀元前1世紀に記したところによれば、「ケルト人は背が高く、波打つ筋肉と白い皮膚をもっている」。

　また、「彼らは金髪で、生まれつきそうであるばかりか、人工的な手段によっても、その天然の独特な色味を増すようにしている。というのも、彼らはいつも石灰水で髪を洗っているからで、その髪を額から頭頂部、首筋へとうしろになでつけている。（中略）顎ひげは剃る者もいるが、少し生やしている者もいる。身分の高い者の場合、頬ひげは剃るが、口ひげは口をおおうほどに生やしている」

　一方、ケルト人の戦闘スタイルも、ローマの著述家で将軍のユリウス・カエサルが記しているように、その風貌と同じく豪快だったようだ——カエサルはガリアにつづき、紀元前55年に侵攻したブリタニアでケルト人と交戦した。

　「二輪戦車での戦いで、ブリトン人はいきなり槍を投げつけながら、戦場を駆けまわる。多くの場合、その馬と荒々しい車輪の音は大きな恐怖をよび起こし、敵の兵士たちを

上：ケルト人が情熱をそそぐふたつのもの——戦闘と緻密な職人技——が、この見事な金属の盾においてひとつとなった。

混乱におとしいれる。(中略) 日々の訓練と実戦によって、彼らは高い技術を身につけ、急斜面でも全速力で馬をあやつり、一瞬にして動きを止めて、向きを変える。そして戦車の轅（ながえ）と並走し、軛（くびき）に飛びのり、稲妻のようなすばやさで、ふたたび戦車に乗りこむ」。ディオドロス・シケロスは、ケルト人がもつ「人間大の盾」にほどこされた「独特の装飾」について、こう記している──「緻密な職人技によって、青銅の動物の姿がつき出ているものもある」。また、「頭には大きな像がつき出した青銅の冑（かぶと）をかぶり、身につける者に威容をあたえている。なかには冑の一部が動物の角でできているものもあれば、鳥や四足獣の前部が浮き彫りにされているものもある」

こうした記述から示唆されるのは、ケルトの職人がもつ技能の高さ（広く賞賛されていた）ばかりではない。それはケルト人が、みずからを厳格に統制された軍隊の歯車としてではなく、個々の英雄として見ていたことを示している。実際、古代ローマ軍の甲冑は基本的に同一で、「ローマ兵」としての地位や軍事機構のなかでの役割を特徴づけるものだった一方、ケルトの戦士たちは、あくまでも個人としての名声をアピールした。もちろん、古代の史料については慎重に扱う必要がある。それらはケルト人に好意的なように見えて、こうした中欧および西欧の「原住民」が、勇猛（もしくは無謀）ではあるものの、結局は無秩序な烏合の衆にすぎなかったとしていることも多い。ただ、ケルト人がきわめて個人主義的な戦士文化をもっていたことは確かなようだ。その点において、彼らは古代ギリシアの重装歩兵の方陣や、高度に訓練され、組織された古代ローマの軍団よりも、むしろホメロスが描いたような英雄の時代を思い起こさせる──ただし、こうした比較は、古代ギリシア・

自然の形態と幾何学的な形態が一体となったこの見事なブレスレットは、混成性を好むケルトの美意識を象徴している。

上：ドラゴンの頭がデザインされたこの金のトルク（首環）は、すぐれた細工がほどこされ、それを身につけるケルト戦士の武勇を印象づける。

ローマ時代の批評家たちをまどわせたともいえる。

派手な消費

　ケルト人にとって、ステータスは非常に重要なものだった。同じギリシアの著述家ポシドニウスはこう記している。「大勢で宴を開く場合、彼らはもっとも有力なリーダーを、合唱団の指揮者のようにとり囲み、輪になって座る。リーダーの座は、その戦闘能力や家柄、あるいは財力が、他者よりいかにすぐれているかどうかによって決まる」。ケルト人のワイン好きや宴会好きは有名だったが、そこにはたんなる大食以上のものがあった。宴を催すことは、富と権力を誇示するためのもっとも明白な手段のひとつだった。

　ヨーロッパ南東部のどこかで制作され、デンマークで発見された「グネストルップの大釜」(p.22)——豪華な装飾がほどこされたケルト芸術の傑作で、大量のワインが入る銀器——は、ぜいたくな宴のテーブルを飾るにふさわしい置物となっただろう。一方、富や権力をアピールするためのもうひとつの方法が装身具で、ディオドロス・シケロスが印象的な言葉で記しているように、ケルト人はこれにも多大な情熱を傾けた。

　「彼らは女だけでなく、男によっても使われる装飾用の金を大量にたくわえている。実際、手首や腕にはブレスレットをつけ、首には純金の重いネックレスをつけ、さらに巨大な指輪をはめ、金の胴鎧まで身につける。彼らの着る服は人目を引き、さまざまな色で染めたり、刺繍をほどこしたりしたシャツに、*braccae*とよばれるズボンをはく。肩のところをブローチでとめた格子縞のマントは、冬には厚手のもの、夏には薄手のものをはおり、多様な色あいを組みあわせたチェック柄があしらわれている」

下：狩りをテーマとしたこの金のブローチには、ケルトのエリート戦士が味わったであろうぜいたくな暮らしぶりが感じられる。

ケルト人のぜいたく好きは、いくつかの墓地遺跡から発掘された見事な遺物の数々からも明らかで、そこには当時の有力者たちが、信じられないほどの量の金とともに埋葬されている。ドイツのホッホドルフ古墳から発掘された宝物には、すばらしい宝石や金で飾られた短剣のほか、実物大の四輪車や青銅の長椅子、巨大な釜といった大型の副葬品がふくまれていた。フランス東部のヴィクスの墳墓には、「王女」とされる高貴な女性が、450グラム以上もある金のトルク（首環）をはじめ、驚くほど緻密な動物などのペンダントとともに埋葬されていた。さらに興味深いのは、いっしょに発見された青銅の巨大なクラテル（水とワインを混ぜあわせるための壺）で、約1250リットルもの容量がある。これにもぜいたくな装飾がほどこされているが、ラ・テーヌ文化の様式ではなく、首の部分の帯状装飾には、戦士や二輪戦車などの意匠がスパルタ様式で描かれている。中央ヨーロッパのケルト人とギリシアの商人との接触は早くからはじまっていたようで、ギリシア人は、彼らの植民都市マッシリア（マルセイユ）からローヌ川を上って交易を行なっていた。

上：フランス東部のヴィクスの「王女」とともに埋葬されていたこの青銅のクラテル（ワインを混ぜるための壺）は、宴のテーブルを飾るにふさわしい置物となっただろう。

拡大主義

あらゆる資源——鉱床であれ、農業であれ、陸上貿易であれ——を支配していたケルトのエリートは、ときどき戦争で武勇を披露しては、優雅でぜいたくな生活を送っていたと想像される。しかし、興味深いことに、時代とともに人口が増えるにつれ、彼らは資源を確保するために遠征を余儀なくされた。このことは、紀元前6世紀末頃にはじま

湖の秘密

　ケルト人が紀元前1千年紀なかばの数世紀にわたって発展させた装飾的な芸術様式は、スイス南部にある有名な湖畔の遺跡にちなんで、「ラ・テーヌ」とよばれている。ここの浅瀬から、剣や槍先といった武器が発見された——どうやら持ち主が死んだあと、意図的にそこへ投げ入れられたようだ。そうした武器の多くには、いかにもケルトといった感じのぜいたくな装飾——渦巻模様の葉や、曲線を使って描かれた動物の姿——がほどこされている。わたしたちが「ラ・テーヌ文化」とよぶようになったものの中心地が、この湖だったと考えてよい理由は何もない。この豪華な宝物が1857年にはじめて発見されたのが、たまたまこの場所だったというだけだ。しかし、ラ・テーヌで発掘された遺物の数々が、ヨーロッパ各地に伝えられた、ケルト人のきわめてぜいたくで精緻な美意識を象徴しているのはまちがいない。

った「ケルト民族大移動」を説明するものでもある。その背景にあったのは、ごく単純な事情だった。ケルトのリーダーは、自分の地位を守るために、それなりの生活水準を維持しなければならない。さらに家臣の忠誠を得るためには、牛や土地やぜいたく品をあたえなければならなかったため、新たな領地を征服し、略奪し、最終的には植民地化する必要があった。

　ケルト人は、すぐ近くのアルプス地方からドイツ南部やフランス東部へと拡大した。そこからフランスを西へ横切り、さらに南下してスペインへと広がった。古代ギリシア・ローマ時代の史料によれば、彼らはそこで先住のイベリア人と当初は戦ったが、最終的には融和し、新たに独自の「ケルティベリア」文化を生んだ。ほかのケルト人たちは、アルプスを越えてイタリア北部へ向かった——もちろん、そのなかには、あの「ローマ略奪」の侵略者たちもふくまれていた。イタリア半島のケルト人は、けっして占領するほどの勢力ではなかったが、彼らはそこで1世紀以上にもわたって存在感を維持し、ポー川流域にかなりの人口が定住していた。こうした植民地を拠点として、彼らは冬は休息、夏は襲撃というサイクルをくりかえし、春は南へ「出稼ぎ」し、秋には略奪品を背負って戻ってきた。

上：ケルトのある部族が移住を計画している——彼らを拡大へと駆りたてたのは、開拓すべき新たな領地への終わりなき要求だった。

　紀元前4世紀には、ドナウ川流域を南下し、現在のセルビア、ハンガリー、ルーマニアに定住したケルト人もいたようだ。アレクサンドロス大王の帝国が、紀元前323年の彼の死後に崩壊したことは、ケルト人にとって天与のチャンスと思えたにちがいない。強大な帝国に代わって、彼らが立ち向かおうとしているのは、指導者のいない脆弱な統治体制であり、彼らの攻撃に対してほとんど無力な国家だった。しかし同時に、北イタリアのケルト人は、圧迫されつつもあった——ローマはもはや小国ではなく、強大な軍事大国になっていたからだ。一部の学者は、ケルト人がローマでよぶところの「ガリア・キサルピナ」——厳密にはガリア、すなわちゲール人やケルト人の居住地域で、アルプスのこちら側——から追い出され、南東のスロヴェニアからドナウ川下流域へと追いやられたのは、バルカン半島における政治的空白よりも、むしろローマの台頭が原因ではないかとしている。解釈はどうであれ、紀元前279年、ケルト人の大軍が、突如とし

上：ガリシアのサンタ・テクラにあるこの丘の上の住居跡は、スペイン北西部で発見された多くの遺跡のひとつ。

てトラキアからギリシア北部へと南下した。

　彼らがデルフォイを略奪し、巫女たちを殺害したことは、そのまえのローマ略奪にも匹敵するほどの衝撃をあたえた。たしかに、ギリシアの威光は過去のものになっていたかもしれないが、それでも同国は文明の象徴であり、デルフォイの神託はあまねく知られていた（そしてこのような乱暴な侵略は、ケルト人が赤ん坊を食べたり、その血を飲んだりしたという極端な噂こそ生んだが、彼らがほんとうは高度に文明化された民族であるという印象はあたえなかった）。ギリシア人は、ケルト人の進出の大部分を阻止したが、一部はダーダネルス海峡の北岸までおしよせ、そこにおちついた（そして

グネストルップの大釜

　鳴りひびくラッパ、生贄の場面、精緻にかたどられた動物たち——そして人間のような姿をした像のなかでも、枝角をもった豊饒の神ケルヌンノスは、一方の手に男性器を思わせる蛇を持ち、もう一方の手に女性器を思わせるお守りのような環を持っている…。19世紀末にデンマークの泥炭沼で発見されたこの見事な銀器は、ケルト文化の壮麗さはもちろん、その美意識ばかりか、地理的な意味での広がりも示している。専門家のあいだでは、ヨーロッパ南東部のどこか——おそらくバルカン半島か——で、職人によってつくられたとされているが、それがこの北端の地に存在するということは、ケルト世界を行き来したぜいたく品の交易範囲が、いかに広かったかを顕著に示している（この大釜に描かれた動物の像に、豹や象、ハイエナに似たものがふくまれていることは、ケルト人の交易による接触が、さらに遠くまでおよんでいた可能性を示唆している）。釜を構成する複数のプレートが、底部にていねいに積み重ねられた状態で発掘されたことから、この大釜はおそらく、戦争などの危機に際して、意図的に分解され、この場所に埋められたと考えられる。

その2000年後、彼らの子孫とされる者たちが、トルコのイスタンブールを拠点とする強豪サッカーチーム「ガラタサライ」の名において、ケルトの遺産を受け継ぐこととなった）。ケルトの部族のなかには、大胆にも小アジアへ渡る者たちもいた。彼らは侵略者としてやってきたが、その後は、現地の王たちの傭兵となってとどまった。また、トルコ北中部の地域に永住した者たちもおり、そこはのちにガラテヤとよばれるようになった——「ケルト」と「ガリア」の両方に関係がありそうな地名なのは明らかだ。3世紀後、彼らの子孫は、聖パウロによってキリスト教に改宗させられ、さらにこの聖人から手紙を受けとることとなった［新約聖書にある「ガラテヤの信徒への手紙」］。

周縁部へ

　現在、ケルトの名残が、ヨーロッパの西の果ての大西洋周縁部にみられることは、まったくの歴史の偶然である——これまで見てきたように、彼らの文明が最初に起こったのは、ヨーロッパ大陸のまさに中心部だった。実際、のちのローマ帝国と違って、ケルト文明には歴史的足跡がいっさい残されていないにもかかわらず、それは数世紀にわたって、イベリア半島からバルカン半島にいたるまでの広範囲で栄えた。しかし、ローマの勢力がヨーロッパ全土に広がったことにより、ケルトの部族は、現在、その名残を

とどめる周縁地域へと後退を余儀なくされた。フランスのガリア人（ケルト人の一派）と交戦したユリウス・カエサルは、それについてかなり詳細な記述を残している。彼はガリア人の習慣や美術工芸の技術についても観察した。ガリア人の城塞都市をオッピドゥム（*oppidum*、複数形は*oppida*）——ラテン語で「城市」——とよび、それらは実際に重要な拠点として機能していた。カエサルのアウァリクム（現ブールジュ）包囲戦では、その城市が4万人の避難場所となった。平時には貴族のほか、裕福な職人や商人たちが集まり、周辺の村落にとっては中心的な市場になっていた。カエサルは軍人として、ガリア人がそうした城市を守るため、彼がよぶところの*murus gallicus*（塁壁）を築いていることに興味をもった。木製の枠組みに土や

> ケルトの部族は、周縁地域へと後退を余儀なくされた。

下：アウァリクム（現ブールジュ）のガリア人城市は、紀元前52年の劇的な包囲戦によって攻略された。

入り混じる言語

　古代の人々に発言の機会をあたえようとしても、それはけっして容易ではないが、ケルト人の場合はとくにむずかしい。というのも、第一に、ケルト人はいわゆる文書記録を残そうとしなかったからであり、第二に、彼らが住んでいた地域では、その文化がほとんど消滅しているからである。ただ、ケルト人の言葉のほんの一部が、ラテン語に直された形でローマの碑文に見つかっている。また、各地の地名のなかに、ケルトの言葉が言い伝えとして残されている場合もある（が、時間の経過によって原型がひどく改変されていることも多く、信頼性に欠ける）。

　こうした古代のケルト人社会がどれほど広範囲におよんでいたか、彼らの文化の中心がいかに局地的なものだったか、そしてローマ帝国時代をとおして、彼らがいかに孤立していたかを考えると、ケルト人の言語がしだいに分派していったことは驚くにあたらない。現代の学者たちによれば、数多くのさまざまなケルト語族が存在する。最古のものは、ケルト人の起源とされる中央ヨーロッパにさかのぼり、現在はレポント語とよばれている。スペインやポルトガルでは、複数の言語からなる別個のグループが現れた。これらはケルティベリア語と総称されているが、現在のガリシアで話されていたガラエキア語と、どれほど密接な関係にあるのかは明らかではない（移動や交易や連絡のほとんどが海路で行なわれていた時代に、カスティーリャの中心部から岩山によって隔絶されていたガリシアは、現在のわたしたちが考えるほどには、あきらかにイベリアに属していたとはいえない）。そしてガリア語（ゴール語）もあった。ガリア語は現在のフランスやベルギーの大部分のほか、ドイツ西部やイタリア北部、さらに最終的には南東のスロヴェニアからトルコのガラテヤにいたる弓状の地域で話されていた。わたしたちが期待するとおり、ブリテン（イングランド、ウェールズ、コーンウォール）とフランスのブルターニュでは、ブリトン語が話されていたようだが、スコットランド、アイルランドおよびマン島の言語はまたべつだった。これらの地域で話されていた言葉は、現在、ゴイデリック諸語とよばれるものに属し、ブリトン語の話者には容易に通じなかったと思われる。

石ころをつめ、中身に弾力をもたせたうえで、外側を粗石の層でおおい、内側には土が盛られていた。

　そうしたガリア人の塁壁は頑丈で、戦士たちも勇猛果敢と知られていたが、それでもローマ軍の兵器にはかなわなかった。ローヌ川流域のアルウェルニ族の首長ウェルキンゲトリクスの指揮のもと、彼らはローマ軍に激しく抵抗し、一時はもう少しで敵を打ち破るところまでいった。しかし、カエサルの優秀な兵士たちをはじめ、彼の巧みな戦術とまったくの幸運により、ローマ軍はこの戦いを制した——形勢が逆転し、ガリア人の反乱は容赦なく制圧された。ドイツでも、ケ

上：厳格に統制されたローマ兵のまえに、粗暴なケルト人が服従させられた——カエサルに降伏するウェルキンゲトリクスの姿を描いたアンリ=ポール・モットの絵（1886年）。

ルト人は弾圧され、紀元前15年、軍隊がやすやすと進軍してきた。スペインでは、いわゆるケルティベリア人に対して、きわめて残忍な弾圧がなされ、包囲と殺戮がくりかえされた。なかでも紀元前134年のヌマンティアの戦いは、悪名高いものだった。1年にわたって粘り強い防御をつらぬいたものの、ケルティベリア軍の抵抗はついに崩壊し、血で血を洗う激しい戦闘となった——そのときでさえ、古代ローマの歴史家アッピアノスが賞賛したところによれば、彼らの多くは、ローマ軍の手に落ちるより、家族ともども自害する道を選んだという。

> 彼らの多くは、ローマ軍の手に落ちるより、自害する道を選んだ。

ユリウス・カエサルは、紀元前55年のブリタニア侵攻を果たすことはできなかったが、紀元43年のクラウディウス帝の治世に、ローマ軍はふたたびブリテンへ遠征し、その後の数十年で最北部以外の全土を支配した。カタラクス（紀元

47年）や女王戦士ブーディカ（紀元60年）の反乱は、軍事として現実的というよりもドラマティックだった。紀元80年頃、最後の抵抗として、スコットランドのケルト系ピクト人がグラウピウス山の戦いをくりひろげたが、ローマの将軍ユリウス・アグリコラは、これに圧倒的勝利をおさめた。

こうしてケルトの民族はヨーロッパ大陸の最西端へ追いやられ、彼らの伝統も、ラテン語を基本とするローマ支配後の文化のなかで疎外された。現代文明の礎——言語から法律、彫刻から都市計画にいたるまでのあらゆる分野において——を築いたのはローマ人であることを、わたしたちはつねに思い知らされる。ケルト人がローマ人に駆逐されたように、ケルトの伝統もまた、ローマ支配後の文化的合意によって駆逐され、そうした合意は何世紀にもわたって、ヨーロッパの教会や国家によって保持された。

その結果、ケルトに受け継がれてきた神話や神々の存在も、最果ての地へ遠ざけられ、文明が欠如した辺境に追いやられた。

それから何世紀もたって、こうしたケルト文化の文字どおりの周縁化は、きわめて比喩的な意味をもつようになった。現代人の想像のなかで、ケルトは深い矛盾をかかえる存在となっている。伝説のなかで生きつづける実在の民族とし

下：スペイン北部のサンタンデールにあるこの像が伝えているように、ケルティベリアの部族は、カンタブリア一帯で確固たる文化的地位にあった。

て、彼らの思想や考え方はまったく異質なものながら、そのイメージや物語は人々の心を強くゆさぶる。ケルト人は、わたしたちにとってもっとも遠い「他者」であると同時に、心のもっとも奥底にある「自己」の象徴でもある。いま、あらためてとりもどされた彼らの神話が、わたしたちの心にこれほどストレートに——ときには荒々しいほどに——響くのは、きっとこうした理由のせいだろう。たとえそれがのちにさまざまな言い伝えをくわえられた形であったとしても、あるいはケルト神話を最初に書き写したキリスト教修道士たちの憶測や偏見に歪められた形であったとしても、ケルト神話に秘められた力は変わらない。古代ギリシア・ローマの神話は、「西洋文化」の礎となった思想を崇めるうえでは重要かもしれないが、このオフィシャルな文明には、つねに暗い闇や不満がつきまとっている。一方で、ケルトの伝説ほど、「あちら側」の世界を生き生きと、そして感動的に伝えているものはない。

第1章
ケルトの世界観

　古代ギリシア・ローマの批評家たちは、ケルト人の生活がいかに「宗教的行事」を中心としたものであったかに感銘を受けた。しかし同時に、ケルト人は聖典や偶像や神殿といったものをもたなかったため、彼らの信仰について理解することは困難だった。

　空は霧におおわれ、地上では、吹き荒れる風が雨の勢いをさらに増し、丘を鞭打ち、そのかさぶたのある緑の草や、黄褐色のシダの茂みをなぎ倒している。尾根からそのようすを眺めていた旅人たちにとっておそろしいことに、丘はすでに十分荒涼としていたが、そのさきにはさらに陰鬱な景色が広がり、なにか異様な憎悪と恐怖がただよっていた。谷底をおおい、のたうつ巨大な甲虫の背のごとく曲線を描きながら、艶のある黒い影がひしめいている。それはワタリガラスの群れで、死を暗示するかのように地面を黒くおおっていた。ただ、彼らが夢中で押しあい、なにかをついばもうとするなか、その這うように動く姿のあいだから、灰色、白、金色、青銅色、そして赤色がちらりと見えた。狼狽する旅人たちの目に少しずつ明らかになったのは、このおそろしい万華鏡のような色彩が、かつての戦場を表しているということだった。ずたずたに切り裂かれた鎖帷子、青ざめた死肉、開いた傷口、ねじれた手足…それらはすべて、惨殺されたアルスターの若

前ページ：クロンマクノーイッシュ修道院（アイルランド語で「ノースの息子たちの牧場」の意）は、544年に創設された。ケルト芸術は、のちにキリスト教のシンボリズムと密接に結びつくこととなったが、初期のケルト人はまったく異なる信仰に従っていた。

者たちの亡骸だった。

　地面に転がる損傷した遺体を求めて、互いを踏み台にしようと翼をばたつかせ、陰気な声で鳴きながら、貪欲に爪でつかもうとしているこの鳥たちの姿を見れば、彼女たちが何者なのかは明らかだった。そう、ワタリガラスは、戦いの女神モリガン（モリーガン）の化身である。それは宗教的な象徴表現や詩的な比喩表現をはるかに超えたものだったが、彼女の姿には、そうした意味の両方がふくまれていた。というのも、モリガンは鳥であると同時に女であり、精神的原理であると同時に破壊的エネルギーでもあった（さらにその一方で、彼女は創造的エネルギーでもあった——なぜなら、死も生命のサイクルの一部だったからだ。カラスが食べた死肉は、その体内で新たな命となり、肉体を生み出した。つまり、モリガンは多産と永遠の命を表す偉大な女神でもあった）。唯一無二の存在でありながら、変幻自在であったモリガンは、激しい戦場の空を舞う1羽のワタリガラスになったり、不吉な死の前兆を伝える鳥になったり、あるいは——ここでのように——死肉を食い、骨をしゃぶる腐食動物（スカヴェンジャー）の群れになったりした。おおらかな多神教の信仰では、数はあまり重要ではなかったようだ——ある記述によれば、モリガンはモリグナとよばれる三相女神で、血に飢えた変幻自在の三姉妹とされる。バズヴァ（ボドヴ）やマ

下：ローマ人はドルイドの宗教的慣習を理解しようとしなかったが、ケルトの一派であるガリア人に対する彼らの影響力はおそれていた。

上：壮麗な「グネストルップの大釜」のプレートのひとつには、武装した戦士たちが行進するようすが描かれており、左側では人間が生贄にされている。

ッハ（マハ）、ネヴァン（ネウィン）もまた、ワタリガラスやハシボソガラスとして表されることが多い——ここでもやはり、彼女たちの名は、地域のさまざまな言い伝えによって変化する。

多神教のパラドックス

「ガリア人は、国民全体が宗教的儀式にきわめて熱心である」と、ユリウス・カエサルは記した。しかし、こうした儀式はかならずしもローマの儀式と関係があるわけではなく、ましてやわたしたち自身の儀式とも関係がない。今日、多くの人々が「ケルトの」精神性をとりいれたと言っているが、じつはケルト人の信仰の実態については、まだ明らかになっていない。変幻自在のモリガンがそのよい例だ。「女神」や「神格」といった言葉では、彼女の真の姿はほとんど表現できず、ひどく複雑でとらえどころがないというのが、モリガンの本質である。しかも、彼女は何十、何百というほかの神格のひとつにすぎず、彼らの多くは、古くからの神話のなかにいまも生きている。そこで重要になるのが、ドルイドのような聖職者であり、彼らはどの神の怒りをどんな生贄によって鎮めるべ

> 「女神」や「神格」といった言葉では、モリガンの真の姿はほとんど表現できない。

きか、あるいはいつ種をまいて収穫すべきか、いつ狩りをすべきかといったことを心得ていた。ドルイドはまた、医師や助言者、争いごとの審判として、より社会的な役目も果たしていた。そのため、ローマ人はドルイドの影響力に強い不信感をいだき、彼らを社会不安のもととみなしていた。したがって、ドルイドの活動を知るためのおもな情報源が、古代ローマの著述家たちだというのは、まったく不運である。ちなみに、こうしたケルトの聖職者に対する彼らの極端な非難のひとつ——ドルイドが真夜中の集会で人間を生贄にした——は、「グネストルップの大釜」に描かれたイメージがその根拠になっているようだ。

今日のわたしたちにとって状況はさらに複雑で、それはかりにケルト人が単一の民族だとしても、彼らはヨーロッパ全土に広がるにつれてさまざまに分派し、やがて辺境の地に追いやられたという事実による。たとえば、モリガンはアイルランドの伝説に登場する重要人物だが、ほかのケルト地域に伝わる神話にも、彼女に相当する人物が存在する。舞台が開幕した約2000年まえ、モリガンの起源となるものはすでに失われていた。モリガンの名は古代にさかのぼり、現代のヨーロッパおよび近東の言語——ケルト諸語だけでなく——のほぼすべてが共通のルーツとする、同じインド・ヨーロッパ語族の伝説に由来している。第一音節が*mer*（「死」を意味し、ここからフラ

下：ケルト芸術の緻密さは、聖書の三大ケルト装飾写本のひとつ、『ケルズの書』の表紙を見ても明らかである。

光あれ

　異教徒のケルト文化をもっとも雄弁に物語っているのが、緻密につくられたキリスト教の一連の聖書写本であるというのは、なんとも皮肉である。驚くほど色彩豊かな装飾写本は、中世ヨーロッパの修道士たちの手によるもので、ラ・テーヌ文化が最後に（あるいはその死後に）花開いた作品といってもいいだろう。『リンディスファーンの福音書』（右）や『ケルズの書』のような初期の作品から、中世盛期の『時祷書』まで、そこにはケルトの職人技があたえた影響をたどることができる。豪華な装飾をほどこした奥付をはじめ、植物の大胆な渦巻文様や、現在「ケルト・ノット」として知られている組ひも文様など、彩飾写本はケルト様式の装飾であふれている。

　もし聖書にあるように、キリストという人間として、「言は肉となっ」た（『ヨハネによる福音書』第1章14節）[『新共同訳聖書』、日本聖書教会、1987年]とするならば、これらの聖書写本もまた、言葉によって主イエス・キリストを肉体化させた。さらに皮肉を重ねるとすれば、写本を書き写したキリスト教の修道士たちは、みずからの信仰を表現することで感じる神秘的な歓びを伝えるために、意識的に（それも宗教的な理由で）文字の読み書きを拒否したケルト文化の美的表現を利用したのである。

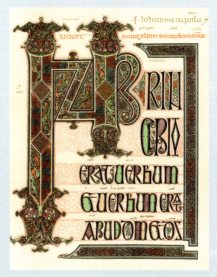

上：『リンディスファーンの福音書』（700年頃）は、ケルト芸術の傑作とされる装飾写本で、異教徒の美意識がキリスト教にとりいれられている。

ンス語のmortや英語のmortalityが生まれた）から来ており、第二音節が*reg*（「導く」や「支配する」を意味し、ここから英語のdirectやreign、「王」を意味するスペイン語のrey、フランス語のregimeが生まれた）から来ていることがわかっている。

　ここでもやはり、ケルト人自身による文書記録がないために、彼らの伝説は、後世の人々の独自の見方や偏見に歪められた形で伝わったという事実がある。何世紀にもわたって、そうした文書記録がキリスト教修道士によるものしかなかったことは、ケルト伝説の全貌を明らかにするうえで不利に働

アニミズム

神学者のあいだで「アニミズム」——anima（ラテン語で「命」や「魂」の意）は自然物のほぼすべてに宿るとされる——として知られるものは、かつて世界中の宗教的信仰の中心にあった。1000年後、それはギリシアの神々やローマの神々、あるいはその何世紀ものちの北欧アースガルズの神々のように、影響力は増したものの、結果としてより抽象的で、より地域とのかかわりの少ない神々の一団にとって代わられた——ギリシアの神々とオリュンポス山との結びつきは、その起源が地元の信仰にあることを示唆している。そしてこうした多神教の信仰が、今度は近代的な一神教へととって代わられた（とはいえ、カトリックの聖母マリアや聖人への崇敬はもちろん、キリスト教の「三位一体」の概念にも、異教信仰の名残が感じられる）。つまり、単純に年代的な問題として、ユダヤ教やキリスト教、イスラム教のような一神教は比較的「新しい」のに対して、アニミズムの信仰はより古く、未発達で「原始的」な時代と結びつけられる。しかし、実際のところ、中立的な懐疑論者の立場からすると、信仰の複雑性や洗練性において、両者にかならずしも大きな違いはない。

紀元前279年にギリシア中央部のほとんどを略奪したケルト軍の指揮官ブレンヌスは、ギリシアの神殿に神々の像がいくつも祀られているのを見て笑ったという。現代のわたしたちにしてみれば、古代ギリシア文化はいまなお君臨する西洋文化の礎であり、古典時代最大の遺産といえる。しかし、ブレンヌスにとって、彼がはるかに複雑で洗練された精神的原理と考えるものが、露骨に神人同形的な姿で表現されているようすは、まったく原始的で幼稚にさえ思えたようだ。

いた。当然ながら、彼らは独自の——あきらかに好意的でない——視点から、ケルトの言い伝えをとらえようとした。ふたたびモリガンを例とするなら、わたしたちが彼女について知っていることのすべては、彼女を想像上の怪物で、ただのホラーにすぎないと思っていた修道士たちが記した写本にもとづいている。これはなんとも皮肉な話だ。

アイルランドの宿命

中世の修道士たちによって伝えられたケルトの遺産を考えるとき、わたしたちがさらに心にとめておかなければならないのは、アイルランドの伝説をはじめ、スコットランド北部やウェールズに受け継がれた伝説に対する偏見である。もしローマ帝国の拡大によって、ケルト人とその独特の生活様式がヨーロッパ最果ての地へ追いやられたとするなら、1千年紀なかばにローマ帝国が崩壊し、つづいて蛮族の侵略を受けたとき、修道院文化もまた、西洋の不毛の地へのがれることを余儀なくされた。修道士たちは、すくなくともヴァイキングの襲来がはじまる8世紀末まで、身を隠せそうな岩だらけの岬や遠い沖合の島々に避難した。したがって、ケルト人が中央ヨーロッパやガリアやスペインに重要な文化的財産を残した一方で、彼らの知識や文学を記録するための技能や施設が存続したのは、沖合の島々だけだった。つまり、アイルラ

ンドの遺産は偏ったものであり、本来の姿を純粋に伝えるものではない——しかし、それがヨーロッパの歴史の必然的な結果なのである。

異教徒の詩的表現

　ケルト人のあいだでは、小川や森、谷には、それぞれその持ち主としての神や女神が宿っていると考えられていた——とすると、こうした異教徒の信仰は、今日の環境志向の神秘論者には魅力的かもしれない。これと同じような考え方は、ローマ支配後のケルトの詩にもみられ、彼らは風景や自然の美のなかに精神的な意味を見出そうした。ワーズワースの水仙やキーツのナイチンゲール、ホイットマンのライラックのように、近代文学は自然を賛美する形で自然界にアプローチしたが、それは古代のケルト人が自然への畏敬を信仰としたことにも通じる。ただし、このことによって、ケルトの信仰を本質的に粗野で未発達、あるいは「非文明的」としてかたづけてはならない。小川の「せせらぎ」に耳を傾けたり、頭上の木の葉にそよ風の「ささやき」を感じたり、嵐のうなりがバンシー（ベン・シーデ）の泣き声のように聞こえたりする詩人のように、

下：19世紀のイングランドの彫刻家ピーター・ホリンズによる、セヴァーン川の女神サブリナ。

異教徒のケルト人たちの目には、自然の風景が意味や感情にあふれているように見えた。

> 水はただ生命にとって不可欠というだけでなく、生き物そのものだった。

たとえば、水はただ生命にとって不可欠なものというだけではなかった。流動性や力強さをもつ水は、まさに生き物そのものだった。泉もまた、それぞれに命をもつ精霊のように思われた。一方、沼地は危険な精霊とされ、その緑色にゆらめく水面は地獄への落とし穴で、不運な旅人を不気味な闇の世界へひきずり下ろそうとしているようだった。旅の目印となったり、雨宿りの場所となったり、木陰や果実を提供してくれたりする大木にも、それ自体に神性が宿っていた。湖にも山にも、ぽかぽかした暖かさ（や焼けつくような暑さ）をもたらす太陽にも、同じく神性が宿っていた。そしてケルト人は、こうした自然の性質を人格化してとらえようとした。そのため、イングランドとウェールズの境を流れる現在のセヴァーン川の名は、古代ケルトの小川の女神サブリナに由来し、フランスを流れる現在のソーヌ川の名は、ガリアの川の女神ソウコンナに由来し、同じくセーヌ川の名は泉の精セクアナに由来している。今日では、アイルランドのボイン川は、オレンジ公ウィリアム（「キング・ビリー」）率いるイングランド軍との1690年の戦いの現場として知られ、それまでカトリックだったアイルランドにプロテスタントの支配が確立されたことから、多くの面で不吉なイメージを連想させる。しかし、そんなボイン川の名も、さらに古いケルトの伝説に出てくる精霊——壮麗なる女神ボアン（ボアンド）——に由来している。

場所をめぐる詩

ゲール語（ケルト語の一派）によるアイルランド文学が誇るジャンルのひとつに、ディンヘンハス（*dindshenchas*）という地名の由来を記した地誌がある。詩や散文を集めたこ

上：穏やかに流れるバロー川には、アイルランド神話でその名の由来となった、「煮えたぎる」ようすはまったく感じられない。

れらの伝承——そのうちの100以上が現存する——は、アイルランドのさまざまな場所を賛美するとともに、その歴史や起源について説明しようとするものだ。リーシュ州につらなるスリーヴ・ブルーム山脈に源を発し、南西へ向かって流れ、ウォーターフォード州で大西洋にそそぐバロー川の名Barrowは、古代アイルランドの名*Berba*を英語風にしたものだ。この語には「煮えたぎる」という意味があり、古いディンヘンハスが伝えるところによれば、癒しの神ディアン・ケヒト（ケーフト）が、3匹の巨大な蛇の死骸をすてたとき、ふだんは穏やかなこの川が一変したという。物語の背景を説明しよう。あるとき、アイルランドの行く末を案じたモリガンは、凶暴な面をもつ——彼女から見ても——赤ん坊を産んだ。しかし、ディアン・ケヒトは神々と人間たちの利益のために、その男の子を殺すように命じた。これが果たされたとき、彼が男の子の心臓を開くと、そこにはおそろしい毒蛇がおり、シューッと音を立てながら、逃げ出そうとのたくっていた。もしこの毒蛇たちがそのまま男の子の体内で成長して

いたら、この国の住民はすべて彼らに食い殺されていただろう…。そう思ったディアン・ケヒトは、毒蛇を殺し、その死骸を焼いて、灰を川にすてた。これがさきほどの話につながるわけだ。たしかに突飛な話だが、国全体にそんな神話が織りこまれているアイルランドでは、とくに奇抜というわけでもない。詩人のジョン・モンタギューの言葉を借りれば、「どんなにアイルランドらしくない地名でも、それとつながりのあるものが世界中にある」。アイルランドの風景には、叙情性と魔法が深くきざみこまれているのだ。

流動する神々

こうした水の神々は、液体として実際に流動的であることはもちろん、比喩的な意味でも流動的で、そこにはどんな数や姿にも変身できるというケルトの思想がよく表れている。フランス南部のサン・レミ・ド・プロヴァンス郊外にあるグラヌムという町にも、そんな女神がいる。癒しの泉で知られるグラヌムは、かつてガリア人の重要な拠点——オッピドゥム（城市）——だったが、やがてローマの侵略によってローマ化された。彼らが伝えるところによれば、ケルトの伝説では、単一の（そして暗に男の）神グラニスや、三相の地母神（*matres*、ラテン語で「母」の意）グラニケが、さまざまな姿で登場した。モリガンと同じく、ケルトの神々は姿も数も変幻自在で、それはたえず変化するこの世界を象徴していた。農作業における季節の変化やくりかえされる昼夜の変化（生死のサイクルはもちろん）、さらには天候の気まぐれな変化もそうだ——霧が出たり、雨が続いたり、いっとき晴れたり、酷暑や日照りが続いて飢饉が生じたり。ケルトの思想では、そうした変化に決まった図式を押しつけるのではなく、その移り変わりを受け入れて、流動性のなかに秩序が、変化のなかに永遠性が見出された。

> ケルトの思想では、流動性のなかに秩序が、変化のなかに永遠性が見出された。

公平を期すためにいっておくと、古

左：グラニス──と三相女神の地母神グラニケ──は、ローマに支配されるまでケルトの拠点だったグラヌムの名の由来となった。

代の異教信仰では、一般に変化への受容性が非常に高く、人々は変容や変質にあまり脅威を感じなかったようだ。この点で、不変の存在や厳格に統制された秩序を盲目的に崇拝したその後の一神教徒に比べると、ケルトのような異教徒は、変化に対する反応がずっと洗練されていた。変身を意味する *metamorphosis* という言葉は、もともとギリシア語だが、それはローマの著述家オウィディウスのもっとも有名な詩のタイトルにもなった。たしかに、ローマ人の組織的な「強迫観念」はよく知られている──彼らはどこを征服しても、一直線の長い道路を建設し、その地域を管理しやすい単位に分け、そこに画一的（で左右対称）な碁盤の目状の都市をつく

った。しかし、精神的な事柄においては、彼らは意外に寛容で、現地の宗教的要素をとりいれることも多かった。実際、ケルトの神のグラニスやグラニケがとりいれられたほか、イングランド南西部のサマセット州にある現在のバースでは、地元の温泉の女神スルの信仰がとりいれられた。ローマ人がその地に建設した町は、アクア・スリス(「スルの水」)と名づけられ、彼らはこの「土着の」女神を、ローマの既存の神で知恵の女神ミネルヴァの相のひとつとして、自分たちの信仰にとりいれた。こうした「混合主義」——別個の文化的要素を接合すること——は、ローマ世界全体のひとつのパターンとなった。ガリアの女神で、ワタリガラスをシンボルとするナントスエルタは、ブルゴーニュのマヴィリーにある癒しの泉と深い結びつきをもち、同じくローマ人の信仰にとりいれられた——槌をもった夫のスケッルスも、ローマの医術の神アポロと同一視された。ふたりは夫婦の神として、男は女を守り、女は男をいたわるという相互補完のシンボルとなった。

前ページ：イングランド南西部のバースで温泉の女神とされるスルは、ローマ人のあいだで、知恵と武勇の女神ミネルヴァと同一視された。

樹木と変容

　ケルトが起源と思われるローマ神のひとりが、森林——とくにハシバミの森——の神シルウァヌスだった。ハシバミは知恵と結びつきがあり、ケルト人のあいだでは、一般に聖なる種としても、個々の木としても崇敬されていた樹木のひとつである。なかでもよく知られているのがオークだろう。今日でも、オークは強さと堅牢さの象徴であり、長い年月を重ねた威厳と生命を育む力を表している。「オークの大木も、小さなどんぐりから育つ」ということわざがあるように、ケルト人もこうした性質を大切に考えていた。実際、「ドルイド(druid)」という言葉は、オークと共通の語源をもっていたようで、オークの木を表すケルト語は*dru*だった。また、ガラテヤ人は、ドルネメトン(「オ

> さまざまな樹木が崇敬の対象とされていた。

ークの聖域」）とよばれる場所を崇めていたという。

　しかし、このオーク以上の存在だったのがイチイの木で、これは長寿の象徴だった。イチイは何百年も生きるばかりか、常緑で、毎年鮮やかな赤い実をつけた。一方、ヤドリギは、しばしばオークの木に宿る寄生植物で、その乳白色の実は多産の象徴とされた（クリスマスの季節は「ヤドリギの下にいる女性にキスをしてもいい」という風習があるように、ヤドリギは古くから好色のシンボルでもあったらしい）。ローマの著述家の大プリニウスは、『博物誌』のなかで、新月から6日目の夜に行なわれたケルトのある儀式について記している。それによれば、ドルイドたちは2頭の白い雄牛を生贄に捧げたあと、オークの木からヤドリギを切りとり、それで不妊のための薬をつくったという。

　聖書の写本をとおして、人類のはじまりについての物語を伝えた中世の修道士たちと同じく、ケルト人にとっても、林檎は生命や豊饒、そして成長の強力なシンボルだった。一方で、異教徒であるケルト人にとって、林檎は「禁断の果実」でもなんでもなく、けっして罪深さを象徴するものではなかった。

　林檎が豊かな実りを表していたことは明らかだが、こうした豊かさが、キリスト教のように同時に恥や不名誉を意味したと示唆するものはなにもない。それどころか、雪のように白い林檎の花は清らかさを表し、木は高潔さを表して、しばしば杖をつくるのに使われた。また、ニワトコの木も神聖とされた──その白い花と黒い果実は、どちらも聖餐用ワインをつくるのに用いられたばかりか、ニワトコの存在そのものが、悪霊を追いはらい、人間や家畜を病や死から守ってくれると信じられていた。トネリコの木も尊敬の対象だったが、トネリコと葉の形が似ているナナカマドは、それ以上に崇敬されてい

下：ローマの森林の神シルウァヌスは、ケルトに起源があったとされる。

ケルトの世界観 43

左：乳白色の雄牛が生贄にされるなか、ヤドリギの小枝が摘みとられている——ケルトでは、それが不妊の治療薬とされたようだ。

た。ナナカマドは「境界域」を表す聖なるシンボルとして、よく家を守るために玄関先に植えられた。この木は人間の日常世界と、その向こう側の世界とを結ぶものとも考えられていた。

　さきに記したように、境界域という概念は、ケルトのイメージや神話の中心的なものだった——そのため、ケルトの世

変身とモダニズム

　20世紀の直前、まさに「モダニズム」文学の時代がはじまろうとしていた1899年、ウィリアム・バトラー・イェーツは、「さまようイーンガスのうた」という詩を発表した。アイルランド神話と深く結びついたこの詩には、愛と若さと詩をつかさどる神オインガスが、心に葛藤をかかえながら、とり乱したようすで歩きまわるさまが表現されている。

I went out to the hazel wood,	私はハシバミの林に行った、
Because a fire was in my head,	頭の中が燃えていたので。
And cut and peeled a hazel wand,	ハシバミの枝を切って皮をはぎ、
And hooked a berry to a thread;	木の実を糸につけた。
And when white moths were on the wing,	そして白い蛾が飛びかい、
And moth-like stars were flickering out,	蛾のように星がまたたくころ、
I dropped the berry in a stream	木の実を流れに投げ入れて
And caught a little silver trout.	小さい銀のマスをとった。

　この詩節のリズムは非常に単調で、"I went..., I dropped" と語の配列が単純なうえ、"and... and... and..." のくりかえしも露骨なほど陳腐である。同時に、この詩のイメージはとらえどころがなく、読み手の連想からどんどん離れていく。それは作中の「小さい銀のマス」のようにつかみにくく、純潔の乙女のように汚れがなく、くねくねと進む精子のように敏捷で決然としている。イーンガスが「獲物」にふりまわされているのは明らかで、それは捕まえたと思っても、気まぐれに彼の手をすり抜ける。陸に揚げても、この魚はなかなか捕まらない。

When I had laid it on the floor	その魚を床において
I went to blow the fire aflame,	火をおこしに行こうとすると
But something rustled on the floor,	なにかが床にさらさらと音をたて、
And someone called me by my name:	だれかが私の名前を呼んだ。
It had become a glimmering girl	マスはまばゆい娘になっていたのだ。
With apple blossom in her hair	リンゴの花を髪の毛に、
Who called me by my name and ran	私の名前を呼んで走りだし、
And faded through the brightening air.	きらめく空中に消えていった。

　イェーツの想像の世界では、不可思議なものがふつうになっている——変態が不変の常態という逆説的な基準である。床でさらさらと音を立てる未知の「なにか」は、詩人の名をよぶ「だれか」と同じく、現実の存在のようで、抗しがたい魅力をもっている。しかし、「まばゆい娘」は現実のようであればあるほど、その姿は見えなくなっていく。

Though I am old with wandering	私は谷をあるき、丘をさすらい、
Through hollow lands and hilly lands,	すっかり年をとったが、
I will find out where she has gone,	娘はどこへ行ったかきっと探しだそう、
And kiss her lips and take her hands;	口づけして、その両手を取ろう。
And walk among long dappled grass,	まだらの高い草のなかを歩いて、
And pluck till time and times are done	いつまでもいつまでも時の尽きるまで
The silver apples of the moon,	摘みとろう、月の銀のりんごを、
The golden apples of the sun.	太陽の金のりんごを。

[『イェイツの詩を読む』（金子光晴・尾島庄太郎訳、野中涼編、思潮社、2000年）]

　この詩では、神話とモダニズムが調和している。イーンガスの頭のなかが「燃えていた」というのは、19世紀の科学的・政治的進歩のすべてが、結局は20世紀により深い知的混乱をもたらし、死や戦争による社会の大変動をひき起こすだけではないか、と考える人々の絶望的な困惑を示唆している。もちろん、このように感じていたのはイェーツだけではなく、古代の伝説に原型を見出そうとしたのも彼だけではなかった。これについてもっともよく知られているのが、精神医学者ジークムント・フロイトの提唱した「エディプス・コンプレックス」である。これは息子がその母親に対して、無意識のうちに性愛感情をいだき、父親に嫉妬するという葛藤心理で、フロイトはこれをギリシア神話のオイディプス（エディプス）王の悲劇のなかに見出し、近代のブルジョア家庭を象徴するものと考えた。もっと大まかにいえば、フロイトは理性によって厳密に統制された意識領域のエゴ（自我）の下で、暴力的で無秩序な暗い欲望がわき起こっていることを発見したのであり、それは古代の神話をとおしてしか明確に表現できないものだった。

界は、けっしてひとつの視点からでは満足に理解できない。こうした概念は、変態こそ不変の常態という逆説的な神話の世界だけでなく、ケルトの豊かな芸術的遺産にも見ることができる。ラ・テーヌ芸術では、人間や動物、あるいはその中間の混成物といった多様な存在にくわえて、いくつもの線が輪になってからみあい、「ノット（結び目）」をつくる組ひも文様や、様式化された植物などが *ad infinitum*（無限に）渦を描く渦巻文様といった装飾が生まれた。これはのちの芸術のように、事物と事物の境界線が明確にされ、（「一定の範囲」で）事物の本質を明らかにできるような分析可能な美ではない。むしろ、それは存在のさまざまな面が互いに浸透しあい、ダイナミックに共存する美である——たとえそこに現代が追い求めてきた「明瞭さ」はないとしても。

右：いくつもの線が複雑にからみあい、生命の究極的な無限性――死という現実にもかかわらず――を表す「ケルト・ノット」の組ひも文様が、古代の墓石を飾っている。

ダグザ

　ケルトの信仰は、ごく局地的で特殊なものだったとはいえ、けっして包括的な対称性や構造性に欠けていたわけではない。すでに見てきたように、ケルト神話の世界では、似たような神や女神が、似たような場面で不意に現れたりする。しかし、そこにはもっと深い意味の類似性や継続性があった。たとえば、男の神々はすべて、ひとりの共通の父神（たとえぼんやりとしか描かれていなくても）の子孫だったようだ。なかでもよく知られているのが、アイルランド神話の「善き神」ダグザ（ダグダ）である。神々の父とよばれるほど威厳に満ちたダグザには、どんな家長もそうであるように、安易に逆らう者はいなかった。モリガンと同じく、ダグザは自在にその姿を変え、さまざまな形で伝説に登場した。もっとも典型的なのが、戦士としてのダグザで、おそろしげな槌をもった姿で描かれている。また、物語によっては、ギリシアの神で英雄のヘラクレスがもっていたような棍棒の場合もある。いずれにせよ、ダグザの武器はきわめて強力な（男根を思わせる）ものだ。しかし、その家長としての本質

は、けっして破壊的であるばかりではない。彼は槌をひとふりするだけで、9人以上を殺すことができた一方、その木の柄をふることで、死者を生き返らせることもできた。すなわち、この「善き神」は、ただ男性的な性質だけを表していたのではなく、そこには性を超越したような面があった。つまり、命を滅ぼす一方で、それを生み出しもするという矛盾と対立のなかに、彼の二面性が具現化されていた——彼がよくいっしょに描かれる大釜は、命を育む子宮のような存在で、より女性的な面を象徴していた。

> この「善き神」は、ただ男性的な性質だけを表していたのではない。

　北欧神話の雷神トールも、ダグザと同じく槌をもっているが、ケルト神話にも、このトールに相当するタラニス（アイルランドではトゥレン）という神がいた。地上の標的を滅ぼすために天をゆるがし、雷光の槍を投げ下ろしたのは彼だった。「輝くもの」を意味する太陽神ベレヌスとの戦いでは、暗い闇夜と目がくらむような白昼が延々とくりかえされたという。大陸のケルト諸国を占領したローマ人が、天界を支配する主神ユピテルに相当する神を求めたとき、彼らが目を向けたのは、このタラニスだった。しかし、ケルト神話における雷神は、けっしてローマ神話のユピテルほど（あるいはギリシア人が信仰する主神ゼウスほど）大きな存在ではなかった。というのも、農夫であれ、旅人であれ、兵士であれ、船乗りであれ、ケルト人にとって天界以上に重要だったのは、大地だったからだ。彼らの精神はおもに大地とともにあり、父なる「善き神」ダグザも、地面（あるいは地中）にしっかり足をつけている。ダグザは、のちのシー（Sídhe）と同じく、一般に土を盛った塚や小高い丘に棲むとされた——その上には1本（あるいは3本）の木と大釜、そして綱につながれた雌豚がいた。木はおおいかぶさるように前方に傾き、その枝にはいつも、そしていつまでも、果実がたわわに実っていた。大釜は中身がつねにあふれんばかりになっていた——それは

> ケルト人の精神は、おもに大地とともにあった。

無尽蔵にわき出るシチューやスープであったり、祝祭のときは濃い赤ワインであったりした。丸々と太った雌豚は、多産や豊穣の象徴だったが、より現実的な意味においても、そうした豊かさの原則を表してした——その雌豚は何度殺され、食べられても、ふたたび生まれ変わり、永遠に枯渇しない食料源となった。生存と生殖は、人類にとって心理的にも重大な関心事だが、古代の社会では、いまよりもずっとさしせまった関心事だった。ケルトの守護神として、彼らを支えるこの「善き神」は、生命と繁栄、そして永遠の豊かさを約束してくれた——ダグザの恩寵は、いかなる代償をはらってでも、確保すべきものだ

右:「グネストルップの大釜」のこの見事なプレートにあるように、タラニスは古代の雷神だった。

った。

　一方、ケルト神話には、母なる女神もたくさんいた。それは土や農耕にもとづく古代の信仰において、あらゆる形の豊饒を祈願する対象が地母神だったのと同じである。ただし、今日のように戦争＝男性、豊饒＝女性といった、単純に対立した構図を描くのは時代錯誤的だ。古代世界では、戦争は男性の遊びでもあったが、経済的生産性、つまり豊かさのもうひとつの形でもあった。それは肥沃な土壌において、男の種子が「母なる」大地と結びつくのと同じである。だからこそ、あぐらをかき、枝角をもった神ケルヌンノスが崇敬されたのだ——彼は男性の（そして農耕の）豊かさをつかさどる強力な守護神で、ガリア全土にさまざまな形で現れた。これはケ

ルトにかぎったことではない。古代ローマの軍神マルスも、神々のなかでもっとも男性的でありながら、もとは農作物の守護神として崇められていた。

　しかし、ダグザの女性版を見つけるのは少々むずかしい。というのも、彼ほど傑出した地母神はいないからだ。逆にいえば、それは女神があくまでも女らしい存在でなければならないということで、そうした思想が体現されていたからかもしれない。あるいは、たんに女性の母親としての役割が、あまり重視されなかったからかもしれない。実際、さきに登場したモリガンは、多産を象徴することもあったが、いわゆる「母性」とは無関係のことを象徴する場合も多かった。そうした矛盾が、どれほどケルト人を悩ませたかはわからない。ただ、彼らが厳格な体系や確立された要素といったものを、少しも気にとめなかったことは、すでに見てきたとおりだ——世界とそこにあるすべてのものは流動的で、たえず変化にさらされている。そのため、残忍で好戦的なモリガンが、ある場面でやさしく穏やかな豊饒の女神アヌとして登場しても、人々はなんの抵抗も感じなかった（ちなみに、ケリー州キラーニー郊外にあるふたつの丘は、この女神の胸を思わせることから「アヌの乳房」とよばれている）。

　馬の女神エポナも、慈愛に満ちたやさしい存在だった——彼女は馬をつかさどることから、ローマ軍に仕えたケルトの騎兵たちの信仰を集め、やがて軍神としての新たなアイデンティティーを得た。エポナが軍にかかわったことは、それほどめずらしいことではない。オランダの北海沿岸のケルト人集落で崇拝されていたネヘレニアも、もとは狩猟の女神だった（そのため、彼女は猟犬とともに描かれることが多い）が、最終的にはケルトの船乗りの守護神となった。ウェールズでは、ドーンとリアンノンが地母神として崇敬されていた——前者はアイルランド南西部に伝わるアヌの異形と考えられている。あるいは、ダヌの異形ともされるが、ダヌの存在については、神話のなかにさえ直接的証拠がほとんど見あたらな

次ページ：フランス北東部のランスにある石の祭壇では、ケルトの神ケルヌンノスが、お決まりのポーズとして、あぐらをかいて座っている。

ケルトの世界観 51

い。その存在を示唆しているのは、のちにアイルランドの古代の神々にあたえられた「トゥアサ・デ・ダナン（トゥアタ・デー・ダナン、ダーナ神族、*Tuatha Dé Danann*）」という集合名だけである。Danannという語が「ダーナの」を表す属格（所有格）であることから、現代の学者たちは、これが神々の母神ダヌではないかと推測しているが、どの物語にも、彼女本人は登場していない。

ダーナ神族

だれが生み出したにせよ、ダーナ神族（*Tuatha Dé Danann*）はもともと神の一族だったようだ。のちに修道士によってまとめられた伝説では、彼らは王や女王といった王族、あるいはおとぎ話に出てくる巨人や怪物、魔女といった身分に降格されている。アイルランドの神話においてさえ、それが地域的な変異のせいであれ、中世の修道士による意図的な編集のせいであれ、彼らの出自や血統についての記述には、かなりのくいちがいがみられる。

ただ、入手可能なあらゆるバージョンに共通していることがひとつある。それは「ダーナ神族」の生活や恋愛のようすが、メロドラマのように扇情的であるということだ。すでに登場した女神ボアンの物語がまさにそうだ。伝説によれば、このボイン川の精霊は、キルデア州にあるカーブリー・ヒルの奥深くに棲むネフタンと結婚していた。ネフタンの名は、のちにローマ人のあいだでネプトゥヌスとして知られるようになった海の神によって、古代インド・ヨーロッパ語族の歴史となんらかの結びつきがあることを示している——水をつかさどるケルトのほかの神々も、のちにこのネプトゥヌスと同一視されるようになった。伝説によれば、ネフタンは、ハシバミの森の奥にある小さな知恵の泉を守っていた。泉のまわりにはハシバミの木が立っており、そのうちの1本から泉

上：ガリアの馬の女神エポナは、ローマの騎兵たちの守護神となった。この美しい像は、フランス東部のアリーズ・サント・レーヌで見つかった。

神聖でない一団

　古代には、どこかいい加減な傾向があるようで、ひどく不愉快な精霊が非常に魅力的な名前をもっていたりする。たとえば、ギリシア悲劇の『エウメニデス』は、「慈愛の女神たち」を意味するが、実際には「復讐の女神たち」のことをさしていた。シェークスピアの『真夏の夜の夢』に登場するトリックスターの妖精パックも、ロビン・グッドフェロー（いいやつ）とよばれ、これと同じ希望的論理によって、現代のマフィアも、仲間のことをグッドフェローズとよぶ。スペイン語で Santa Compaña（「神聖なる一団」）とよばれた者たちも、おそらくこれと似たような例だろう。というのも、彼らはまったく神聖ではなかったからだ。オーストリアでは Güestía（「軍」）とよばれ、よりあいまいな感じである。その近くのガリシアでは、As da Nuite（夜の者たち）とされ、より不穏だが客観的なよび方がなされている。

　この As da Nuite とは、基本的に救いに適さない魂の一団のことだ。断罪された彼らは、フードのついた白いローブを着て、長い列をなし、同じ服装をした人間に導かれて、夜な夜なこの世をさまよい歩く。行列を導くこの人間は、十字架か大釜を手にしている——これはキリスト教の儀式で司祭がもつ聖杯やつり香炉を思わせるが、それよりもっと強く連想させるのは、アイルランドの父神ダグザのもつ大釜である。彼あるいは彼女は、こうした悩める霊たちによって眠りを解かれ、一種のトランス状態となって夢中歩行するが、朝には自分のしたことをまったく忘れている。この務めは、呪いとしてあたえられる——おそらく司祭が洗礼の儀式でへまをして、その者の魂にしかるべき恩寵が授けられないままにしたのだろう。その不運な犠牲者は、毎晩、この Santa Compaña の先頭に立ち、儀式の象徴——十字架や大釜——をもって歩かなければならない。この務めから解放されるのは、行列がどこかの哀れな旅人に遭遇し、彼に儀式の象徴を手渡すことができたときだけである。

へ落ちた９つの魔法の実によって、その水にはあらゆる知識が溶けこんでいた。ネフタンと結ばれたボアンは、彼に夢中になるあまり、恍惚として泉に飛びこんだ。すると水があふれ出し、それがボアン川になった。

　しかし、ボアンの情熱は、どうやらあまりに激しすぎて長続きしなかったようだ。その愛は年月とともに弱まり、ついにはべつの男と恋に落ちた——相手はダグザだった。ボアンが身ごもり、情事の発覚と不面目をおそれたダグザは、太陽にその場ですぐ動きを止め、まる９か月は周回をやめるように命じた。それはボアンが男の子を妊娠し、出産するまでの期間だった。そうして生まれた赤ん坊がオインガス（オイングス）で、成長した彼は美と若さ、愛と詩をつかさどる神と

上:「運命の石」とよばれるリア・ファールは、アイルランドのミース州タラの丘に立っている。

なった。ただし、ダグザが介入したせいで、ボアンの妊娠中、時間はずっと止まったままだったため、9か月の全過程はたった1日の長さに圧縮されていた。もちろん、これに気づいた者はおらず、赤ん坊は母親とその愛人の名誉を守るため、里子に出され、ダグザの嫡出子のひとり、ミディール（ミディル）によって育てられた。

　こうした裏面工作は、一族のあちこちで行なわれた。ミディールの最初の妻フゥーナッハ（フアムナハ）は、自分よりも若い美貌の太陽神エーディン（エーダイン）が、夫の寵愛を受けたことに嫉妬し、彼女をナナカマドの杖で深い泉に変えてしまった。しかし、一度の変身では、ケルトの語り部にはものたりなかったようで、エーディンはつづいて毛虫に、さらに蝶に変えられた。この姿なら、彼女は愛するミディールのもとへ飛んでいき、そばにいることができたが、フゥー

ナッハは突風を起こして彼女を遠くへ吹き飛ばし、7年間も空をさまよわせた。蝶がエーディンであることに気づいたオインガスは、彼女のために東屋を建て、エーディンはそこで7年間身を隠した。しかし、フゥーナッハの怒りはそれでもおさまらなかった。意地悪な彼女は、あらゆる場所を探しまわり、ついにエーディンの隠れ家を見つけると、ふたたび突風を起こして吹き飛ばし、彼女をさらに7年間さまよわせた。エーディンは、アルスターのある女性が飲もうとしていたワインのカップに着地した。そしてその9か月後、戦士エタアの妻は産気づき、エーディンは彼らの娘としてふたたび生まれた。

　一方、ダグザのもうひとりの娘がブリード（ブリギッド）だった。ボアンと同一視している物語もあるが、彼女はそれ以上にアイルランドの重要な女神とされている。音楽、詩、芸術の守護神であるブリギッドが、これら三つを賛美する吟遊詩人にとって、特別な存在だったことはまちがいない。そんな彼女と雷神トゥレンとの結婚は、腕力と権力、そして巧みな技術とが一体になることの象徴でもあった——彼らの3人の息子のうち、クルーニャ（クレードネ）とゴブニュ（ゴヴニウ）はどちらも鍛冶の神として知られ、青銅や銀で見事な作品をつくり出した一方、ルフタは木工や大工の神となった。さらにそのずっとあとの時代、ブリードは、キリスト教の守護聖人としてアイルランドで広く崇敬されている聖女ブリジッド（ブリギッド）と同一視されるようになった。聖ブリジッドが紀元480年に創設したとされる礼拝堂は、キルデア（*Cell Dara*、「オークの教会」）というその名が示唆しているように、古代の異教信仰の場だった。

下：美しいエーディンを腕にかかえるミディールだが、彼は嫉妬深い妻フゥーナッハによって、彼女がつぎつぎと姿を変えられることを阻止できなかった。

右：聖書台の木彫りにある渦巻模様は、聖ブリジッドの古代の先祖を示唆している。

戦争と侵略

　驚くほどのことではないが、アイルランドのケルト人は、その先祖たちが過去にさんざん軍事的拡大を行なってきた好戦的な民族であるわりに、自分たちの国はたびたび外敵の襲来を受けてきたという歴史観をもっている。実際、彼らのもっとも重要な年代記のひとつには、*Lebor Gabála Érenn*——『アイルランド来寇（らいこう）の書』——というタイトルがついている。11世紀——そこに記された出来事のずっとあと——に書かれ、キリスト教の修道士たちによる偏見も入っている（内容が歪められたことはまちがいない）が、それでもこの書は、アイルランドのケルト人が自分たちの歴史をどう見て

いたかを教えてくれる。

　書き手は、基本的に聖書の創世物語を焼きなおしながら、アダムからノアの息子ヤペテにいたるまでの、とくにケルト人の系譜をたどっている。ご存じのように、聖書の創世記では、傲慢で思い上がった人間たちに対して、神はあの有名な大洪水をひき起こすが、ノアとその家族だけは生きのびる。しかし、ケルトの「神話による歴史」では、物語はこの時点ですでにひどくこみいっており、ヤペテの家系は、スキタイの首長フェニウスからその息子ネルへと進んでいる。物語ではさらに、同じ創世記にあるバベルの塔の話ももりこまれているうえ、ネルとエジプトの王女スコタとの結婚によって、異国情緒もそえられている（ちなみに、スコタという名前から察せられるように、彼女はやがてスコットランドの母となる）。バベルの塔が崩壊し、それまでひとつだった人間の言語がさまざまに分かれたあと、のちにゴイデリック語やゲール語として知られるようになる言語を最初に話したのは、ネルとスコタの息子ゴイデル・グラスである。彼の子孫はそれから400年にわたって、世界をさまようことになった。

　一方、べつの物語の流れでは、ノアのもうひとりの息子ビトの娘ケスィルが、入植者の一行とともに――大洪水のまえに――すでに出発しており、彼らは最終的にアイルランドへたどり着く。大洪水の到来を警告された彼らは、西の山々へ

ケルトの創世記

　組ひも文様や渦巻文様にみられる美意識と、たえずダイナミックな変身が生じる宗教文化からもわかるように、ケルト人は、つねに「その瞬間」を生きるという哲学をもっていたようだ。ただ、彼らの生き方は、たしかにその想像力と同じくらい豊かで機知に富んでいたが、分析的な傾向があったとはいえない――物事の本質をつきとめようとする現代のような（あるいは古典時代のような）情熱は、少しも感じられない。目のまえにあるものを明らかにしようとか、それに規則性や秩序をもたせようとかするよりも、ケルト人はあらゆるものが複雑に影響しあうことに喜びを感じた。

　アイルランドに伝わるディンヘンハス（*dindshenchas*、地名の書）では、身近な地理学的特徴の由来を明らかにしたいという強迫観念同然の願望が示されている一方で、この世界全体の創造の問題には少しも関心が向けられていない。これはわたしたちにとっては意外である。なぜなら、わたしたちは「起源神話」が、どんな文化においてもその根本をなすものだと考えがちだからだ。

　最初にケルト神話を書き記したキリスト教の修道士たちも、これには驚いたようだ。あまりに驚いたため、彼らは自分たちの手で問題に対処した。『アイルランド来寇（らいこう）の書』には、あきらかにユダヤ教とキリスト教の創世記と思われるものが、世界の起源には少しも関心がなかったはずのケルトの年代記に「つけたされて」いるのである。

上：フィンタンは、鮭や鷲、鷹に姿を変えて、ノアの洪水を生きのびたという。

のがれるが、フィンタンだけがさまざまに姿を変えて——最初は鮭、つぎは鷲、さらに鷹——生きのびた。5000年後、彼はようやく人間の姿に戻り、アイルランドの歴史の重要な年代記編者となった。

　このときまでに、アイルランドではすでに何度も入植者の襲来があった。最初が「パーホロン（パルトローン）の民」で、ノアの子孫だった首長のパーホロンは、アイルランドに文明を築くことに成功するが、一族はその直後に疫病によって死に絶える。しかし、彼らはそのまえに謎の種族フォモール（フォオレ）族を撃退し、さらには農業や家畜の管理、家政、建設の技術を確立した。その30年後、今度はネメズ（ネウェド）率いる新たな植民者の襲来があり、彼もまたノアの子孫だった。ネメズ族は、40隻あまりの船で西アジアのカスピ海を出発したが、嵐をくぐり抜け、この西の小島にたどり着いたのはネメズの船だけだった。彼は妻や息子、配下の者たちと森を切り開き、アイルランドの大地を耕した。

　ネメズ族はまた、虎視眈々と攻撃の機会を狙うフ

> フォモール族は4回攻撃し、4回とも負かされた。

ォモール族とも戦わなければならなかった——フォモール族は彼らを4回攻撃し、4回とも負かされた。しかし、コナンとモルクの指揮のもと、フォモール族はついにネメズ族の征服に成功し、彼らに年貢を要求した。毎年、夏の終わりを告

げるサウィンの収穫祭で、ネメズ族は作物――と子どもたち――の3分の2を差し出さなければならなかった。怒った彼らは、ドニゴール沖のトーリー島にあるコナン王の要塞に攻め入り、彼を殺したが、結局はモルク率いるフォモールの援軍に滅ぼされた。戦場で死ななかった者たちも、その大部分は巨大な海のうねりにのみこまれた。そしてなんとか生きのびた少数の者たちは、世界中にちらばった――一派は東へ向かってブリテンをつくり、もう一派は北へ向かって(当面は忘れさられ)、さらにもう一派はユーゲ海へと南下し、ギリシアに「避難」した。しかし、ギリシア文明を築いた者たちは、新しくやってきた彼らを、奴隷としてしか受け入れなかった。彼らは石切り場で働かされ、大きなずだ袋に泥土をつめて運んだことから、フィル・ボルグ(フィル・ヴォルグ、「袋の男たち」)とよばれるようになった。しかし、それから230年後、何世代もかけて勢力をとりもどした彼らは、200年前の津波以来、いまだだれも住み着いていなかったアイルランドへふたたび上陸した。フィル・ボルグの5人の首長は、

下:トーリー島は、コナン王によるネメズ族弾圧の拠点となったが、やがて蜂起した彼らに攻めこまれた。

それぞれの家族や配下とともに、無人だったアイルランドの各地へ離散した。

ダーナ神族の支配

　一方、フォモール族との戦いに負けたあと、北へのがれた「ネメズ族」の一派は、このときまでひっそりと孤立して耐えていた。そしていま、ヌァザ王のもと、彼らはトゥアサ・デ・ダナン（ダーナ神族）として富と勢力を増していた。必滅の人間と不滅の神々のあいだというあいまいな領域を占めていた彼らは、突然、不思議な方法（おそらく魔法）で、アイルランドにふたたび姿を現し、フィル・ボルグ族と戦った。この物語にかんするさまざまな史料を比べると、ダーナ神族を神と考えるケルトの伝説と、彼らを英雄的人間と考えるキリスト教の修正論のあいだに、明らかな勢力争いが見えてくる。実際、ダーナ神族はコネマラ山地の頂上をおおう暗雲に舞い降り、そのもやのなかから魔法のように姿を現したとするバージョンもあれば、彼らはふつうの侵入者のように、コナハトの沿岸に上陸したとするバージョンもある。

　いずれにせよ、ダーナ神族はその後の戦いに勝利したものの、ヌァザ自身は戦闘で重傷を負った。コナハト中心部の平原、マグ・トゥレドの戦いで腕を失った彼は、身体に障害を負ったことから、王としての資格も失った。当面はブレスが王位を継いだが、フォモール族に父をもつブレスは、その血筋からも忠誠心からも、攻撃の機会を狙うフォモール族との和解を望むようになった。ところが、最近の戦いではダーナ族のほうが勝利していたにもかかわらず、両者の同盟では立場が逆転し、ダーナ族はフォモール族の圧政のもと、彼らの奴隷になりさがった。実際、ダグザは何日も溝掘りをやらされるなど、神々の父にとって屈辱的な運命を余儀なくされた。しかし、癒しの神ディアン・ケヒトに特別な銀の義手をつくってもらったヌァ

下：中身がつきることのないダグザの大釜は、この非常に男性的な神の母性的な側面を象徴している。

ケルトの世界観 61

ルナサの祭り

ルー（ルグ、Lugh）は、槍や投石器の腕が傑出していたことから、「長腕のルー」とよばれた。一方、Lughは「光」を意味するインド・ヨーロッパ語 *leuk* に由来する。そう考えると、ルーが太陽と強い結びつきをもっていたこと、あるいは彼の祝祭であるルナサ（ルグナサド）が、夏の収穫の最盛期に行なわれたことは、驚くにあたらない。同じような祝祭は、スコットランドやマン島をはじめ、ケルト世界各地で行なわれたようだ。ルナサでは、収穫したばかりの穀物や果実が捧げられ、ルーがもたらしてくれた豊饒と豊かさに感謝するため、雄牛が生贄にされた。これらはふつう、神々の聖域とされていた小高い丘の上に運ばれた。ルーへの敬意として登山をする慣習は、西暦紀元に贖罪の巡礼として形を変え、現在も多くの人々が毎年7月最後の日曜日に、メイヨー州のクロー・パトリック山に登っている。

左：血に飢えた魔法の槍をあやつるルー。

ザは、ふたたびダーナの王位に返り咲いた。彼らは一斉に蜂起し、フォモール族を倒して、アイルランドにおけるダーナ族の支配をとりもどした。

もちろん、勢いはおとろえたものの、まだ完全に消滅したわけではなかったフォモール族も、権力を回復しようとしたが、マグ・トゥレドの第二の戦いでダーナに敗れた。ただ、ダーナ神族にとって、それは少々むなしい勝利だった。というのも、ヌァザ王が勝利とともに命を落としたからで、ヌァザを失った彼らは、種族として大きな喪失感に包まれた。しかし、王位を継いだルー（ルグ）は、ブレスと同様、フォモール族の血を引いていたが、彼はダーナ神族により忠

> 彼らは一斉に蜂起し、ダーナ族の支配をとりもどした。

実だった。

ゲールの勢力

　ちょうどこのころ、長く忘れさられていたケルトの歴史の一部分が、ふたたびアイルランドにつながろうとしていた。ときはバベルの塔の崩壊へとさかのぼる。約400年にわたって世界をさまよったのち、ゴイデル・グラスの子孫たちは、イベリア半島沿岸にたどり着いた。首長のひとりだったブレオガンは、スペイン北西部のこの地を征服し、ブリガンティア（現在のガリシア）という都市を築いて、みずからが王となった。そして、またしてもそこに巨大な塔を建てた。ある日、その頂上から海を眺めていた弟のイトが、はるか遠くに緑の島を見つけた。ブレオガンの息子はすぐさま遠征軍を組織し、精鋭を集めて、この島に向かって出帆した。そして彼らは、ダーナ神族から力ずくでこの島を奪った。ただし、この若い征服者の名前は明らかではない——ミール・エスパンという彼のよび名は、ラテン語のミーレス・ヒスパニア（*Miles Hispania*、「スペインの兵士」）をゲール語化したものにすぎない。彼の配下やその家族は、「ミレー族」とよばれている。

　ゴイデル・グラスの子孫として、彼らはアイルランドにやってきた最初の「ゲール人」でもあり、同国に今日ま

下：ゴイデル・グラスの子孫ブレオガンは、スペイン北部に重要な統治王朝をひらいた。

で受け継がれることになるアイデンティティーをもたらした。彼らはまた、倒したダーナ神族を、文字どおり、地下へ追いやり、世界に新たな秩序をもたらした。こうしてかつての神々——いまはいたずら好きの妖精に降格——は、地下に居を定め、シーとして夜だけ姿を現すことになった。一方、ミレー族はどうかというと、彼らの地位ははっきりしない——大部分は人間の男女として存在していたが、なかには神のような地位を享受する者もいたようだ。

　しかし、それはかならずしも羨望に値するような地位ではなかった。ミール・エスパンの息子のドウン（ドン）は、ダーナ神族の女神エリウを軽んじ、さらには侮辱するという過ちを犯した。ダーナ神族は、たしかに地上の権力の座からは転落したが、地下ではなお権勢をふるっており、地母神エリウはエール、すなわちアイルランドの名の由来となるほど崇敬されていた。結果としてドウンは、アイルランド南西部の沿岸を航行中に波にのみこまれ、コーク州のベアラ半島沖にある岩の小島に永久に幽閉された。現在、その島は「ブル・ロック（雄牛の岩）」（近くの「カーフ・ロック（子牛の岩）」より大きいため）とよばれ、古いディンヘンハス（*dindshenchas*）には、チェハ・ドゥイン（「ドウンの家」）として記されている。ある氏名不詳の詩人によれば、罪人の魂が地獄へ旅立つまえにチェハ・ドゥインを訪れ、ドウンの魂を偲ぶのだという。しかし、悔いあらためた者の高潔な魂は、その場所を遠くから眺めるだけで、まどわされることはない。すくなくともケルトの信仰では、そう信じられていた。チェハ・ドゥインが「死者の集まる場所」とよばれるゆえんである。

上：ブレオガンの息子ミール・エスパンは、神話の基準からしても、得体の知れない人物である——彼のよび名は「スペインの兵士」を意味するにすぎない。

第2章
アルスターの戦争

　トロイア戦争が古代ギリシア神話の重要な一部であったように、アルスターの戦争も、アイルランドにおけるケルト神話の重要な一部となった。そしてこの神話の世界の戦いから、ひとりの英雄的人物が生まれた。

　すでに見てきたように、シー（*Sídhe*）は土を盛った塚に棲むとされた。アイルランドのアーマー郊外にあるエヴァン・マッハ（エウィン・ワハ）は、そうしたシーの棲み処のひとつといわれている。しかし、現代の考古学研究では、そこにこの妖精族の痕跡はまったく見あたらない。古代の戦いの女神マッハ（マハ）の存在を示す証拠も発掘されていなければ、彼女がアルスター王の二輪戦車と競走させられて勝ったとされる証拠も発見されていない。ましてや、ゴールした勝利の瞬間、マッハが極度の疲労のせいだけでなく、陣痛のせいで地面に倒れこんだという伝説も確認できていない。彼女は激痛で痙攣を起こし、天を切り裂くような叫び声を上げながら、その場でふたりの男の子を産んだ──エヴァン・マッハ（*Emain Macha*）の名は、古アイルランド語でまさに「マッハの双子」を意味する。伝説によれば、彼女は苦痛にあえぎながら、アルスターの男たちに呪いをかけた。そのときから9世代にわたって、アルスター王国が戦争に脅かされ

前ページ：呪いによって力を奪われたクー・ホリンは、倒れないように自分の体を石柱にしばりつけ、裏切り者の毒剣を受けて死んだ。

るたび——まさに王国を守らなければならないというとき——に、男たちは全身の力を失い、出産の痛みにも匹敵する激痛に苦しめられた。しかも、こうした痛みと痙攣は、丸5日間続いた。そしてこの呪いが果たされたとき、マッハは息絶えた。

　ディンヘンハス（*dindshenchas*、地名の書）に記されているにもかかわらず、エヴァン・マッハの発掘調査からは、この場所がつまりは要塞で、その巨大な塚——高さ40メートル、幅250メートル——は、防衛を目的につくられたという現実的な結論が裏づけられただけだった（すくなくとも当初は）。そのため、この地は現在、ナヴァン・フォート（Navan Fort、ナヴァンの砦）とよばれている（「ナヴァン」は、本来のゲール語 *An Emain* の音にもっとも近いアングロ・サクソン語）。

　しかし、最近になって、学者たちは、もしこれがほんとうにただの丘の砦（ヒルフォート）だったとしたら、なぜ石と木材でつくられた建造物を「守るための」堀や城壁が、その内側にあるのかを疑問に思うようになった。面白いことに、まったく確信はないものの、その疑問はこんな考えを生み出した——「ナヴァン・フォート」は、じつはなにかの儀式の場だったのではないか。その結果、マッハの物語については科学的裏づけが不足しているものの、エヴァン・マッハがたんなる軍事防衛の拠点ではなかった可能性が示唆されている。すくなくとも、それはある種の宗教的モニュメントであ

下：現在のナヴァン・フォートは、もはや英雄たちの棲み処ではなく、そんな神話の時代がアイルランドの遠い過去になったことを思い出させる。

上：上空から眺めたエヴァン・マッハは、より印象的な姿にみえるが、そこが王たちの御座所だったとは想像しがたい。

り、祭儀の場であったようだ。そして、妖精塚が古くからそういわれてきたように、ふたつのまったく異なる世界にアクセスできる場所だったようだ。ひとつは、神々や精霊の棲む神秘の世界。もうひとつは、世俗の権力や現実の政治、そしてもちろん、軍事防衛や征服の世界である。アーマーにおいてばかりか、アイルランド神話においても、大きな存在感をもつナヴァン・フォート／エヴァン・マッハは、今日、このふたつの領域を結ぶ場所として見ることができる。

人間的な歴史

　伝説によれば、ウラド（アルスターに住む人々）の都とされたのがエヴァン・マッハで、王たちはその砦の内側に居をかまえた。アルスターの名前の由来となった民族が存在したことは確かなようだが、彼らの暮らしや歴史については、神話の材料にしかなっていない。紀元1千年紀初めの数世紀、

アルスター王国は、現在のイギリス領北アイルランドとなっている地域全体に広がり、南は現アイルランド共和国のルース州にまでおよんでいたという。ただし、これは太古の時代の話であり、ほぼ神話と考えたほうがよさそうだ。とくにそれが中世の修道士たちによってずっとあとに記録され、叙事詩という形で伝えられていることを考えれば、なおさらである。

現代のような学術的厳格さとは無縁だった修道士たちは、異教の物語に魅力を感じる一方で、それが本来の形のまま保持されるべきという感覚をもちあわせていなかった。

しかし、同じ神話でも、この時代についての彼らの記述は、ダーナ神族（*Tuatha Dé Danann*、トゥアサ・デ・ダナン）

の時代についての記述とは異なっている。ダーナ神族の物語では、神々の一族――ひどく人間らしい弱さをもっていたが――の行為や出来事、感情が描かれていた。ところが、アルスター物語群では、戦士たちがしばしば超人的なパワーをもち、あらゆる魔術や魔法を駆使する一方で、登場人物は神々ではなく、あくまでも人間の男女であり、そこで起きる出来事も、ずっと人間的なスケールで描かれている。学者のなかには、異教徒の言い伝えによるオリジナルでは、これらの物語はもともと神々の物語だったのではないか、ここで登場人物が人間に変えられているのは、キリスト教の年代記編者による意図的な「降格」だったのではないか、と考える者もいる。もしそうなら（確かなことはわからないが）、そこにはすくなくとも登場人物をより人間らしく、より現代的でリアルな存在として生かし、共鳴させるというメリットがあっ

前ページ：古代の吟遊詩人や語り部は、みずからハープを奏でながら話すのが伝統だった。

海上のアルスター

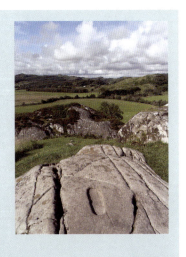

厳密に歴史的な観点からいうと、5世紀以降、アルスターは敵国によってバン川の東へと領土を侵食されはじめた。しかし、このころまでに、彼らはノース海峡の向こう側、スコットランドのハイランド地方南西部およびアイランズ地方に植民地の開拓をはじめていた（ちなみに、アーガイルという名は「ゲール人の東の国」を意味する）。これがのちのダール・リアダ王国の礎となり、王国は両沿岸をまたいで繁栄した。陸路の旅、とくに起伏の多い地形を徒歩で進むことがむずかしかった時代、一筋の海を中央広場のようにしてもつことは非常に都合がよかった。その広場は、アイルランドとスコットランドの両沿岸を分断するよりも、むしろ両者をひとつにつないだ。ダール・リアダ王国は、その民族の神話上の祖先とされるエオフ・リアダにちなんで名づけられた。何世紀ものちに王国の都となったアーガイル地方のダナッドには、丘の砦（ヒルフォート）の石板に、（ちょっと想像力を駆使すれば）この創始者の「足跡」がみられる（右上）。アイルランドでは敵国に領土を侵され、スコットランドでは北東部のピクト人に攻めこまれ、やがては西からヴァイキングの襲来を受けたが、それでもダール・リアダ王国は9世紀まで存続した。もちろん、この間もアルスターは伝説のなかで生きつづけた。

た。ウラド（アルスター）と敵国——とくにコナハト——との戦いには、たしかに魔法的な要素がふくまれ、英雄たちがこぞって神技を披露する傾向もみられるが、彼らをそのように駆りたてている感情は、人間ならだれもが理解できる感情である。

宿された紛争の種

　語り部によれば、争いがはじまったのは、「黄色い踵の」エオヒズ（エオヒド）・サールビドの治世だった。発端はコンホヴォル（コンホヴァル）の受胎である。ある日、エオヒズ王の娘のネス王女が、エヴァン・マッハの宮殿のそとで侍女たちといっしょに座っていると、宮廷のドルイド長カスヴァズ（カトヴァド）が通りかかった。ネスは彼に、「今日は何にとってよい日かしら？」とたずねた。するとカスヴァズは、「王妃の身に王が宿されるのによい日です」と答えた。それを聞いたネスは、迷いも疑いもなく、その機を逃すまいといきなり行動に出た——相手はその場にいた唯一の男、カスヴァズである。彼女はうろたえるカスヴァズを自分の部屋へ引きずりこみ、強引に隣に寝かせ、彼と性的関係をもった。カスヴァズが部屋を出るころには、王女は妊娠していた。

　妊娠期間はひどく長かった。ネスは3年3か月後に、ようやく男の子を出産した。彼女はその赤ん坊にコンホヴォルという名をつけた。コンホヴォル・マク・ネッサ（「ネスの息子コンホヴォル」）は、カスヴァズの息子として広く認められていたため、彼も養育にかかわった。コンホヴォルが7歳のとき、転機が訪れた。母親のネスがアルスターの新王フェルギュス（フェルグス）・マク・ロイヒの目にとまり、王妃になるチャンスが生じたからだ。ネスはフェルギュスとの結婚にあたって、彼

下：すぐれた技術がケルトの拡大を支えた——これらの短刀には、鉄器時代の進歩がはっきりと表れている。

にひとつだけ条件を出した——自分の息子がその息子を王の子孫として主張できるようにしたい。そこで彼女は、コンホヴォルに1年間だけアルスターの王位をゆずってほしいと要

神話と人間

　ナヴァン・フォートと国境のあいだには、現代のアイルランドでもっとも美しい田園風景が広がっている——緑の田畑に石垣、木立ち、一面のムーア、きらめく小川。しかし、1993年に北アイルランド紛争（写真上）の解決に向けたダウニング街宣言が出されて20年あまりたったいまでも、南アーマーの「無法者国家」という悪名は忘れられていない。伝説のなかで、ウシュネ（ウシュリウ）の息子たちがコンホヴォルの王国を攻撃したその原野や農場を舞台に、IRA（アイルランド共和国軍）の狙撃兵とイギリスの兵士たちは、追いつ追われつの戦いをくりひろげた。たとえアルスターがイギリス領だとしても、それはアルスターの歴史が生んだ反骨の結果であり、アングロ・サクソンに支配されてもなお、アイルランドの誇りをつらぬこうとする姿勢の表れである。「アルスター植民」——17世紀のスコットランドおよびイングランドのプロテスタントによる入植事業——は、規則に従おうとしない先住のゲール人（のカトリック教徒）に対する乱暴な政策だった。1970年代から80年代、両者の戦闘部隊がそれぞれの国の貴重な伝統をどれほど代弁していたかについては、たしかに議論の余地がある。けれども、しぶとく生きつづける神話の姿、そしてイギリスの支配を不愉快に感じながらも、歴史とともに少しずつ態度をやわらげてきたアイルランドの一部地域の神話の姿には、やはり心を打つものがある。また、そうやって新たな神話もつくられていく——住民の大部分が平和以外のなにも望んでいない地域に対して、イギリスのマスコミが貼った「無法者国家」というレッテルは、まさにそうした神話である。

求した。幼い子どもが権力の座についたところで、だれも真剣に受けとる者はないだろうという顧問たちの言葉に安心し、フェルギュスはこれに同意した。こうしてネスは彼の妻となり、王妃となり、一時的に彼女の息子コンホヴォルが「王」に選ばれた——が、真の王権がどこにあるのかはだれの目にも明らかだった。

　ところが、ネスの計画はまだ終わっていなかった。それから数週間のうちに、彼女は自分が所有する家畜や財産をはじめ、親族から引き出せるかぎりの富を集め、幼いコンホヴォルに代わって、それらをフェルギュスの戦士たちに分けあたえた。これまで忠実に仕えてきた主人が、結婚するからといって自分たちを安易に売り買いしたことに動揺し、すでに幻滅していた彼らは、新しい王の気前の良さに大喜びした。そして大喜びするあまり、王位の期限がすぎ、フェルギュスが復位を宣言したとき、彼らは一斉に立ち上がり、コンホヴォルの王位継続を要求した。クーデターの危機に直面したフェルギュス・マク・ロイヒは、結局、王位を断念させられた。こうしてコンホヴォル・マク・ネッサが、正式にアルスターの王となった。

偉大な王

　コンホヴォルはしだいに王の立場になじみ、成人に達するころには、人々から広く賞賛され、崇敬さえされていた。あまりに崇敬されたため、アルスターの若者たちは、コンホヴォルが自分の花嫁とさきに初夜をすごしても気にしなかった——なんといっても、彼は国民の父だからである。コンホヴォルはその賢さだけでなく、勇敢さでも知られていたが、万一にも危害を受けることのないように、さきを行く戦士たちによって厳重に警護されていた。というのも、カスヴァズの予言が現実のものとなり、ネスの息子が正真正銘の王となっても、息子の息子も王にした

> 王の頭上には、三つの金の林檎がついた銀の枝がぶら下がっていた。

いという彼女の望みは、まだ果たされていなかったからだ。

　コンホヴォルには、三つの立派な館があった。御座所のある私邸はクラエブルアド（「赤枝の館」、赤は王位の象徴）とよばれた。クラエブデルグ（「鮮やかなる赤枝の館」）には、討ちとった敵の生首が、ほかの戦利品とともに保管されていた。テート・ブレック（「輝ける財宝」）は宝物庫で、宝石をあしらった杯や皿、金銀の装飾がほどこされた短剣、剣、槍、そして豪華な軍旗などがおさめられ、まさに光り輝いていた。テート・ブレックには、華やかな装飾の盾も保管されており、とくに王の盾はオーハイン（オハン）（「美しき耳」）とよばれた。

　赤枝の館は広大で、危険な魔法や精霊の侵入を防ぐため、壁にはイチイの木の羽目板が張りめぐらされていた。部屋数は150にものぼり、コンホヴォルの戦士たちとその妻約500人が暮らしていた。コンホヴォル自身は館の中央に居住し、そこの謁見室で、玉座から客の訪問を受けたり、命令を出したりした。また、王の頭上には、先端に三つの金の林檎がついた銀の枝がぶら下がっていた。これは魔よけでもあり、王権の象徴でもあった一方、王が発言するときに林檎をゆらし、静粛を求める合図にすることもあった。壁面はぜいたくな赤銅の衝立でおおわれ、精緻につくられた金銀の鳥たちが一面に羽ばたき、その目に埋めこまれた宝石が、松明の光にきらめいていた。また、だれよりも気前がよかったコンホヴォルは、オル・ングアラ（「石炭桶」）とよばれる大釜を謁見室に置いていた。それは王がある襲撃の戦利品としてもち帰ってきたもので、勇士たちがいつでも存分に飲めるように、つねに真っ黒なビールがあふれんばかりに入っていた。

戦争の兆し

　コンホヴォルの側近には、語り部の長フェズィルヴィ

左：両腕を大きく広げたこの青銅の人物像は、ケルトの剣のしゃれた柄の部分。

ス・マクディルがいた。ある晩、フェズィルヴィスは、王とその仲間の戦士たちを、自分の宿舎での酒宴に招いた。彼らが飲み騒いでいる一方で、フェズィルヴィスの妻は、つくった料理を出すのに大忙しだった。しかし、彼女は出産を間近にひかえた体だったため、思うように動けなかった。夜もふけてきて、さすがに疲れを感じた彼女は、男たちがどんちゃん騒ぎをしているうちに、こっそり抜け出してベッドで休もうと考えた。大声で騒いでいたため、だれも彼女がドアのほうへ向かったことに気づかなかった。そのとき突然、彼女の

右：この「手桶」——木製だが青銅でおおわれている——は、ケント州エイルズフォードで発見された。そこには火葬にされた人骨の一部が残されていた。

お腹から耳をつんざくような泣き声が響いた。とたんに、部屋は静まり返った。驚いた男たちは、茫然としてその場に凍りついた。あのすさまじい音は何だったのだろう。いったいだれがあんなおそろしい叫び声を上げたのだろう。フェズィルヴィスの妻は、あまりの恐怖に立ちすくんでいた。

　一同は、おびえた表情で彼女を見つめた。なんとかおちつきをとりもどしたフェズィルヴィスが、妻を部屋の中央へよびもどし、なにか激しい発作か痙攣にでも襲われたのかとたずねた。彼女は動揺して口ごもり、うまく答えることができなかった。そこでドルイド長のカスヴァズに、なぜ子宮からあんなにおそろしい苦痛の叫びが発せられたのか、説明を求めた。カスヴァズによれば、恐怖の叫び声を上げたのは赤ん坊ではなく、えもいわれぬ美しい顔のこめかみに、波打つ金色の髪をたらした魅惑的な大人の女だという。瞳は緑色に光り、ほほえみは白く輝き、唇は真っ赤で、頬はジギタリスの

下：このケルトの首長の円形家屋は、南ウェールズのニューポート郊外にあるカステル・ヘンリーズで、そのもとの土台のうえに再現された。

花のようにやさしいピンク色をした彼女は、そのまばゆいばかりの美しさで見る者すべてを魅了し、彼女のために勇士たちが互いに争い、戦争が起こるという。「その娘はディアドラ（デルドレ）と名づけられる。そしてたとえ美しくとも、彼女は災いと悲しみしかもたらさない」とカスヴァズは言った。

それからまもなくして、女の子が生まれ、カスヴァズがふたたび予言によばれた。このとき、彼はディアドラ本人によびかけて、こう警告した——「おまえの顔と姿は、男たちを泣かせ、女たちを嫉妬と怒りで苦しめるだろう。フェズィルヴィスの娘よ、おまえの存在はアルスターに争いをもたらすだろう。美しさに輝くおまえの顔は、王国全土に怒りの炎を燃えたたせ、勇士たちはそのために国を追われることになる」。彼は最後にこう断言した——「おまえの愛らしさは永遠に続くだろう。しかし、おまえの人生の物語は幸せなものではない。それどころか傷や死、殺戮、あらゆる犯罪に満ち、最後は冷たい墓にひとり横たわることになる」

> 美しさに輝くおまえの顔は、全土に怒りの炎を燃えたたせるだろう。

これにはどよめきが起こった。その場にいた者たちの多くが、赤ん坊をいますぐ殺せと求めた。そんな災いの源をどうして生かしておけるだろう。しかし、コンホヴァルは彼らの要求をしりぞけた。この娘はどこか遠くへつれていき、自分のために育てることにする——王は彼女を自分の妻にしようと決めたのだった。そしてディアドラ、コンホヴァルの宮廷から遠く離れた場所で、ほとんど完全に隔離されて育てられた。人との接触は、養父母と乳母のレイアルハ（レヴォルハム）だけだった。

理想の男

ある冬の日、養父が家のそとで子牛の皮をはいでいると、1羽のワタリガラスがさっと舞い降り、血に染まった雪をついばんだ。それを見た幼いディアドラは、心を強く動かされ、

アルスターの戦争　77

　出てきたレイアルハにそのことを話した。この無邪気な少女は、ワタリガラスをみずからの人生の凶兆と見るのではなく、なにか楽しいことが起こる前兆と考えた。「あんな三つの色をもった男の人っているかしら。髪はあのワタリガラスの羽根のように黒くて、頬は血のように赤くて、肌は雪のように白いの！」と彼女は想像した。そして、そんな男性に会ってみたいと言い張った。

　そんな男性が実際に存在し、しかもすぐ近くにいると、乳母は彼女に言った——彼の名はノイシュ（ノイシウ）といい、コンホヴォルの弟ウシュネ（ウシュリウ）の息子だった。この理想の青年に会いたくてたまらなかったディアドラは、ある日、エヴァンまで歩いて出かけた。ノイシュが城壁のうえに立ち、やさしく歌を口ずさんでいると、そこへ彼女が通りかかった。あまりの美しさに驚き、興奮して彼女を見つめたノイシュだったが、その見知らぬ娘がだれなのかはすぐにわかったはずだ。これが伯父の許嫁であり、かかわったら危険

下：ディアドラはひと目でノイシュに夢中になる——このバージョンでは、彼は狩りに出ているところだった。

な女であることをノイシュは知っていた。しかし、彼は思わずほめ言葉をかけてしまった──「これは美しい雌牛のお通りですね」。すると彼女はこう返した──「なにを期待しておられるの？　ちょっかいを出してくる雄牛がいないところでは、雌牛は太るばかりです」。ノイシュは「あなたにはアルスター王という立派な雄牛がいるではありませんか。あなたは偉大なるコンホヴォル王に選ばれた女性なのでしょう？」とたずねた。

　すると彼女は「わたしはもっと若い牛のほうがいいわ」と答え、「あなたはわたしのことをこばむおつもり？」とたずねた。ノイシュは「もちろんです。あなたは王のものですから」と答えた。しかし、ディアドラは引き下がろうとしなかった。彼女はその場でノイシュをつかみ、彼の両耳を自分のほうへひっぱった。ノイシュは驚きと痛みで叫び声を上げた。騒ぎを聞いて、ノイシュの兄弟が助けにやってきたが、ノイシュがディアドラにうっとりしているのを見て、彼とアルスターの両方を心配した。けれども、兄弟を見すてるわけにはいかない。彼らは味方の者たちとともに、ノイシュとディアドラを安全な場所へ逃すことにした。

逃避行

　こうして一行はエヴァンを離れ、コンホヴォルがさしむけた追手に脅かされながら、アイルランド各地を何年も転々とした。やがて彼らは海を越え、スコットランド南西部へのがれた。そこで文明もおよばず、法の手もとどかない荒れ地に住み、山賊や家畜泥棒として、行く先々の集落を略奪して暮らした。当時、スコットランドのこの一角は、アルバ王国に属していたため、当然ながら、彼らの行為はアルバ王の怒りをかった。そこで、勝てる見こみのない──しかも無益な──死闘を避けるため、ウシュネの息子たちはアルバ王と和解し、傭兵として彼に仕えること

> 彼らは、文明のおよばない荒れ地に住んだ。

にした。

　その後はすべてがうまく運んだ──一行はついに安住の地を見つけたようで、自分たちの小さな村をつくり、そこに定住しようと考えた。とはいえ、彼らは警戒を怠らず、ノイシュとディアドラの家を囲むようにして小屋を建て、なるべく彼女の姿がそとから見えないようにした。

　彼らは用心に用心を重ねたが、それでも足りなかったらしく、まもなく美しいディアドラの存在が気づかれた。彼女の類まれな美しさはアルバ王の耳にもとどき、王は使者を送って彼女を口説きはじめた。使者は毎日、ディアドラのもとを訪れ、彼女が王に会い、彼と床をともにするようにあの手この手でうながした。そして毎晩、彼らは失敗して帰っていった。

　やがて王の失望は怒りに変わった。ウシュネの息子たちは、もはや歓迎すべき同盟者ではなく、危険な侵入者とみなされ、アルバの戦士たちから攻撃を受けた。攻撃は激しさを増し、アルスターの一行は防御不能になった。彼らは勇敢に戦ったが、抵抗すればするほど、アルバ王を怒らせるだけだった。事実上、彼らは祖国から遠く離れた敵地で孤立していた。

不幸な帰国

　アルバ王はついに王国全土から兵士を集め、なにがなんでもディアドラを手に入れようとした。ウシュネの息子たちがディアドラのために命がけで戦うことは知っていたが、たとえそうでも、彼は敵を皆殺しにするつもりだった──アイルランドの美女を妃にするためなら、手段は選ばなかった。事態を知ったディアドラは、ノイシュとその部下たちをよび集めた。自分のために彼らを死なせるわけにはいかない…。どうにかして逃げなければ…。

> ウシュネの息子たちは、ディアドラのために命がけで戦うだろう。

　そこで彼らはふたたび命がけで逃亡し、今度は沖合の小島に上陸した──これが一時的な避難にすぎないことは明らか

だった。けれどもその一方で、ノイシュらの苦境はアルスターのコンホヴォルの耳にもとどいていた——もちろん、それを聞いた彼がまったく喜ばなかったわけではない。しかし、哀れなノイシュらに情けをかけるように説得された彼は、難色を示しながらも、ついに彼らの帰国を許した。コンホヴォルは、フェルギュス・マク・ロイヒ——前王でライバル——を案内役にして、素直に戻れば安全は約束するとウシュネの息子たちに伝えた。しかし、フェルギュスは、ノイシュらをつれてエヴァン・マッハに戻る途中、コンホヴォルの特使に待ち伏せされ、まわり道をして王の祝宴に出席するよう命じられた。ケルトの礼儀として、そうした招待を断われなかったフェルギュスは、やむなく一行を離れ、そのさきはノイシュらだけで旅を続けることになった。こうして前王は、現王の策略に利用された——フェルギュスが離脱したことで、ウシュネの息子たちは危険な立場に置かれ、もはや彼らの通行の安全を保証するものはなくなった。

一行はさらに「偵察」も受けた——抜け目のないコンホヴォルは、自分の狙っている宝がまだ「価値」を失っていないかどうか確かめようとした。彼はディアドラの年老いた乳母レイアルハに一行を迎えに行かせ、「商品」を点検させた——ほんとうにこれだけの策をめぐらすほどの価値があるのか。ただ、レイアルハの忠誠心は、かつて世話をまかされた少女に向けられていた——心の底では、彼女の幸せを願っていたのだ。レイアルハは王のもとへ戻り、ディアドラの容色はすでにおとろえていたと報告した。しかし、コンホヴォルはひどく狡猾で、彼女の言葉だけでは信じなかった。一行がエヴァン・マッハに到着し、客として赤

タブーの罠

このディアドラの一件で、フェルギュス・マク・ロイヒに対するコンホヴォルの行為を、古代の人々が卑劣と感じたとしても、いまのわたしたちにはよく理解できないかもしれない。ケルトの慣習では、仲間からのもてなしはありがたく受けるというのが鉄則だった。そのため、フェルギュスは宴の招待を断われず、やむなくノイシュらを売る結果となった。こんな皮肉な策略をめぐらしたコンホヴォルは、衝撃的なほど冷酷だ。フェルギュスの実直さを利用することで、彼は社会的規範を無視したばかりか、それを嘲笑したのである。学者のなかには、コンホヴォルをケルトのマキアヴェリのように見る者もいる。彼の行為は、便宜主義的な世俗の目的を追求する、無情なほど現実的な政治のはじまりを表しているようだ。

枝の館におちつくと、今度は男の使者を偵察に送った。彼はレイアルハとは正反対の知らせをもって帰ってきた。それによると、ディアドラは想像を絶するほどの美しさで、以前にもまして輝いているという。

　そこでコンホヴォルは、計画を進めることに決め、一行を公式に歓迎するため、赤枝の館に代表団を派遣した。団長はエーハン・マク・ダルハクト（エオガン・マク・ドゥルタハト）で、かつてコンホヴォルと仲たがいした小国の王だったが、彼はこの計画に加担することで、コンホヴォルの恩顧をとりもどせると期待した。エーハンは、見せかけの敬意と礼節をもってノイシュに近づくと、突然、槍を抜いて彼をつき刺した。驚いた相手方が反撃に出るまえに、勝負はすでについていた。コンホヴォルの手先が主導権を奪い、さらに哀れなディアドラを奪った。ノイシュの兄弟たちもそれぞれ勇敢に戦ったが、態勢を立てなおすため、最後は彼女を置いて退却せざるをえなかった。

上：深い悲しみにくれるディアドラが、死んだノイシュに心からの哀歌を捧げる。

　国を追われた彼らは、ふたたび祖国を離れた。けれども、今度は陸路を西へ横切り、コナハトへ向かった。そこでは、女王メイヴ（ミーヴ）とその夫のアリル・マク・マータ（マーガハ）王が君臨していた。コンホヴォルのいつわりの恩赦にだまされた苦い経験から、彼らはもはや幻想をいだいては

上：切り落とされたノイシュの首を抱きながら、ディアドラは悲しみの荒野のなか、なんの救いも慰めもなく、ただ座って体をゆらす。

いなかった——コナハトが自分たちを寛大に受け入れてくれるのは、自分たちに対する親愛の情からではなく、アルスターへの敵意からであることを知っていた。とはいえ、乞食にえり好みは許されない。それに、今後のコンホヴォルとの戦いにおいて、アリルの支援を得られることは、彼らにとって好都合だった。こうして総勢3000人の兵を率いることになった彼らは、アルスター亡命軍として手ごわい勢力となり、自治権をあたえられながらも、コナハト王の保護のもとで暮らした。それから数年間、彼らは本国をたえず脅かし、アルスターとの国境地帯を何度も攻撃しては、敵の兵士たちを殺し、牛を追いちらした。フェルギュス・マク・ロイヒも、この亡命軍とともに戦った。それはかつてコンホヴォルに王位を奪われた彼が、今度は自分の名誉と誠意を策略に利用されたことに憤慨していたからである。彼らは同志として、アルスターの民に悲劇と哀悼の日々をもたらし、コンホヴォルの人生を悲惨なものにしようとした。

悲しみのディアドラ

しかし、それ以上に悲惨な日々を送っていたのは、不本意ながらもコンホヴォルのそばに置かれたディアドラで、彼女は1年間、にこりともせずにすごした。王はそんな彼女をなだめて従わせようと、特別な贈り物をあたえたり、ごちそうでもてなしたり、楽士にセレナーデを歌わせたりして喜ばせ

ようとしたが、ディアドラは心を閉ざしたままだった。彼女は給仕人にこうたずねた——陽気なノイシュと飲んでいたわたしを、どんなワインで口説けるというの？　わたしが失った深い愛の糧を、どんなごちそうで埋められるというの？　彼女は楽士たちにこう言った——あなたたちの歌や踊りで王は喜ぶかもしれないけれど、わたしはノイシュの明るい歌声をいまでも覚えているし、彼とすごした幸福な日々を忘れることはありません。

> 「森で野宿したとき、夜明けの光のなかで目覚める彼を愛していました」

「わたしは彼の金色の髪と、木のようにすらりと背が高く、男らしい体を愛していました。でもいまは、そんな彼の姿をいくら探しても、彼の帰りをいくら待っても意味がありません。勇者にふさわしい彼の強さも、その謙虚でひかえめなところも愛していました。燃えるような欲望も、穏やかな気品も愛していました。森で野宿したとき、夜明けの光のなかで目覚める彼を愛していました。もちろん、男たちを震えあがらせ、女たちを恍惚とさせるその青い瞳も、愛していました。暗い森の奥へと進むとき、わたしを安心させてくれるような彼の歌声も愛していました。彼なしでは、わたしは夜も眠れず、起きていても、ただ日々を無為にすごすだけです。わたしには爪を染めたり、自分を美しく見せたり、ほほえんだり、食事をしたりすることにさえ理由がありません。わたしにどんな楽しみがあるというの？　宮廷の華やかな儀式？　貴族の生活？　どんな立派な宮殿も、わたしの悲しみを遠ざけることはできません」

下：この絵はスコットランドの画家ジョン・ダンカン（1866–1945）によるもので、ディアドラは「ケルト的な」悲哀のシンボルとなった。

アイルランドの象徴

アイルランドの神話のなかでも、ディアドラはとくに有名だ。彼女の物語には、男を虜にする美しさ、裏切り、悲恋そして非業の死など、あらゆる要素がふくまれている。もっとはっきりいえば、この伝説のヒロインには、現代の見方で「ケルトの真髄」とされるあらゆる性質が体現されている一方、彼女の運命には、アイルランドの運命が重ねられているともいえる。実際、20世紀初めの「ケルトの薄明」のころ、ディアドラを中心にした戯曲が5つも生み出された。彼女の生涯は、W・B・イェーツやJ・M・シング、ジョージ・ラッセル（ペンネーム AE）のような先覚者たちにインスピレーションをあたえた。

ディアドラの魅力の鍵は、彼女を妖婦としても、囚われの乙女としても「解釈」できるようにしている根本的な二面性であり、それは災いの源でもあり、感傷の対象にもなる女らしさとして表されている。一方の彼女は、アイルランドのヘレネー［ギリシア神話の絶世の美女］として、その美しさから偉大な英雄たちを争わせ、ついには非業の死をとげさせる。しかし、もう一方の彼女は、罪のない犠牲者であり、裏切りと侮辱にさらされる。シングにとって、ディアドラの物語は悲しみそのものだった。これに対して、イェーツの見方は、（神話にもかかわらず）もっと世俗的だった。彼の戯曲では、政治的寓意によって、コンホヴォルが粗野で虐待的な王権の化身として描かれている――それはアイルランドに対するイングランドの支配に通じるものがある。

哀愁をおびた雰囲気によって、かえって美しさが増したディアドラに、コンホヴォルは夢中になり、彼女に心から恋い焦がれた。しかし、何日たっても、何週間たっても、彼女が態度を軟化させる気配を見せないため、彼の愛は憎しみに変わりはじめた。一方のディアドラは、王の怒りがどんなに激しくなろうと、気にもせず、おそれもしなかった。もはや人生になにも望んでいないと彼女は言った。コンホヴォルはそんなディアドラを罰しようとして、この世でもっとも憎いものはなにかと彼女にたずねた。それはコンホヴォル自身と、最愛の人を殺したエーハン・マク・ダルハクトだと彼女は答えた。すると王は、残酷にも彼女をエーハンのもとへ送り、ノイシュを殺した張本人と日夜をともにすごさせようとした。翌朝、彼はさっそくエーハン・マク・ダルハクトをよびに行かせ、ディアドラを馬車でエーハンの隣に座らせた。そして、自分とエーハンにはさまれた彼女を、2匹の雄羊のどちらを選ぼうかと迷っている好色な雌羊のようだと嘲笑った。ディアドラは王の悪意に満ちたあざけりに耐えきれず、とうとう馬車から身を投げ、岩に頭をぶつけて死んだ。

宿されたクー・ホリン

　その後もコンホヴォルの治世は続いたが、王国は呪われているようだった。ある日、鳥の群れがアルスターの田畑におしよせ、争うように餌を食べていた。目のまえの畑を丸裸にしながら、彼らは王国中を荒らしまわった。コンホヴォルは兵を召集し、野鳥狩りに出た。コンホヴォルの妹デヒテラ（デヒティネ）も、兄と夫のスアルダヴ（スアルティウ）・マク・ロイヒに同行した。彼らは兵をひきつれ、戦争へ行くかのように戦車を走らせて、必死に鳥の群れを追った。しかし、それは魔法の鳥で、捕まえるのは至難の業だった。銀の鎖でつながれた2羽ひと組の鳥たちは、20羽でひとつの群れをつくり、それが集まってさらに大きな群れとなり、空を横切り、襲撃をくりかえしていた。驚いた村人が数えたところ、そんな群れが9つ飛んでいたという。

　王の一行は南へ向かい、やがて現在のミース州にあるボイン川流域へ近づいた。ところが猛吹雪にみまわれたため、その晩はそこに泊まることにした。宿を探したが、ある夫婦が

下：伝説によれば、ミース州にあるニューグレンジは、セタンタ——のちのクー・ホリン——の生誕地とされている。

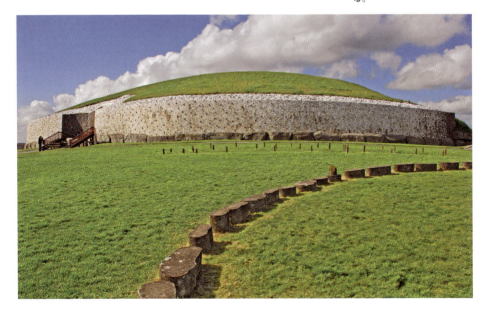

住む小さな田舎屋しか見つからなかった。彼らは貧しかったが、王の一行に家をゆずってくれた。

　ところがその晩、なにか騒がしい音が聞こえた。家の男が現れて、身重の妻が出産しようとしていると説明した。デヒテラは、そこにいた唯一の女性として、出産を手伝いに行き、ぶじに男の子をとり上げた。一方、厩舎では、雌馬が双子を産んだ。翌朝、一行が目を覚ますと、小屋とそこに住んでいた夫婦——と鳥たち——は姿を消していた。あたりを見まわしても、田園が広がっているだけだった。伝説によれば、彼らがいたのは、ブルー・ナ・ボーニャ（ブルグ・ナ・ボーネ）として知られる巨石群の主要な墳墓だった（これはアイルランドのもっとも壮大な遺跡群のひとつで、この新石器時代の墳墓はボイン川の湾曲部にあり、しばしばニューグレンジともよばれる）。そこには生まれたばかりの子馬とともに、男の赤ん坊がいた。これをなにかの前兆と考えた王の一行は、デヒテラにその赤ん坊を引きとらせ、子馬たちもその子への贈り物として、いっしょにつれていくことにした。その後、デヒテラは赤ん坊をわが子のように大切に育てたが、まもなくその子が病気で亡くなり、彼女はすっかりとり乱した。声が枯れるほど泣きじゃくった彼女は、ひどく喉が渇いたので、ワインをもってくるように言った。ところがそれを飲んだとき、なにか小さな人間のようなものが杯から彼女の口へ、そして体内へと流れこんだ。小さな物体はそのまま成長し、やがてデヒテラは凛々しい男の子を出産した。その子はセタンタ（シェーダンタ）と名づけられた（彼がアルスターの男たちにかけられたマッハの呪いをまぬがれたのは、その生まれや受胎の仕方があいまいだったからかもしれない。デヒテラの陣痛も彼の役に立ったようだ。マッハが警告したとおり、国に困難がさしせまると、アルスターの戦士たちは全身の力を失い、痛みにもだえ苦しんだが、セタンタだけは元気でぴんぴんしていた）。

アルスターの息子セタンタ

　セタンタの父親のことはだれも知らず、そもそも父親がいるのかどうかさえわからなかった。コンホヴォルの戦士たちは、そんな彼を養育する名誉を得ようと張りあった。最終的に、セタンタは王自身によって育てられることが、ドルイドによって宣言された。ただし、彼が豊かで洗練された人間に成長し、あらゆる点で模範となるようにするため、養育には戦士たちも貢献し、各人がそれぞれのすぐれた能力や技術、性質をそそぎこんだ。とりわけ、高名な詩人アヴェギン・マ

左：セタンタはクランの犬を殺してしまう。このことから、彼はクー・ホリンとよばれるようになった。

ク・エキト（アワルギン・マク・エギド）は、セタンタの個人教師として特別な責任をあたえられ、その妻フィンハイウが彼の養母となった。

　ふたりの指導のもと、セタンタは、引き締まった体に正直で勇敢な気性、おそるべき武者でありながら、物腰は穏やかで礼儀正しく、演説も雄弁——かつ詩的——という若者に成長した。その勇気とおちつきは早くから表れ、わずか5、6歳でスポーツ界のスターになっていた。ハーリングという球技の試合では、ずっと年上の少年たち150人を相手に戦って、みごとに勝利した。この偉業には、観戦していたコンホヴォルも驚嘆し、その晩に出席する予定だった祝宴に彼を招待した。祝宴は鍛冶のクランの家で開かれることになっていたが、コンホヴォルは、クランにセタンタがあとから来ることを言い忘れた。そのため、いったん王が到着すると、クランは番犬として飼っていた巨大な猟犬を解きはなった。その猛犬を押さえるには、三つの鎖が必要で、さらにそれを3人の武者で持たなければならなかった。ところがいま、そんな猛犬がクランの家の敷地内を自由に走りまわっていた。しばらくして、ぶらぶらとやってきたセタンタは、この猛犬が喉もとに襲いかかってきたとき、まったく無防備なように見えた。しかし、彼はハーリング用のスティックをひとふりし、ボールを犬の喉に打ちこんで、これを殺した。セタンタはそのまま歩いていったが、飼い犬を失った鍛冶のクランがひどくショックを受けているのを見て、セタンタは自分が新しい犬を訓練すると約束した。そしてその犬が大きくなるまで、自分が番犬としてクランの家を守ると言った。こうして、彼はクー・ホリン（クー・フリン、*Cú Chulainn*、「クランの犬」）とよばれるようになった。

> クランは、番犬として飼っていた巨大な猟犬を解きはなった。

エマーへの求婚

　成人に近づいたクー・ホリンは、このうえなく立派な容姿に恵まれた。女たちは彼の魅力の虜となり、そのようすにコンホヴォルの戦士たちは不安になった。一刻も早く、この美男子に妻を見つけなければと意見が一致したとき、アルスターの夫たちはさぞかし安堵したことだろう。さっそく彼の結婚相手となるべき美しい娘を探すため、アイルランド各地へ使者が派遣された。しかし、クー・ホリンには、すでに花嫁にしたい女性がいた。彼女の名はエマー（エウェル）といい、フォルガル・マナハの娘だった。エマーに求婚しようと二輪戦車で出かけたクー・ホリンは、その途中、女友だちと歩いていた彼女に出会う。エマーはひと目で恋に落ち、彼が話すのを聞いて、ふたたび恋に落ちた。

　けれども、エマーの父親は、クー・ホリンを素直に受け入れたわけではない。娘を渡すのを嫌がって、フォルガルはこの若者にひとつの課題をあたえた。クー・ホリンは、アルバ（スコットランドの古代名）へ渡り、「影の国」の女戦士スカサハ（スカータハ）のもとで武術の修行を積まなければならなかった。ケルトのアマゾン［ギリシア神話の勇猛な女人族］として名高い彼女は、ダン・スカーイッヒ（ダンスカー）に棲むとされていた。ここはのちにマクドナルド氏族の拠点として知ら

下：クー・ホリンは、アイルランドのあまたの美女たちよりもエマーを選んだ。

上：女王メイヴが若きクー・ホリンを迎え出る——これが宿命の争いのはじまりだった。

れるようになる場所だが、当時はスカイ島沿岸の丘の砦（ヒルフォート）にすぎなかった。

　フォルガルは、クー・ホリンがこの危険な任務から生還できないだろうと考えていた。スカサハの弟子たちの多くは、その課程を修了するまえに命を落としていたからだ。しかし、クー・ホリンはこの課題を喜んで受け入れた。さっそくスカイ島へ渡り、スカサハの学校に入った彼は、すぐに彼女の尊敬と永遠の忠誠、そして信頼を勝ちとった。師とならんで戦ったクー・ホリンは、スカサハがその姉妹で宿敵のオイフェ（アイフェ、イーファ）を倒すのに手を貸した。クー・ホリンに一騎打ちを申しこんだオイフェは、一撃で彼の剣を打ち砕いたが、クー・ホリンはそれでもオイフェを倒すことができた。命を助けてもらうかわりに、オイフェは彼の息子を宿し、生み育て、7歳になったら父親をさがしにアイルランドへ送り出すことを約束した。彼女と床をともにしたクー・ホリンは、去るまえに、未来の息子にはめさせる指輪を手渡した——それがあれば、彼がその子に会ったとき、自分の息子だとわかるからだ。男の子はコンラとよばれるようになったが、けっしてその名を他人に明かすことはなかった。

　スカイ島にはじめて足をふみいれたとき、すでに立派な戦士だったクー・ホリンは、さらにヨーロッパ随一の偉大な勇士となって、祖国アイルランドへ帰還した。しかし、フォルガルは彼の留守中、娘のエマーをマンスター（ムウ）のルー（ルギド）・マク・ノイヒ王に差し出していた。王は花嫁を迎えに、はるばるフォルガルの城砦までやってきていたが、クー・ホリンと彼女の関係を知り、身を引いた。一方エマーをめとる

ために帰還したクー・ホリンは、長く激しい戦いを余儀なくされた。フォルガルが家のまわりに配備した軍隊を相手に、彼は1年にわたって戦った。しかし、いったん道が開けると、彼は二輪戦車で前線にくりだした。最後の防衛線を突破して、300人以上の兵を始末し、フォルガルのいる館へ押し入った。剣を左右に大きくふりながら、彼はそこにいた男たちのうち、エマーの兄弟の命だけは助けてやった。フォルガルはひとりで逃げたが、みずから銃眼のついた胸壁から転落して死んだ。エマーが最愛の友である乳姉妹といっしょに震えながら立っているのを見て、クー・ホリンはふたりを抱きかかえ、その場を去った。

上：スコットランドの画家スティーヴン・リードが描いたクー・ホリン。エレノア・ハルの『少年たちのクー・ホリン（The Boys' Cuchulain）』（1904年）によせた古典の挿し絵より。

名誉の問題

　現代に生きるわたしたちは、神話や伝説が古代の価値観を象徴していると考えがちだ。たしかに、それは定義上、現在とは異なる世界の側面を表している。けれども、神話や伝説はときとして、古い慣習の限界や、それをすぐにでも改革する必要性を示している場合もある。そうした例のひとつに、クー・ホリンがエマーとともにエヴァン・マッハへ凱旋帰国したときの話がある。ふたりが登場してはじめて、エマーが——古くからの慣習によって——コンホヴルと床をともにしなければならないことが明らかになった。クー・ホリンのような偉大な勇士が、妻をほかの男と共有しなければならないなど問題外とするならば、コンホヴルに「初夜」権がないということもまた問題外だった。その結果、妥協点が見出された——エマーが王の寝室で夜をすごすあいだ、コンホヴ

ォルのふたりの高級官僚——彼の父親でドルイドのカスヴァズと前王フェルギュス・マク・ロイヒ——がそこに同席し、不適切な事態が起こらないように見張ることになった。

重なるストーリー

　こうした古代アイルランドの伝説は、それがどんなに英雄的なストーリーであっても、現代のわたしたちにはひどく異質に思えるかもしれない。実際、当時の戦士たちは、いまの道徳観とはまったく異なる行動規範にしたがって生きている——彼らを（恐怖や喜びに）駆りたてるのは前兆であり、それは現代の宗教や科学とはかけ離れたものである。とはいえ、わたしたちはこうした神話や伝説が、中世の修道士による写本という形で伝えられてきたことを忘れてはならない。ただし、そのことで修道士たちに感謝する必要がある一方で、わたしたちはいくらか懐疑的な見方をする必要もある。大部分において、わたしたちは修道士たちがオリジナルをどう変更したかについて、推測することしかできない（たとえば、多くの学者によれば、アルスター物語群に出てくる英雄たちは、オリジナルでは神々だったと考えられている）。

　けれども、彼らの手による変更——とその明らかな利害の対立——が、顕著に表れている部分もある。たとえば、現存するテキストでは、コンホヴァルの誕生がキリストの誕生とまったく同時だったとされている。それなのに、この古代のアルスター王が、けっして道徳的とはいえない手本として登場するのは奇妙に思えるかもしれない。しかし、アイルランドの神話が、キリスト教の年代記にしっかり組みこまれたことは明らかだ。

　たしかに、クー・ホリンにはキリストのような側面があり、それは彼の受胎の場面にはっきり表れている——この部分は、キリスト教との関連をとくに印象づけようとしたところだ。デヒテラは最初から既婚女性として登場し、夫のスアルダヴ（スアルティウ）・マク・ロイヒとじつは床入りを果た

左:ルカ・ジョルダーノが描いた「受胎告知」。ケルト神話では、コンホヴォルの誕生とキリストの誕生が同時とされていることが多く、ケルトの物語がキリスト教の年代記にしっかり組みこまれている。

していないのではないかと疑われるところもない。しかし、受胎が性行為によるものでないことは明白だ。実際、あるバージョンでは、デヒテラはセタンタを産むまで、「まったくの処女とされ」ている——まるで彼女がケルトの聖母マリアで、クー・ホリンがもうひとりのキリストのようである。

悲劇の再会

婚礼を終えたクー・ホリンとエマーは、ドゥン・デルガン（現ダンドーク）にある彼の砦に居をかまえた。ふたりは夫婦として最高に幸せだった。しかし、その一方で、スカイ島ではクー・ホリンの息子コンラが成長していた。そして彼が7歳になったとき、オイフェは約束どおり、父親のいるアイルランドへ送り出した。彼女はコンラに戦術のすべて——相当な量——を教えこんでいたため、彼はすでにどんな戦士とも互角に戦うことができた。そのため、ドゥン・デルガンで、アルスター屈指の戦士コナル・ケルナッハ（ケルナハ）と対決することになったときも、コンラは動じなかった。身分を明かすように迫られても、生まれるまえに父親が決めた誓いを守り、彼は名を名のることをこばんだ。コナルは彼を攻撃したが、不名誉にも、即座に武器を奪われた。そこへ、クー・ホリンがなんの騒ぎかとやってきた。彼も少年に名のるように言ったが、コンラはやはりこばんだ。ただ、もし名のることを禁じられていなかったら、彼は喜んでそれに応じただろう。というのも、コンラは相手の顔に絆のようなものを感じたからである。しかし、どちらもこの意味に気づかないまま、ふたりは剣を交えた。

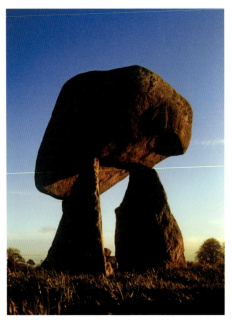

上：ダンドーク郊外にあるプロリーク・ドルメンは、支石墓とよばれるかつての墳墓で、現在は古代の神秘を伝える巨石記念物として立っている。

最初はクー・ホリンも、面目を失いそうだった。少年は剣を軽く左右にふると、一撃でクー・ホリンの頭髪を剃り落とした。彼は非常に小さかったので、相手と戦うのに大きな岩の階段——ラウス州の浜辺、トラハト・エシ——に立たなければならなかった。クー・ホリンと組みあったときのコンラの足跡が、いまもその石に残っているという。ふたりはさらに海のほうへ行き、互いに相手を水中につっこみ、溺れさせようとしたが、失敗した。そこでついに、クー・ホリンがゲ

イ・ボルグ（ガイ・ボルガ、*Gáe Bolg*）を手にとった。これはかかり（逆とげ）のついた魔の突き槍で、おそろしい海獣の骨からできていた。クー・ホリンはそれをスカサハからあたえられ、使い方を教わっていた。しかし、その威力を知らないコンラは、槍をよけることができなかった。彼は血を流し、ぐったりと横たわった。倒れた敵のようすを見ようと身をかがめたとき、クー・ホリンは、オイフェがはめさせた分厚い指輪にはじめて気づいた——殺した相手は、自分の息子だったのである。

> ゲイ・ボルグは、逆とげのついた魔の突き槍だった。

消しさられた不貞

クー・ホリンには数えきれないほどの愛人がいた——彼の凛々しさや勇ましさには、どんな女性も抵抗できなかったようだ。エマーはたいてい見て見ぬふりをしていたが、それでも彼女を苦しめた情事がひとつだけあった。海の神マナナン・マク・リール（マナナーン・マク・リル）の美しい妻ファンド（ファン）との浮気は、いつもとは程度が違った。ファンドが最初にクー・ホリンのもとへ現れたのは、姉妹のリー・バンとともに海鳥の姿で飛んでいるときだった。クー・ホリンは、これらの「鳥」が通りかかったとき、石を投げつけ、彼女たちをひどく怒らせた。陸地に舞い降り、女の精霊に姿を変えたふたりは、クー・ホリンを鞭でめった打ちにしたため、彼は動くことができず、１年も寝たきりだった。そんな彼がけがから回復した（というより、ファンドにかけられた魔法から解きはなされた）のは、敵と戦う彼女に手を貸すと同意したからだった。こうしてクー・ホリンとファンドは、戦いをとおして恋人同士になった。ふたりの関係は、エマーにはたちうちできないもののようだった。怒ったエマーは、短剣の達人として知られる女友だちの一団とともに、クー・ホリンのところへ行った。ふみにじられた妻の感情に心を痛め、さらに彼女の率直さに恥じ入ったファンドは、恋人への拘束を解く決意をした。夫のマナナンも安堵し、彼は妻とクー・ホリンのあいだに忘却のマントをかけた——こうして、すべてはなにもなかったように忘れさられた。

下：クー・ホリンの不貞を非難するエマー。

ふたりの豚飼い

　アイルランド神話最大の戦争のひとつは、ふたりの豚飼いの争いからはじまった。彼らはそれまでずっと親友同士で、フリウフはコナハトの妖精の王オハルに仕え、ルフトはマンスターの妖精の王ボォヴ（ボドヴ）に仕えていた。ふたりはふつうの農民ではなく、豚飼いの名人として広く知られていた一方、さまざまに姿を変えることでも有名だった。ところが、結果的に（あるいは必然的に）、彼らは互いをライバル視するようになり、相手を蹴落とそうと争いをはじめた。ふたりはまず鷹の姿になり、ついばんだり、引っかいたりして２年間戦いつづけた。つぎに海獣に姿を変え、互いを飲みこもうとした。それから今度は雄鹿となってぶつかりあい、つぎは戦士、そのつぎは幽霊となって戦い、さらにはドラゴンに姿を変えて、激しくからみあった。最後にふたりはうじ虫となり、片方はクーリー（クアルンゲ）（現在のラウス州、古代アルスターのはるか南）のクロン川に落ち、もう片方はコナハトのガレド川に落ちた。そして前者は、地主のダーラ・マク・フィアフナが所有する牛に飲みこまれ、後者はアリル王の所有する牛に飲みこまれた。すると２頭の牛は身ごもり、うじ虫たちは牛の子宮のなかで成長して、やがて雄の子牛として生まれ出た。その後、２頭は巨大な牛となり、それぞれアイルランド北部の対立する王国で飼われていた——１頭はアルスター、もう１頭はコナハト。アルスターの雄牛は、ドウン・クーリー（ドン・クアルンゲ、*Donn Cuailnge*）というゲール語の名が示すように、褐色だった。一方、コナハトの雄牛は、体は真っ赤にもかかわらず、顔と脚だけは雪のように白いというきわだった特徴から、フィンヴェナフ（フィンドヴェナハ）・アイとよばれた。

> ふたりはついばんだり、引っかいたりして２年間戦いつづけた。

上：キャロウモア巨石墓地の向こうにそびえるのは、スライゴーの地平線を背にしたノックナレア山で、その山頂に女王メイヴの石塚が見える。

夫婦げんか

　ある晩、アリルとメイヴが寝室で横になりながら、楽しく会話をしているとき、王が女王の幸運についてふれた。彼は満足そうに考えこみながら、おまえはこれだけの富と権力をもった男と結婚できて、ほんとうに幸運な女だなと言った。これほど立派な夫と結ばれるとは、運命の女神がよほどおまえにほほえみかけてくれたのだろう。これを聞いて、高慢なメイヴは、思わずむっとした。たしかに夫を深く愛してはいたが、王の娘である自分が、もしコナハトの王エオヒズ（エオヒド）・ダーラと結婚していたら、夫はただの護衛で終わっていただろう…（彼女はいっときコンホヴォルと結婚していたが、不幸な結果に終わったため、アルスターに根深い敵意をいだくようになっていた）。彼女がアリルを夫に選んだのは、エオヒズの王位よりも、アリルの男らしい強さと勇気を高く評価したからだった——しかし、エオヒズなら、こんなふうに偉そうなことを言ったりしなかったはずだ！

ひと晩中、ふたりは口論し、翌朝になっても、口げんかは終わるどころか、延々と続いた。昼には、それぞれの所有物を公にずらりとならべ、互いの財産を比べあった。彼らの命令で、牛や馬、豚や羊の群れが王宮につれてこられ、宝石や金の山がそとに積み上げられた。そのすべてを数え、それぞれの財産を計算した結果、ふたりの財力はまったく互角であることがわかった。

雄牛を買う

しかし、ひとつだけそうでないものがあった。アリルには、フィンヴェナフというあの巨大な白頭の雄牛がいた。もちろん、メイヴは裕福だったが、これに対抗できるものをもっていなかった。負けてなるものかと思った彼女は、王宮の家令マク・ロトをよんだ。夫のもつ牛と同じくらい大きな牛がどこかにいないかと、彼女はたずねた。すると彼は、アルスターにフィンヴェナフとまったく同じか、それ以上に見事な褐色の雄牛がいますと答えた。その幸運な飼い主は、ダーラ・マク・フィアフナだという。メイヴは夫の牛に対抗するため、すぐにでもこの牛を手に入れようと決意し、マク・ロトをさっそくアルスターへ向かわせた。彼女はドウン・クーリーを1年間貸してくれれば、若い雌牛50頭とアイ平原の広大な土地、さらに豪華な戦車をあたえるつもりだった。そしていざとなれば、ダーラに「わが太腿のも

下:アメリカのイラストレーター、J・C・ライエンデッカーが1911年に描いたこの絵のように、女王メイヴは高慢でもあり、魅惑的でもある。

てなし」をする用意があった。

　マク・ロトの使者から、コナハトの女王が——ドウン・クーリーを1年貸すだけで——たいへんな見返りをくれると知ったダーラは有頂天になり、女王の提示した条件に迷わず同意した。それはまったく満足な取引のように思えた。ところが、もしダーラが同意しなければ、すぐに軍隊を引きつれて戻り、力ずくで牛を奪っただろうとマク・ロトの部下たちが話しているのを、ダーラの従者の何人かが聞いた。ダーラ自身はあまり気にならなかったが、従者たちにとっては、この言葉は主人のダーラが、コナハトの許可なしでは自分の持ち物も好きにできないといわれているようで、ひどく不名誉に思えた。彼らにつめよられたダーラは、なんらかの抗議を示す必要を感じ、女王に牛は渡さないと返事した。

> 女王からたいへんな見返りを得られると知ったダーラは、有頂天になった。

軍隊の召集

　クルーアハン（クルアハン）の都にいたメイヴは、その返事を聞いて激怒した——ダーラ・マク・フィアフナは何様のつもりだ！　アリルもまた、妻に対するアルスターの小地主の無礼に憤慨し、メイヴとけんかしていることも忘れて怒り狂った。こうしてふたりは意気投合し、ドウン・クーリーをなんとしてもコナハトにつれてこようと決意した。彼らは王国各地に使者を送り、戦闘年齢に達したコナハトの男たち——と国内にまだ住んでいたアルスターの亡命戦士たち——のすべてを召集した。実際、「ウシュネの息子たち」はこのとき、コンホヴォルの息子コーマック・コンロンガス

下：ユーロ導入前のアイルランド・ポンド紙幣で、ケルト風の書体を背景に描かれたメイヴ。

メイヴの都？

ロングフォードとウェストポートを結ぶ N5 国道を少しはずれて、ロスコモン州タルスクをやや北に行くと、平原の中央に、上部が平らになった大きな塚が見える。近づいてみると、これはあたりに群がる多数の土墳のひとつにすぎないことがわかる。現在、ラトクローガン（ラークローアン）として知られるこの場所は、宗教や祭儀の重要な拠点だったとされ、7 世紀の叙事詩的事件「クーリーの牛争い」より数千年紀もさかのぼるという。多くの学者たちは、女王メイヴがもとは大地の女神だったと考えている。ここに王の住居——あるいはなにか重要な集落——があったという物的証拠はないが、伝説によれば、この地はコナハトの古代の都クルーアハンだったとされている。

古代の語り部たちは、考古学的に正しいかどうかという遠慮がなかったせいか、宮殿がパイン材でできており、それぞれ真鍮の枠がついた 16 の窓をもっていたとかなり詳細に述べている。建物の中央にある王の居室は、青銅と銀の壁で囲まれ、建築全体が板葺きの屋根でおおわれていた。

現代の考古学者たちが明らかにしたところによれば、この古代の複合建築は墓地として使われていた——死者の町のようなものだ。実際、民間伝承でも、こうした役割は認められている。毎夏、サウィンの時期になると、ラトクローガンの古墳が自然に開き、幽霊や精霊、怪物などの群れが一斉に世界へ解きはなたれる、と古くから信じられていた。彼らの先頭を行くのはモリガンで、1 本脚の馬が引く戦車を駆り、殺戮や暴力、強奪を求めて疾走した。

（コルマク・コン・ロンガス）の指揮下にあった。彼はコンホヴォルとその母親のあいだにできた子どもだったが、父親にはけっして近づこうとしなかった。コーマックはフェルギュス・マク・ロイヒに育てられ、数年まえに、この養父とともにアルスターを出ていた。彼らの配下を合わせると、アルスター亡命軍は総勢約 3000 の規模となった。

殺戮の予感

隊列を組んだ兵士たちが出陣の合図を待っているとき、メイヴは自分の戦車の御者にこう言った——「この者たちに召集をかけたのはわたしだ。わたしの命令で、夫は妻と別れ、恋人たちは離れ離れになる。彼らがぶじに戻らなければ、わたしが非難を受けることになる」。御者は戦車の向きを変え、ぶじ帰還することを誓って、日光をいっぱいに浴びた。そのとき、御者とメイヴは、若く美しい女の姿を見た。まだらの

マントを金色に輝くピンでとめ、亜麻色の髪を優雅に両肩にたらしたその女は、同じく戦車に立っていた。その美しさと威厳に満ちた態度に興味をそそられたメイヴは、彼女に名前をたずねた。すると女は、「フェザルマ（フェデルム）と申します。わたしは詩人で、女予言者のひとりです。コナハトの生まれですが、ずっとアルバで学んでおりました」と答えた。

> 「この者たちに召集をかけたのはわたしだ」とメイヴは言った。

　彼女に「千里眼」があり、未来を見抜く力があるかどうかを知りたくて、メイヴはフェザルマにコナハト軍の行く手についてたずねた。彼女は「赤い血が見えます。軍隊が赤い血にまみれています。まるでアルスターの英雄、クー・ホリンによって切り倒されたかのようです」と答えた。メイヴはこの予言を信じようとしなかった——フェザルマは誤解しているにちがいないと彼女は思った。というのも、メイヴはコンホヴォルの軍勢が、マッハの呪いによって完全に力を失い、「陣痛」の苦しみにもだえることを知っていたからである。

　しかし、フェザルマの予言はゆるがなかった。メイヴはコナハト軍の行く手について3度たずねたが、3度とも彼女は「血が見えます」ときっぱり答えた。4度目にまた同じことを言ったとき、フェザルマは突然、予言の詩を歌いはじめた——長身で金髪の勇士が、メイヴの軍勢を相手に、ひとりで獅子奮迅の活躍をするようすが語られた。彼女によれば、その勇士はどう見ても、アルスターの偉大な戦士クー・ホリンにちがいなく、コナハトの軍勢は彼のまえにくずれさろうとしているという。たとえ彼の仲間たちが、「陣痛」の苦しみでアルスターに戻っていても、クー・ホリンだけはマッハの呪いを特別にまぬがれ、ひとりで何役もこなすことができた。両手でそれぞれ4本の剣をふりまわし、あるいは魔の槍ゲイ・ボルグ（*Gáe Bolg*）を正面にしてつき進む彼は、平然と戦車に直立し、血に染まったマントを風になびかせていた。フェザルマは最後にこう言った——「何を隠すことがあ

上：一部のバージョンでは、ドルイドがメイヴに計画の愚かさを警告しようとする。

りましょう。クー・ホリンのあとに残るのは、めった切りにされた死体の山と女たちの涙です」

遠征の経路

この『クーリーの牛争い（クアルンゲの牛捕り）』の物語が記された現存する写本には、コナハト軍がアイルランドを横切り、ロスコモンのクルーアハンからラウス州のクーリーへと進んだ道筋が詳しく書かれている。ところどころにあいまいな部分もあるが、メイヴの軍勢がまず南東へ進み、ロスコモンのアルダキルを通って、その湖畔の地へ向かったのは確かなようだ。つぎに、彼らは現ロングフォード州にある当時の北テスバの都グラナルドへ進軍し、そこからミッドランズ地方を東へ横切り、現ミース州にあるケルズの町へ向かった。ここで彼らは深い森にぶつかり、木を切り倒して進まなければならなかった。そのため、キルスケールの村に近いこのあたりの地域は、古くからスレヘタ（Slechta、「切り開いた道」）とよばれている。

彼らはさらに北東へ進んだ。ところが途中の浅瀬で、クー・ホリンが四つ又に枝分かれした木を川の真ん中につき刺し、彼らの行く手をはばんだ——そこはラウス州のコロンに近い、現在のケリーズタウンという町である。彼らはさらに

上：ノルマン人がグラナードにこの塚を築き、城を建てようとしたのは、女王メイヴの軍勢がここを通ったずっとあとのことである。

現在のドロヘダから北へ進んだ。現ダンドーク郊外にあるグレン・ガトは、ドウン・クーリーが一時囲われていた場所だが、そこからこの雄牛は、ニューリーの南西にそびえるシュリーヴ・クリン（現在のスリーヴ・ガリオン）へ逃げた。

進軍中

　フェザルマの不吉な予言を聞いても、メイヴに迷いはなかった。彼女は軍隊の先頭に立って進んだ――ただ、膨大な数の兵が動くには少し時間がかかった。コナハトの兵やアルスターの亡命者にくわえ、彼女ははるか南西のマンスターからも味方をよび集め、東のレンスター（ラギン）からはガレーイン族の3000の軍勢が集まった。それだけ多くの兵をひきつれたメイヴには、やはり自信があり、そんな楽観的なムードは軍全体に広がった。ところが2日目の昼のこと、突然、

上：アーマーの田園にそびえるスリーヴ・ガリオン——「クーリーの茶牛」はこの麓に逃げた。

フェルギュスの友人ドゥフタハ・ダイルテンガが悲鳴を上げ、状況は一転した。じつは彼も不吉な幻を見たという——ひとりの戦士が、クーリーのクロン川の深みを背にして、アルスターへ向かう彼らの行く手をはばんでいる。そこでメイヴとアリルは、フェルギュスに先導役を託した。しかし、彼が選んだルートは、大きく弧を描いて南へまわるというもので、メイヴたちは彼がアルスターのかつての同胞に危険を知らせ、時間稼ぎをしようとしているのではないかと疑った。イラルド・キレン——ミース州ケルズの数マイル西にある現クロスアキール——に近づいたとき、彼らはこの懸念をフェルギュスにぶつけたが、彼は裏切るつもりはないと否定した。それどころか、彼はクー・ホリンがどこかで自分たちを待ち伏せし、この大軍勢の進軍を阻止しようとしているとして、それを出しぬく方法を模索しているのだと主張した。

上：青銅は美しい細工をほどこすことができたため、鉄器時代に入ってもなお儀式で用いられた。これらの剣は、いずれもアイルランドで発見された。

四つ又の浅瀬

　途中、大雪によって進軍の速度が落ちたものの、コナハト軍はクー・ホリンの裏をかくことに成功した。彼はひどく酒を飲み、寝すごしてしまった。目を覚ましたころには、コナハト軍の足跡しか残っていなかった。しかし、これは敵軍の数をかなり正確に推測するのに役立った——それぞれ3000の兵からなる18の軍隊が、この道を通ったようだ。クー・ホリンは敵軍の進路を迂回し、ふたたび彼らを追い越した。先遣隊の4人が現れ、挑みかかってきたが、クー・ホリンはさっさと彼らを始末し、その首を切り落とした——彼は四つ又に枝分かれた木を一撃で切り倒し、その枝先に彼らの首をひとつずつ刺した。そしてマトック川の比較的浅いところから、それを槍のように投げた。木は浅瀬の中央につき刺さり、もはや1台の戦車もこの道を通ることはできなかった。木の幹には、こんな警告がきざまれていた——「この木はわたしが片手でここにつき刺したものだ。この木を同じく片手で抜

次ページ：フライヒに勝ったクー・ホリンだったが、彼にとってそれは勝利であると同時に、大きな悲劇でもあった。

ける者がないかぎり、これ以上さきへは来るな」。アリルとメイヴ、指揮官たちが、いったいだれがこんな警告を立てたのかと話していると、フェルギュスがそれはクー・ホリンにちがいないと断言した。しかし、メイヴは動じなかった——聞くところによれば、この勇士はまだ17歳の若造というではないか。そこでフェルギュスは、このアルスターの「猟犬」の少年時代の偉業を話して聞かせた。クー・ホリンはどんな戦士よりも手ごわいと、彼は警告した——どんなライオンよ

書きまちがい？

クー・ホリンがコナハトの戦士たちへの警告として用いた碑文は、『クーリーの牛争い』を記した現存する文書が、時代をとり違えていたことの証拠である。この物語のオリジナルでは、当然ながら、警告は文字として記されてはいなかっただろう。これまで見てきたように、古代のケルト人は文字を使わなかった。彼らはヨーロッパ中に広がり、交易し、定住したにもかかわらず、当時、利用できたはずのほかの書き言葉も、いっさい使わなかった。彼らはなにか宗教的な理由から、文字の使用を拒否していたと思われる。ただし、これはケルトに広義での文学がなかったという意味ではない。彼らが多くの人々に愛される、独自の物語や詩歌をもっていたことは明らかである——とはいえ、厳密にいえば、文学とは文字によって書き記されたものでなければならない。しかし、古代の叙事詩の多くは、最終的に文書として記録されるまで、口伝えによって何世代も受け継がれてきた——たとえば、ホメロスの『イリアス』や『オデュッセイア』がそうだ。

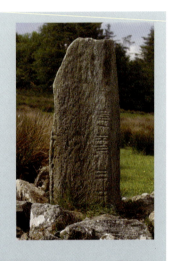

つまり、クー・ホリンに文字の読み書きができたというのは、キリスト教修道士の「改良」によるものであることは確かなようだ。ただ、たとえそうだとしても、クー・ホリンの使った文字がオガム文字で、のちにアイルランドの修道士が写本に使ったラテン語ではないというのは興味深い。ラテン語ほど洗練されていないオガム文字は、巨石記念物などにきざまれており（上）、ほとんどが縦線と横線の連続で、比較的大ざっぱな文体だった。実際、オガム文字をよく知らない者には、ただの切れこみの列にしか見えない。しかし、オガム文字の読み方を知っている者にとって、横線の連続にはひとつのパターンがあり、それらが縦線の先端と接する角度にも意味があるようだ。『クーリーの牛争い』がラテン語で書き記された一方で、オガム文字への言及が好んでなされたのは、それが初期的であまり洗練されてはいないものの、より勇壮で雄々しい時代の詩的な雰囲気を伝えるのにふさわしかったからだったのだろう。

りも凶暴で、どんな槌よりも頑強で、どんな兵士も彼の腕前にはかなわない。とはいえ、クー・ホリンも所詮は人間であり、体はひとつしかないとメイヴは考えた——わが軍の何千もの兵をもってすれば、クー・ホリンに傷を負わせることはできるだろうし、向こうもこちらを全滅させることはできないだろう。ところが、フェルギュスは首を横にふった。結局、コナハトの精鋭が川床から木を引き抜こうとしたが失敗し、フェルギュス自身がその障害物をとりのぞくことになった。しかも、奔流のなかで何度も失敗し、14台もの戦車がだめになった。

さらなる障害

ようやく四つ又の倒木がとりのぞかれ、アリルは前進の合図を出すことができた。コナハト軍はふたたび進軍をはじめた。しかし、道を少し行ったところのマグ・ムケザ(「豚飼いヶ原」)とよばれる場所で、べつの木が彼らを待ち受けていた。頑丈なオークの木がどっかりと道をふさぎ、またしてもこんな警告がオガム文字できざまれていた——この木を戦車で一気に飛び越えられる者がないかぎり、これ以上さきへは来るな。四つ又の浅瀬ですでに14台の戦車がだめになっていたうえ、若い兵士がその木を飛び越えようとして失敗し、さらに30台の戦車が破損して、馬も犠牲になると、御者たちは震えあがった。ちなみにそれ以来、その場所はベラハ・ナーネ(「飛び越し平」)とよばれるようになった。絶望的になった彼らは、ついにフライヒ・マク・フザハをクー・ホリンとの一騎打ちに挑ませることにした。翌朝、彼はクー・ホリンが川で水浴びをしているところを見つけた。もちろん、そこはフライヒが無念の死をとげる場所であり、アース・フライヒ(「フライヒの浅瀬」)とよばれるようになる川だった。あんな若造など、簡単に始末してやると豪語した彼だったが、水中でとっ組みあい、逆

> クー・ホリンは、敵に命乞いをするように求めた。

にクー・ホリンに頭を押さえこまれた。クー・ホリンは彼に命乞いをするように求めたが、フライヒがこれをこばんだため、その意思を尊重し、しかたなく彼が溺れ死ぬまで圧迫した。フライヒが川岸に引き上げられると、近くの塚から緑色の衣をまとった女たちが現れ、彼の亡骸を運んでいった——フライヒはシーの妖精塚に埋葬された。彼の死とともに、クー・ホリンがあたえた試練も果たされた——フェルギュス・マク・ロイヒは、戦車を全速力で走らせ、倒木を一気に飛び越えた。

笑えない喜劇

その後も、コナハトの精鋭たちがクー・ホリンとの一騎打ちにさしむけられたが、いずれもつぎつぎと倒され、命を落とした。軍の劣勢にすでにいらだっていたメイヴは、このアルスターの「猟犬」に飼い犬のバシュクネを殺されたとき、ついに怒りを爆発させた。バシュクネはメイヴの愛犬で、この犬が遠くで駆けまわっているのを見たクー・ホリンは、投

下：ラウス州のスリーヴ・フォイ——クー・ホリンは、ここでコナハトの勇士たちと一騎打ちをくりひろげ、彼らをつぎつぎに倒したとされる。

石器で石を放ち、その首をはねた。さらに多くの戦士がさしむけられたが、クー・ホリンにあっさり殺されて終わった。そんなある日、ひとりの御者が、折れた轅(ながえ)をつくりなおそうとしていたところ、通りかかったクー・ホリンが彼をアルスターの人間とかんちがいした。そこから、悲劇はいっとき喜劇に変わった（彼は実際、アリルとメイヴの最愛の息子オールラーウの奴隷だった）。御者の男は、自分が話している相手をまったく知らなかった。彼はクー・ホリンに、新しい轅をつくるための木の仕上げを手伝ってほしいと気楽に頼んだ。クー・ホリンは喜んで手を貸した。ふたりはいっしょに作業をしながら雑談し、そのなかでクー・ホリンは、敵がごく近くにいるのに、男の戦車があまりにも無防備なので驚いたと言った。そしてなぜ戦車が壊れたのかとたずねると、御者はクー・ホリンを捕まえようとして打ち砕かれたと答えた。

このときはじめて、ふたりの男は互いのかんちがいに気がついた。クー・ホリンは、御者に命の心配をする必要はないと言った——彼は御者を殺すつもりはなかった。けれども、御者がオールラーウに仕えていると知ると、クー・ホリンは彼に主人のところまで案内させた。そして王子をすばやく始末し、首を切りとった。クー・ホリンは御者にその首を背負わせ、そのままの姿勢でコナハトの陣営へ戻り、両親に息子の首を渡すように命じた。遠くで見張っているから、言ったとおりにしなかった場合は、投石器で石を飛ばして殺すとおどした。

御者がたどり着いたとき、アリルとメイヴは陣営の囲いのそとを歩いていた。彼はそこに立ち止まり、背中から首

上：1911年、オリヴァー・シェパードによって制作された「クー・ホリンの死」。この有名な彫刻は、近代の民族主義的な「ケルト復興運動」の象徴となった。

を下ろして、ふたりに見せた。「ご子息の首をこうして陣営まで背負って帰れと、クー・ホリンに言われました。そうしなければ殺すとおどされたのです」と御者は説明し、ふたりに首を手渡した。そのとき、クー・ホリンの投石器から石が放たれ、御者の頭が打ち割られた。クー・ホリンは、自分の命令が文字どおりに実行されることを期待したようだ——彼は陣営のそとではなく、「陣営のなかまで」背負っていけと言ったのだった。

付随する損害

クー・ホリンは、アリルかメイヴを見かけたら、すぐに投石器で石を放とうと決めていた。つまり、無謀な狙い撃ちがその後に何度もくりかえされたというわけだ。遠くの標的をめがけて石が放たれた結果、メイヴの最愛のペット２匹が犠牲になった。１匹は彼女がいつも肩にのせて歩いていた小さなリスで、飼い主を狙った一発が、その頭を吹き飛ばした。つぎに犠牲となったのは、彼女の形のよい首筋によりそうように止まっていた鳥で、同じく飛んできた石にあたって死んだ（奇妙にも、メイヴのペットたちは彼女にやさしい母親のような雰囲気をあたえているが、神話のなかのメイヴは、概して誘惑的で残忍で破壊的な女性として描かれている。しかし、考えてみると、彼女はもともと大地の女神とされていた）。もちろん、人間の犠牲者も続出した——アリルやその側近の息子たちが、クー・ホリンと王が放った石により、つぎつぎと命を落とし、その後も多くの兵が犠

下：このスティーヴン・リードによる絵では、不吉なワタリガラスがやってきて、なににも動じない性格のクー・ホリンに、死を予告する。

牲となった。

モリガンの訪れ

　物語では、この時点でべつの鳥も登場する。ただし、こちらはメイヴがペットとして飼っていた鳥ほど愛らしくはない。ある日、あの巨大な褐色の雄牛ドウン・クーリーが、クーリーの平原で草を食んでいると、大きな黒いワタリガラスが立石のうえに舞い降りた。もちろん、それはモリガンで、彼女はもうすぐドウンをめぐって殺戮が行なわれると警告した。「褐色の雄牛よ、心配か？」と彼女はたずねた。

　　おまえはその殺戮のために兵が集結しようとしているのを感じるか？
　　アルスターのこの美しい緑の原は、敵に埋めつくされる。
　　草深い牧場は、そよ風に吹かれる海のように波打ち、

下：ノルマン時代の築山(モット)に立つ「クー・ホリンの城」は、ダンドーク近くにあり、じつは1780年になって建てられた。

清らかな花々は、その場面に彩りをそえる。
しかし、戦場では軍勢が互いをすりつぶし、塵となる。

すでに見たように、モリガンは、モリグナとして知られる三相女神だった。バズヴァとして現れた彼女は、もうすぐ殺戮の戦場でたっぷりと血をすすれると言った。この最初の流血はすさまじい復讐の連鎖をもたらし、「憎悪が憎悪をよび、親類や息子たちの死が永遠にくりかえされる」と、彼女はほくそ笑んだ。

驚いたドゥンは、飼育係に先導させて、アーマー州ニューリー郊外にそびえるシュリーヴ・クリンの山麓へ逃げた。興奮した少年たちが背中に飛びのろうとしたが、遊んでいる気分ではなかったドゥンは、いらだって彼らをふり落とした。こうして100人もの少年が命を落とした。ドゥンは蹄で溝を蹴り上げながら、クーリーの平原を駆けぬけた。一方、メイヴの軍勢は、もっとゆっくり進軍しており、メイヴとアリルは軍に囲まれ、姿を見られないように身を伏せていた。いらだちをつのらせたクー・ホリンは、石を放ってローフという女を殺した。彼女は川へ水をくみにきたメイヴの侍女で、クー・ホリンは一瞬、彼女をメイヴとかんちがいしたのだった。

追いつめられたドゥン・クーリー

アルスターでは、メイヴの兵たちが攻撃や略奪に出ていった。彼らは多くの牛や奴隷たちをひきつれて戻ってきたが、メイヴは不満だった。ここまではるばる進軍してきたのは、ドゥン・クーリーを捕まえるため、その見事な雄牛を手に入れるためだったのに、その兆しはいっこうにみえてこない。

ただ、捕虜で牛飼いのひとりだったローハルは、長年の経験から、牛の動きをよく知っていた。メイヴは彼にドゥンがどこにいると思うかたずねた。ローハルはおびえながら、「雄牛は丘のほう

> 彼らは牛や奴隷たちをひきつれて戻ってきた。

フェルギュスとフロイト

この物語のいくつかのバージョンでは、だいたいこの時点で、アリルとその部下たちが、コナハト軍の陣営にメイヴとフェルギュス・マク・ロイヒの姿が見えないことに気づくのだった。ふたりはどこにいるのだろうか。なぜふたりとも行方不明なのだろうか。怪しいと思ったアリルが御者を偵察に行かせたところ、案の定、フェルギュスとメイヴは軍の本隊をさきに進ませ、ふたりで親密なときをすごしていた。実際、彼らは半裸の状態で抱きあっていた。フェルギュスはベルトと鞘をはずし、それを近くの芝生のうえに置いた。ふたりは情事に夢中で、アリルの御者がこっそり鞘から剣を盗んでいったのに気づかなかった。御者はおそるおそるそれを主人のもとへもち帰ったが、アリルがあまり驚かず、むしろ満足げなのに驚いた。彼が言うには、メイヴは重要な盟友を味方につけておくのに必要なことをしているだけだという。

それからしばらくして、メイヴとフェルギュスは情事を終え、ようやく立ち上がった。あたりを見まわしたフェルギュスは、そのときはじめて自分の剣がなくなっているのに気づき、ひどく動揺した。彼はとりあえず近くの森へ行き、木の枝で即席の剣をつくった。しかし、それが本物の剣でないことは明らかで、陣営へ戻る途中、彼はさんざんに揶揄された。

これ以降、男を骨抜きにする妖婦としてのメイヴの役割は、『クーリーの牛争い』で定着している。皮肉なほど魅惑的な彼女は、美しいが強情で、冷酷で狡猾で、まったく無慈悲だった。その結果、ここでは哀れなフェルギュスが、精神分析医に指摘されるまでもなく、その象徴的な男らしさを奪われている——性的なクーデターは成功させたようだが。もちろん、細心の注意をはらって見れば、ほとんどどの物語にも、フロイト的な意味が隠されていることに気づくが、ケルト神話では、そうした暗示が、当惑するほど露骨に表現されていることは確かだ。アルスター物語群のフェルギュスがとくに興味深いのは、彼が矛盾した扱われ方をしているからである。アイルランド屈指の偉大な英雄として名をはせる彼は、実際、男らしさの定義そのものである（彼の名前は、アイルランド語でまさに男の力を意味する）。伝説によれば、フェルギュスは700人の男に匹敵する精力をもち、彼を性的に満足させるには一度に7人の女が必要だったという。また、戦いの場では、剣で虹と同じくらいの長い弧を描くことができた。しかし、そんなフェルギュスは不面目にも、たびたびその威光をそこなわれている。このエピソードだけではない。物語をさかのぼれば、彼がコンホヴォルに（実際には、コンホヴォルの狡猾な母親に）王位を奪われたときもそうだったし、ノイシュに対するコンホヴォルの策略に利用されたときもそうだった。

へ向かったと思います」と答えた。そして現在のラウス州トランペット・ヒルの麓のグレン・ガトで、ドゥヴホレ——黒い大釜——とよばれる深い谷に隠れているのではないかと言った。メイヴはさっそくローハルを何人かの兵とともに送り出した——彼らはドウンを捕まえ、つれ帰るときのために、柳のかごをたずさえていた。しかし、ドウンは自分を捕まえようとする者たちのなかにローハルを見つけると、この年老いた牛飼いに襲いかかり、角でその内臓をえぐり出した。雄牛はそのまま全速力で走りさり、見えなくなった。

水位の上昇

　クーリーに近づいたコナハトの軍勢は、最後の難関にぶつかった。彼らはクロン川を渡る方法を考えなければならなかった。近づいてみると、川は急に水かさを増し、深さも速さも倍になっていた。しかも、またもやクー・ホリンが現れて、流れのなかほどで槍をふりまわしていたため、どうしようもできなかった。そのとき、マネが進み出た。メイヴとアリルの長男だった彼は、自分に率先して手本を示すべき責任があることを知っていた。しかし、クー・ホリンはあっというまに彼を始末し、同時にマネを守ろうと彼の背後に駆け上ってきた30人の騎兵と、32人の歩兵もかたづけた。

投石器から一騎打ちまで

　川岸を離れたクー・ホリンは、近くの山の頂上にゆったりと腰を下ろし、投石器で気まぐれに石を飛ばしていた。ところが、石はつぎつぎと戦士たちに命中し、何人、何十人、何百人という犠牲者を出した。このままではコナハトの兵力が失われると危惧したアリルは、クー・ホリンに取引をもちかけようと決意した。彼は家令のマク・ロトを交渉役として派遣した。もし投石器で石を飛ばすのをやめてくれれば、これまで捕らえたなかでもっとも高貴なアルスターの女と、もっとも上等な家畜を提供しようと申し出た——投石を日課とし

前ページ：フェルギュスはロッホ・ルドラゲに飛びこみ、そこで彼の顔が恐怖に歪められることになる川獣と出くわす。

上:最近の北アイルランド「紛争(トラブルズ)」で、プロテスタント系のロイヤリスト(過激なイギリス連合維持派)は、クー・ホリンがアイルランド全体のためではなく、アルスターのために戦ったと主張した。

ていたクー・ホリンは、敵の戦士を望むだけ殺すことができた。しかし、クー・ホリンはこれに応じなかった。かわりに、コナハトが自分と対戦する戦士を、毎日ひとりずつ出すというなら、投石をやめてもいいと言った。アリルはこの条件を飲んだ。もちろん、クー・ホリンはアルスターの戦士たちが幻の陣痛から回復するまで、時間稼ぎをしようとしているのではないかというフェルギュスの疑いには、アリルもまったく同感だった。しかし、ほかにどんな選択肢があるだろう。クー・ホリンの投石によって、毎日何十人もの戦士を失うくらいなら、一騎打ちで1日ひとりを失うほうがましだった。

若いエダルコウォルは、コナハトの戦士として、このアルスターの英雄と早く対戦したくてたまらなかった。ただし、クー・ホリンは、フェルギュスとの友情に免じて、この若者の命だけは助けてやると約束していた。それでもクー・ホリンと対戦すると言い張ったエダルコウォルは、戦車に乗って突進していった。クー・ホリンは、自分を甘く見るなと警告するため、すれ違いざまに彼のチュニックを剣でさっと切り裂いた。しかし、エダルコウォルがなおも態度を変えなかったので、クー・ホリンはさらに明確なメッセージを伝えた——相手の頭上で剣をふり、エダルコウォルの頭頂部をきれいに剃り落とした。ところが、これは相手をよけいに刺激しただけで、エダルコウォルは戦車でさらに突進してきた。そこでクー・ホリンは、今度は相手の頭からへそまで剣をふり下ろした。

戦闘か逃亡か

コナハトでもっとも有名な戦士とされるナズ・クランティルは、武器の力でクー・ホリンを倒せると思い、作戦を練った。彼はモチノキの枝を切り出し、先端をとがらせて、みずから9本の槍をつくった。彼がクー・ホリンの待つ浅瀬に着いたとき、クー・ホリンは呑気に野鳥狩りでもしているのか、飛んでいる鳥を捕まえようとジャンプしていた。そこでナズ・クランティルは、浅瀬のクー・ホリンめがけて、槍を1本ずつ投げつけた。彼は飛んでくる槍を平然とつかんだが、9本目の槍が飛んできたとき、それまで夢中で捕まえようとしていた鳥の群れが向こう岸へ飛び立とうとしたため、それにすっかり気をとられていた——鳥の群れを追うクー・ホリンの姿は、臆病者が逃げ出すかのように見えた。

> クー・ホリンの姿は、臆病者が逃げ出すかのように見えた。

このようすを聞いたメイヴとコナハトの兵たちは、あのアルスターの英雄がいとも簡単に打ち負かされたと知って大喜

びした。もちろん、クー・ホリンは腹をたてた。彼はけっして逃げたのではなく、ナズ・クランティルの投げた9本の槍がすべてむだに終わったとわかり、野鳥狩りを続けようとしただけだった。彼は再戦を要求した。ナズ・クランティルは、クー・ホリンのような臆病者とふたたび戦えば、みずからの名誉にかかわると思ったが、このアルスターの英雄からの挑戦をどうしても断われなかった。翌日、ふたりはあらためて

恋の恨みはおそろしい…

　ナズ・クランティルに勝利したあと、クー・ホリンのまえに若く美しい王女が現れた。彼女は豪華な衣装を身にまとい、たくさんの牛や贈り物をもってきた。クー・ホリンの凛々しさや強さ、武勇など、彼のことをいろいろと聞くにつれ、彼女はクー・ホリンに恋してしまったという。しかし、クー・ホリンはそんな彼女の愛の告白をはねつけた。いまは戦いのときであり、女の相手をしている暇はない。自分はもっと重要なことで忙しいのだから、さっさと立ちさってくれ。彼は自分の話している相手が、じつは王女に姿を変えたモリガンであることを知らなかった。しかし、どんなに魅力的な姿で現れても、モリガンが危険であることに変わりはない。彼女はこう反論した──「わたしはずっとあなたを応援してきたのよ。あなたのそばにいて、支えつづけてきたのに、このわたしをいったいだれだと思っているの？　もしわたしの愛をこばむというなら、あなたは永遠にわたしに憎まれることになるわ」。彼女は今後、あらゆる姿となって彼の邪魔をし、何があってもけっしてやめないと誓った──彼が浅瀬を渡るときには、ウナギとなって足をすくい、あるいは雌狼となって牛の群れをけしかける。

　モリガンはその言葉どおりのことをした。しかし、クー・ホリンは動じなかった。ある日、彼女は若い雌牛に姿を変え、群れとともに彼に襲いかかった。攻撃中、彼女は精霊たちにクー・ホリンを押さえこませたが、彼はなんとか投石器に手を伸ばし、石を放った。彼女はそれで片目をつぶされ、怒りはいっそう激しくなった。

上：モリガンは、美しい王女としてクー・ホリンのまえに現れた。

対戦したが、そのまえにルールをとりきめた——互いに相手の投げた槍からは、垂直に飛び上がる以外、身をかわすことは反則とされた。ナズ・クランティルが槍を投げると、それは朝の空気をつらぬくようにすっと飛んだが、クー・ホリンはすばやく跳躍してそれをかわし、槍は立石に命中した。一方、クー・ホリンの槍が空中を飛んでいったとき、ナズ・クランティルも同じように跳躍したが、クー・ホリンはそれを上空に向かって投げたため、槍はまっすぐナズ・クランティルの頭につき刺さった。

　百戦錬磨の強者だったナズ・クランティルは、槍につらぬかれたにもかかわらず、まだ死んでいなかった。しかし、この槍を引き抜けば、命を失うことはわかっていた。互いにひと呼吸置いてから、ふたりの男は戦いを再開した。ナズ・クランティルは前方へよろめきながら、クー・ホリンの体めがけて剣を投げたが、クー・ホリンはまたしても空中へ飛び上がり、剣は彼の足もとをすり抜けた。しかし、もはやがまんの限界を超えていたクー・ホリンは、ふたたび跳躍し、今度はナズ・クランティルの盾に飛びのり、剣でその首を切り落とした。血に飢えた彼の欲望はそれでも満たされず、クー・ホリンはもう一度剣をふり、首なしの死体をへそまで切り裂いた。そのころ、メイヴは少数の前衛部隊とともに、アルスターに足をふみいれ、ついにあのドウン・クーリーを見つけ出した。

> クー・ホリンはもう一度剣をふり、その死体を切り裂いた。

忠実な飼育係のフォルガウェンは、必死に雄牛を守ろうとしたが、メイヴが牛の群れをけしかけたため、フォルガウェンは地面に倒れ、踏みつぶされた。こうしてメイヴは念願のものを手に入れたわけだが、大いなる名誉がかかった戦いを、老いも若きも多くの命がかかった戦いを、いまさらやめるわけにはいかなかった。誇りと個人的な復讐がなによりも重視される当時の文化では、戦争はいくらでも引き延ばすことができた——アリルとメイヴには、いったんはじめた戦い

から手を引く道はなかった。

クー・ホリンの疲労

　その後も多くのコナハトの戦士たちがクー・ホリンと対戦し、つぎつぎと倒され、命を落とした。しかし、ラーリーネだけは例外だった。クー・ホリンに体を乱暴にひっつかまれ、上下に激しくゆさぶられた彼は、腸が完全に押しつぶされ、あたりに強烈な悪臭を放った。アルスターの英雄との一騎打ちを生きのびた唯一の戦士という名誉にもかかわらず、ラーリーネは残りの人生を恥と痛みのなかですごした。

　ただ、クー・ホリンはたしかに無敵の戦士ではあったが、彼もやはり人間で、来る日も来る日も激しい対戦をくりかえすことに疲れを感じていた。やがて、その疲れは深刻なものとなった——とくにモリガンを怒らせたときは、彼女の攻撃にも対処しなければならなかった。それでも、戦いが止むこ

下：メイヴはスライゴー州のノックナレア山に埋葬されたと信じられている。先史時代の石塚が彼女の墓だという。

とはなかった。メイヴとアリルは話しあいを求めたが、彼らが設定した会談は罠で、待ち伏せにあったクー・ホリンは、投げ槍の雨にさらされた。こんなことはよくあることだったが、彼はしだいに、そして着実に疲れを感じはじめた。メイヴとアリルは、またしてもクー・ホリンに会談をもちかけたが、彼らは侍女と王の道化を、自分たちに化けさせて行かせた。それを瞬時に見破ったクー・ホリンは、ふたりを立たせ、大きな立石のうえからつき刺した。コナハトのにせの王と女王は、人々の嘲笑にさらされた。

　この時点で、クー・ホリンと対戦する戦士をひとりずつ出すというさきの協定は、破られなければならなくなった。メイヴにはこれ以上、軍の精鋭を犠牲にする余裕はなかった（この協定が、もとは損失を抑えたいコナハト側からの要求で結ばれたことを、彼女は忘れていたらしい）。こうしてクー・ホリンは、コナハトの全軍——アイルランド四国連合軍——を相手に戦うことになった。14本の槍が一斉に放たれても、クー・ホリンは平然とそれをかわした。さらに100人の戦士が浅瀬で同時に襲いかかってきても、彼は全員をあっさり始末した。あまりの殺され方に、メイヴはそれを犯罪だと非難した。以来、その場所は「ヘード・フーレ」（百人戦士犯罪の浅瀬）とよばれるようになった。

　メイヴはその後も協力を求めたり、おどしたりして、アイルランド各地から戦士を集め、やがてアルスターの国境沿いに強大な軍勢が集結した。夕焼けの空を眺めていたクー・ホリンは、真っ赤な太陽に反射して、遠くの地平線まで、無数の武器が金色や青銅色にきらめいているのを見た。しかし、彼はこれにおそれをなすどころか、猛烈な怒りを感じた。激高した彼が、もてるだけの剣や盾をつかみとり、雄叫びを上げると、世界中の悪鬼や小鬼が呼応した。その轟音は敵を震えあがらせ、恐怖のあまり、100人以上の戦

> クー・ホリンは、空が無数の武器で金色や青銅色にきらめいているのを見た。

士が倒れて死んだ。

ありがたい休息

しかし、それでクー・ホリンの疲れがやわらいだわけではなかった。あるとき、疲労でふらつきながら立っている彼のところへ、北のほうからひとりの戦士が歩いてきた。またもや一騎打ちのために送られてきた戦士かと思い、クー・ホリンは身がまえたが、その男は彼を助けるために来たと言った。実際、その男は人間ではなく、シーの兵士で、何世紀もまえからの神だった。彼は「長腕のルー」として知られる伝説の戦士だという。クー・ホリンの立場をよく理解し、彼の勇気と強さを賞賛した彼は、クー・ホリンが疲れきっていることを知り、助けを申し出た。これにより、クー・ホリンは3日3晩眠りつづけ、かわりにルーが見張りに立った。そして彼が眠っているあいだに、ルーは膏薬や薬草で傷の手あてをした。

ほかでも味方が集結しようとしていた。クー・ホリンが眠っているとき、そしてアルスターの男たちがまだ「陣痛」にもだえ苦しんでいるとき、彼らの息子たちが集まり、ハーリング用のスティックで英雄の助太刀をすることになった。総勢150人の少年たちが現れ、勇敢に戦った。彼らは最終的に打ち負かされたが、それでも自分たちの3倍の数の敵を殺した。クー・ホリンが休息をとっている一方で、偉業がなしとげられたのである。

戦闘復帰

眠りから目覚めたクー・ホリンは、自分がそんなにも長く眠っていたことを知って驚き、動揺した。そしてそのあいだ、敵はこちらの攻撃を受けることなく、ゆっくり休息できたのかと思って悔しがった。3日間の休養中、ルーやアルスターの少年たちがかわりに戦っていたことを説明されると、クー・ホリンは安心したが、同時に若い彼らの犠牲を思い、復

警心でいっぱいになった。彼は御者のレーグ（ロイグ）に鎌戦車を用意するように命じ、みずから戦闘に出る準備を整え、3日3晩の失われた時間をとりもどそうとした。

　クー・ホリンの戦車は、非常に美しくもあり、おそろしくもある代物だった。大鎌のような刃が車軸のこしきからつき出していたほか、車体のあちこちに鋭くとがった鉤状の突起がついており、どの方面からも敵をずたずたに切り裂けるようになっていた。戦車を引く馬にも鎖帷子が着せられ、同じく鋭い突起がびっしりとついていた。しかし、最初にして最大の防具は、戦車を動かすまえにレーグがかけた魔法の呪文だった。それは彼らをどんな攻撃にも耐えるようにしたばかりか、人間の目には見えないようにした。戦車のうしろには、クー・ホリンの威容がそびえ、頭のさきから足のさきまで甲冑で完全武装し、いつでも戦える態勢にあった。彼は8本の短剣をはじめ、8本の突き槍と8本の投げ槍、8本の盾を巧みにあやつった。胴体は順に重ねた27枚のチュニックにおおわれていたが、これは敵の槍や剣から胴を守るためではなく、戦いで狂乱した彼の体が破裂しないようにするためだった。冑には溝や空洞がつくられ、増幅器のように、彼の鬨（とき）の声をはるか遠くまで響きわたらせた。

　いざ戦闘がはじまると、クー・ホリンの体は怒りでふくれあがり、浮き出た血管は激しく脈打ち、腱は硬く張りつめていた。そんな彼をまえにして、何百人もの敵兵が倒れこんだ。血に飢えたクー・ホリンはレーグを急きたて、戦車でコナハト軍やその同盟軍のもっとも密な戦線を轟音とともに駆けぬけた。歴戦の勇士たちが、収穫期の穀物畑のようになぎ倒された。年代記編者によれば、その日、130人の王が殺されたという。敵の死傷者は数えきれないほどだったが、クー・ホリンと彼の戦車は、かすり傷ひ

> クー・ホリンの戦車は、美しくもあり、おそろしくもある代物だった。

> 歴戦の勇士たちが、収穫期の穀物畑のようになぎ倒された。

前ページ：戦車に乗って突進するクー・ホリンの勇姿。

とつ負わなかった。

ファーディアとの戦い

　途方にくれたアリルとメイヴは、つぎにだれをクー・ホリンと対戦させるか考え、ファーディア（フェル・ディアド）を思いついた。特殊な硬い皮膚をもつ彼は、クー・ホリンとともにスカサハのもとで武術の修業を受けていた。スカサハがファーディアに教えなかった唯一の技は、ゲイ・ボルグの使い方だけだ。これはクー・ホリンだけの秘蔵の武器だったが、逆に彼にはディアドほどの分厚い皮膚はなかった。

　ただ、メイヴとアリルによばれたファーディアの態度は慎重だった。彼にとってクー・ホリンは大切な友人で、あえてスカサハの兄弟弟子と戦う理由もなかった。しかも、父親のダワーンは幼いセタンタを世話したこともあり、ふたりはまさに乳兄弟だった。コナハトの美しい王女フィナバル（フィンダヴィル）を妻にやると言っても、さらには女王メイヴが自身との情熱的な一夜を約束しても、ディアドの心を動かすことはできなかった。結局、彼が対戦に同意したのは、クー・ホリンが彼をばかにしていたとメイヴにほのめかされたからだった。彼女の言葉に挑発されたファーディアは、即座に決闘にのりだした。

　ふたりの戦いは、これ以上ないほどの接戦となった。スカイ島のスカサハのもとで学んだ技がふたたびくりかえされ、投げ矢、投げ槍、短剣、鋭くとがった盾での戦闘が展開された。彼らは互いに槍でつきあい、広刃の剣をふりあった。しかし、一日中、休みなく戦いつづけたが、決着はつかなかった。戦いは夜にいったん中断され、休息してから、明け方に再開された。2日目も、明らかな決着にはほど遠かった。彼らは3日目にこそ決着がつくと信じて、ふたたび休息した。その3日目でさえ、ふたりはついたり、刺したり、ふるったり、えぐったりして激闘を続けたが、しばらくはどちらも勝者といえない状態だった。しかし、最後の最後にクー・ホリ

車輪の戦い

　二輪戦車(チャリオット)が最初に使われたのは、紀元前3000年頃の中東だった。したがって、それがケルト人の発明品でなかったことは確かである。けれども、彼らは二輪戦車に夢中だった——ガリアとブリタニアでケルト人と戦ったユリウス・カエサルが、そのようすを記している。理由は容易に理解できる。二輪戦車はただの戦闘手段ではなく、場合によっては戦闘手段でさえなかった。つまり、二輪戦車で突撃すれば、未熟で統率のとれていない敵軍をひるませ、戦わずして追いちらすこともできた。これにはさらに懐疑的な考えもあり、実際、古代ローマ人は二輪戦車を戦闘というより、おもに儀式に使っていた。彼らは戦いを勝利に導いた将軍を戦車に乗せ、人々のまえを走らせた——現代でいえば、世界の指導者がオープンカーでパレードするのとよく似ている。

　ローマ人が戦ったような戦争では、戦勝パレードやコロセウムでの戦車競走をのぞいて、二輪戦車はほとんど役に立たなかった。しかし、ケルト人がもっていたような戦士文化や、ホメロスの英雄たちにみられる戦士文化では、二輪戦車はもっとも好ましい乗り物だった。そうした文化では、戦争は半儀礼的な部分が多く、個人の挑戦や武勇、個々の戦士たちによる決闘を様式化した儀式のようなものだった。

　鎌戦車についていえば、それは古代の書物には広く記述がみられる一方、考古学的な証拠については、これまでのところ、あまり出ていない。鎌戦車の威力は明らかだ。戦闘に切りこみ、敵兵を収穫された小麦のようになぎ倒して、どんなに手ごわい相手も徹底的に破壊できそうだ。しかし、一部の専門家によれば、鎌戦車が実在したかどうかは疑問だという——007の映画に出てくるボンドカーと同じように、それは古代のテクノ・ファンタジーにすぎなかったのかもしれない。

魔性のフィナバル

メイヴがファーディアに娘のフィナバルを差し出そうとしたことは、『クーリーの牛争い』における女性や女性の性の扱われ方として、ごく一般的なものである。実際、メイヴ自身も、みずからの（おそらく相当な）性的魅力を利用することに積極的で、夫のアリルもそのことで彼女を非難しようとはしない。娘も娘で、母親が自分の美しさを取引の手段として使おうとすることを、とくに嫌がっているわけではない（それどころか、アルスター屈指の戦士ロハズ・マク・フィセマンを誘惑し、彼をコナハトに協力させるように言われたとき、フィナバルは憧れの男と寝るチャンスに飛びついた）。

しかし、彼女はけっして良心が少しもとがめなかったわけではない。アルスターに対するコナハトの軍事行動は、アイルランド同盟軍の指導者全員に、じつはフィナバルを妻にあたえるという約束がなされていることが判明したとき、完全に麻痺した。結果として700人もの勇士が戦闘で命を落としたとき、フィナバルは罪悪感のあまり、倒れて死んだ。

前ページ：宿命の友情。アーネスト・ウォールカズンズによるこの絵（1905年）で、クー・ホリンはファーディアの遺体をかかえ、浅瀬を渡っている。

ンがついにゲイ・ボルグに手を伸ばし、片方の手でそれをにぎりしめ、もう片方の手で突き槍をふり上げた。ファーディアが盾を掲げたそのとき、クー・ホリンは低くかがみ、チュニックの裾をゆらして、ゲイ・ボルグを相手の尻に打ちこんだ。ディアドの皮膚は骨のように硬く、通常の武器ではそれを貫通させられる見こみはほとんどなかった。クー・ホリンにとって、この魔の槍だけが敵の臓器をつき破る唯一の方法だった。しかし、ファーディアが倒れたとき、クー・ホリンの勝利感や安堵感は、深い悲しみに変わった。ふたりがかつて兄弟として、いかに固い絆で結ばれていたかを思い出したからである。以来、この死闘が行なわれた場所は、アース（アート）・ファーディア（「ファーディアの浅瀬」）とよばれ、やがて短く「アーディー」とよばれるようになった。

アルスターでの戦闘

クー・ホリンがけがから回復したころ、北方では事がはじまろうとしていた。やっとのことで「陣痛」をのりこえたアルスターの男たちが、エヴァン・マッハに集結し、南へ進軍をはじめた。何万というその軍勢を率いるのはコンホヴォルで、彼はようやく敵を迎え撃つ準備を整えた。コンホヴォルはアリルを会談によびだし、互いに一戦を交えることに同意した。翌日、夜明けとともに不気味な姿のモリガンが現れ、運命の日の到来を告げた――「カラスがつつく男たちの首の皮、どっと噴き出す血の潮。（中略）めった切りにされた人の肉、狂い乱れた戦の場」。愉快そうに舞う彼女は、両陣営

に公平になるように、最後にこんな矛盾した言葉を叫んだ。

　アルスターよ永遠に！
　アイルランドに災いを！
　アルスターに災いを！
　アイルランドよ永遠に！

　まさにモリガンの言うとおりになった——数時間後に戦いのクライマックスを迎えたとき、双方はともに勝ち、ともに負けた。何万というアイルランドの勇士たちが激しく衝突し、あちこちで偉業がなされた。激高したフェルギュスは、剣をひとふりして、隣りあう三つの丘の頂を切り落とした。メイヴもみずから攻撃の先頭に立ち、もう少しで戦線を突破するところまで行った。実際、その日はコナハトが優勢で、アルスターは絶望的な状況にあった。そのとき、クー・ホリンが参戦し、形勢を逆転させた。彼の命運がつきるころには、コナハトの命運もつき、彼らは死体に埋めつくされた戦場から必死で敗走した。
　しかし、メイヴは最後の最後にひとつの勝利を得た。無敵といわれたクー・ホリンも、彼女の策謀には無防備だったらしい。メイヴは、かつてクー・ホリンに父親を殺されたルギド・マク・コン・ロイを説得し、3本の魔の槍を投げさせた——1本はクー・ホリンの御者に命中し、もう1本は彼の比類なき馬に刺さって、これを急停止させ、3本目は彼の腹に刺さって、内臓を飛び出させた。それでも倒れまいとするクー・ホリンは、直立したままでいられるように自分を立石にしばりつけ、ついにはルギドの毒剣を受けて死んだ。
　アルスターの勝利は、ふたつの点でそこなわれた——偉大なる英雄クー・ホリンが事実上、暗殺されたばかりか、巨大な褐色の雄牛を失うという不名誉があったからである。ドウン・クーリーは、コナハト軍のまえを導かれていた。しかし、彼らは戦いには勝ったかもしれないが、その戦いの原因とな

ったものは失うことになった。これは英雄譚となるはずの物語に、またしても皮肉な展開をもたらした。というのも、メイヴとアリルがこの「クーリーの褐色の雄牛」をコナハトへつれ帰ったとたん、それは白頭の雄牛フィンヴェナフ・アイと衝突したからだ。2頭は激しくぶつかり、ドウン・クーリーがフィンヴェナフを倒したものの、みずからも致命傷を負った。苦痛で暴れまわるドウンは、アイルランド中の田園を切り裂き、丘を投げ飛ばし、谷をえぐり、ついには息絶えた。

　結局、この戦争は何万という無数の死者を出しながら、勝利した者はひとりもいなかった。「牛争い」によって、どちらも自慢の牛を失う結果となったわけだ。現代の読者にしてみれば、これはまったく無益な悲劇というべきだろう。けれどもこの物語が、ケルトの吟遊詩人によって朗々と歌い上げられていた当時、古代の人々がそう思ったかどうかはわから

戦争の作法

　敵軍と遭遇したコンホヴォルが最初に行なったのは、まず相手側と交渉をもち、いったん休戦協定を結んで、あとから戦闘が行なわれるように正式に手配することだった。これはケルトの戦争の儀式的な性質を物語るもので、『クーリーの牛争い』でも明確に示されている。そこでは大規模会戦であってさえ、一騎打ちのシーンが連続して記される傾向にある。トマス・キンセラによる1969年の翻訳を見ると、アリルがアルスター軍との対戦にそなえて、コナハトの勇士たちによびかけたときの台詞は、固有名詞からなる詩にほかならない。

　「立て、俊足のトラグスレーンよ。わたしに代わってみなをよび集めるのだ！　シュリーヴ・ミシュのコナレとよばれる3人を。ルアヒルのルセンとよばれる3人を。コルプセ・ロシュテのメイズとよばれる3人を。ブアシ川のボザルとよばれる3人を。ブアズネフ川のバエスとよばれる3人を。ベルバ川のブアゲルタハとよばれる3人を。マルグのムレダハとよばれる3人を。レック・デルグのロイガレとよばれる3人を。（中略）」

　個人の誇りや郷土愛といったものは、ケルトの精神文化では、広い意味での「国家的」利益とよべるものだったのかもしれない。アリルとメイヴのふたりにしても、王と女王というよりは、ゆるやかな同盟関係の指導者とみなしたほうがいいかもしれない。そもそも、どこからどこまでがコナハトなのかもあいまいで、明確に定義されていない。同じように、コナハト勢やアルスター勢をそれぞれ「軍隊」とよぶことも、便宜上は仕方がないが、厳密にいえば時代錯誤的である。すくなくとも、現代のように厳格に統制された男たち（いまは女たちも）の組織を意味しようとするのなら、当時の「軍隊」は軍隊とはいえない。

ない。たしかに原因はくだらないものだったかもしれないが、彼らの勇敢で輝かしい行為の数々は、まさしく叙事詩のように英雄的だった。

第3章

フィン物語群

　『クーリーの牛争い』をめぐる一連のストーリーよりもあとに生まれたとされる、いわゆる「フィン物語群」では、神秘や魔法の力がさらにきわだった英雄伝説の世界がくりひろげられる。

　1000年の歴史をへて、アイルランドとスコットランドは遠い国になってしまった。地図で両国のあいだに横たわるノース海峡がいかに狭いかを知ると、ショックでさえある。すでに見てきたように、古代では、両国の往来がさかんに——そして多くの場合、簡単に——行なわれ、人々は同じケルトの民族としての確かな連帯感をもっていた。ひとつの国として厳密に結びついていたか（ダール・リアダ王国のときのように）、あるいはよりゆるやかに結びついていたか（クー・ホリンがスカイ島のスカサハの学校へ修行に行ったときのように）にかかわらず、このふたつの国は、文化的にも、言語学的にも、生活様式においても、そしてもちろん、数々の物語においても、共通点がたくさんあった。たとえば、フィン・マックヴォル（フィン・マク・クウィル）の物語は、アイルランド神話の一部であるとともに、スコットランド神話の一部でもある。しかし、彼は両国のあいだの海峡にただまたがっただけではない。いくつかの物語で、巨人として描か

前ページ：フィンの物語のあるバージョンでは、彼の最初の妻はシーの王女ターシャだった。

れているフィン・マックヴォルは、ノース海峡を文字どおり、またいで歩くことができた。アントリムの「ジャイアンツ・コーズウェー」をつくったのはフィン・マックヴォルであり、彼がアイリッシュ海に土塊を投げこんでできたのがマン島で、陸地に残った巨大な穴にできたのがネー湖である。この半分漫画のような特大サイズのフィン・マックヴォルは、一方では、より古い時代の英雄伝説を新たに風刺したものとして見ることもできる。しかし、もう一方では、巨人たち（おそらく、本来は異教の神々）が住んでいた神話の時代のアイルランドやスコットランドを、わたしたちに伝えてくれるものでもある。ただし、ケルト伝説では多くがそうであるように、境界はしばしば突破されるためにある。「フィン物語群」として知られている数々のストーリーでは、フィンが人間の命と超自然の命との境界、そしてある意味では、古代世界と現代世界との境界を、軽々とのりこえている。

アウトサイダー

　フィン・マックヴォルは、神話の主人公のなかでも、とくに現代風であることがわかる。彼と仲間の戦士たち——フィアナ騎士団——は、つねにアウトサイダーであり、反逆者だった。たしかに、イギリス支配に反対する19世紀の秘密革命組織が、みずからを「フィニアンズ」と名のったのは少々飛躍しすぎだが、そのよび名がなんらか

次ページ：フィンが土塊をえぐった穴はネー湖となり、土塊は海に投げられてマン島となった。

下：このローマン・ブリテン以前の古地図は、島にすでにケルトの民族が住みついていたことを示している。

の意味をもっていたことはまちがいない。クー・ホリンと同じく、フィン・マックヴォルにも、異名としてあたえられた肩書きがあった——生まれたときはディムナと名づけられたが、金髪だったことから「フィン」(「美しい」や「白い」の意)とよばれるようになった。母親のマーナ(ムルネ)は、ドルイドの娘で、その美しさからたえず男に言いよられていたが、彼女はそうした求愛を断固として拒絶していた。ところが、領地も主君ももたないフィアナとよばれる戦士の一団(半山賊とよんだほうがいいかもしれない)の首領クヴォル(クウィル)は、彼女の拒絶を受け入れようとしなかった。彼はマーナを拉致し、力づくでつれさった。アイルランドの上王コンからあたえられた権限により、マーナの父親の仲間たちが必死の追跡に出た。まもなく、彼らはクヴォルを捕らえ、始末した。けれども、マーナはすでに辱

宝の袋

「フィン物語群」に登場する多くの人物がそうであるように、クヴォルも、現実の世界と超自然の世界の両方に属していた。彼にはある種の両極性がみられた。クヴォルは残虐で卑劣な悪漢として、強盗や強姦をくりかえしていた一方、なにか別世界のオーラをもっていた。彼がフィアナ騎士団の有名な「宝の袋」を保持していたという事実は、それをもっとも明確に表している。鶴の皮でつくられたこの魔法の袋には、その持ち主をどんな窮地からも救える武器がつまっていた。それはクヴォルの死後、リアに奪われていたが、ボドマルとリアス・ルハラが住む森の隠れ家を出たフィンは、最初にこれをとりもどした。彼は運命の導きによってリアと出会い、彼と戦い、父親の宝の袋を奪い返した。

上：挿絵画家アーサー・ラッカムによるこの絵（1920年）では、幼いフィンが自然と一体になっている。

しめを受けたあとだった。

　マーナは身ごもり、彼女の名誉は傷つけられた——暴行の被害者であろうとなかろうと、もはや傷物として生きるしかなかった。村から追放されたマーナは、女ドルイドのボドマル——偶然にもクヴォルの妹——に迎えられた。彼女の兄クヴォルを殺したゴル・マク・モルナは、フィアナ騎士団の副司令官で、クヴォルのライバルだった。彼がクヴォルの息子を生かしておいて、みすみす父親の敵討ちをさせるとは思えない…。さいわい、ボドマルは、アイルランド中部に位置するシュリーヴ・ブルーム山脈の鬱蒼とした谷の奥に隠れ家をもっていた。マーナはそこで何週間、何か月間と静養することができた。そしてついに男の子を出産し、ディムナと名づけ、その子をボドマルに託した。ボドマルは、ディムナのふたりの養母のひとりとなった。もうひとりは、彼女の友人で、女戦士として名高いリアス・ルハラ（リアト・ルアフラ）だった。スカサハがクー・ホリンにしたように、彼女もディムナに武術を教えこんだ。というより、フィンに教えこんだ——この長身の勇敢な少年は、人目を引くほどの美しい金髪だったことから、そうよばれるようになっていた。

　一方、フィンの実母はマンスター王の妻となり、その庇護

家族の価値？

　昨今のアイルランドで、同性愛者の養子縁組や結婚といった問題にかんする議論が行なわれていることを考えると、伝説のなかのボドマルとリアス・ルハラの関係は、なかなか興味深い。この古代の物語は、女ドルイドとその友人の女戦士の夜の営みについては詳しく述べていないが、ふたりの関係が長く親密なものであり、彼らがフィンの養育をはじめ、すべてにおいてパートナーであることは確かなようだ。ボドマルは、「女らしい」とされる性質を引き受け、フィンが豊かな感受性と思いやりをもち、詩で自己表現ができるように教育した。一方、リアス・ルハラは、彼に身体の健康をはじめ、より「男らしい」とされる武術の訓練をほどこした。

　男性の同性愛を本質的に男らしくないとする偏見は、それ自体が、軟弱な現代の産物にほかならない。古代の戦士文化では、ごくおおまかに「男同士の絆」とよばれるものが、大いに楽しまれていたようだ。ケルトも例外ではない。アリストテレスをはじめとする著述家たちは、「グリーク・ラヴ（男色）」と同じように、ケルト文化では男同士の性的関係が広く受け入れられ、賞賛さえされていることを、驚きをもって論じている。もちろん、線引きがややあいまいになるのは避けられない──軍人としての厳しさや危険は、ときに仲間同士の強い絆を生み出すからだ。では、わたしたちはこうした親密さを、どの時点からそれ以上のものとみなすようになるのだろうか。いくつかのテキストでは、クー・ホリンとファーディアの関係をたんなる友情として見ることもできるが、なかには最後の死闘のようすから、ふたりが友人以上の関係だったことが示唆され、特別な悲哀を感じさせるものもある。

　とはいえ、ボドマルとリアス・ルハラの関係は、最終的に「家父長制」の価値観をそこなうものではない。それどころか、マーナがフィンをつれもどしに来たとき、ふたりの養母は彼女を追い返した。フィンにとってもっとも重要なのは、敵討ちをすることによって、父親に対する責任を果たすことだと、彼女たちは固く信じている──たとえクヴォルが、それに値しない男だったとしても。

のもとに暮らしていた。これでもう息子をつれ帰っても安全に思えた。しかし、ボドマルとリアス・ルハラは、彼女にフィンを渡そうとしなかった。ふたりに言わせれば、フィンの人生の進路と目的はすでに定められており、自分の父親であり、ボドマルの兄である男のために、復讐をとげることが彼の宿命だった。たとえクヴォルにマーナを犯したという罪があっても、それは父親の敵討ちという務めの尊さをそこねるものではなかった。なんといっても、少年は「フィン・マックヴォル」——クヴォルの息子フィン——として存在していたからだ。フィンがわずか7歳のとき、リアス・ルハラは教えられることはすべて教えたと判断し、彼を世の中へ出し、経験をとおして修行を完成させようと決めた。彼はまだ幼かったが、すでに大人の男以上の強さと卓越した技能、そして勇気をもっていた。世の中に出て、さまざまな危険にひとりで立ち向かう準備は十分できていた。

知恵の鮭

これほど徹底的に鍛え上げられた少年であれば、仕えるべき主君は容易に見つかるはずだった。しかし、その出自が明らかになるたびに、フィンは拒絶された。どんなに名声や権力があっても、ゴル・マク・モルナを敵にまわそうと考える首長はひとりもいなかった——フィンは不本意ながら、いつもその場を

下：フィンネガスの弟子となったフィンは、師のために知恵の鮭を調理するという役目をあたえられた。

去るしかなかった。ところが、居場所を求めてさらに遠くをさまよっていたフィンは、ボイン川のほとりで、老ドルイドのフィンネガス（フィネゲシュ）と出会う。全生涯を知恵と知識の探究に捧げていたフィンネガスは、この川に棲む「知恵の鮭」を捕まえようと何年もついやしていた。ボアンの泉の物語と同じく、岸辺に立つ聖なる木から川へ落ちたハシバミの実を食べたことで、この奇跡の魚には世界中の知恵と知識がとりこまれていた。そしてその魚肉を最初に味わった者に、そうした知恵のすべてがそなわるとされていた——フィンネガスはかならず自分がそうなるものと信じていた。

> フィンネガスの弟子となったフィンは、師のために知恵の鮭を調理するという役目をあたえられた。

　実際、彼はもう少しでそうなるところだった。ある日、フィンネガスはついにボイン川で知恵の鮭を捕まえ、意気揚々と帰ってきた。彼はさっそく魚を焼くために火をおこし、焼き串にそれを刺すと、炎のうえでひっくり返す役目をフィンにまかせた。数分もすると、鮭がしだいに焼けはじめ、やがて鱗が熱でシューッと音を立て、ジュワジュワと脂を吹きはじめた。すると突然、その脂が飛んできて、フィンは親指に焼けつくような痛みを感じた。思わず親指を口に入れて吸ったとたん、フィンに世界のあらゆる知恵と知識がそなわった。フィンネガスは、最初は驚いてフィンを見つめ、つぎに怒って彼をにらんだ。もはや世界の知恵のすべては、生涯をかけてそれを獲得しようとしてきた自分ではなく、自分のかたわらにいる少年のものとなったことを、その老ドルイドは悟ったのである。当然ながら、フィン・マックヴォルは、その後の人生で困ったときや途方にくれたとき、親指をそっとかむだけで、アイディアがどんどんわいてきた。

タラの丘

　伝説によれば、タラ（テウィル）はアイルランドの上王の

上:「人質の塚」は、タラにある先史時代の土墳のひとつで、伝説では、この地はアイルランドの「上王」たちの御座所とされている。

次ページ:顔を青くぬった人たちが、スコットランドのエディンバラで行なわれるサヴィンの火祭りに参加している。

御座所だった。ただ、現代の考古学はこれに懐疑的であるといわざるをえない。実際「上王（ハイ・キング）」の制度が実在したことを裏づける証拠はほとんどなく、制度があったとしたほうが合理的だということで、あとから勝手に想定されたと考えることもできる。近代まで、アイルランドは単一体として考えるのが「自然」とされてきたが、古代のケルト人にとって、政治はすべて地域的なものだった。ラスクローガンやナヴァン・フォートと同じく、ミース州にあるタラの丘の土墳や立石の遺跡群についても、確かなことはあまりいえないが、それがなんらかの儀式の場であり、鉄器時代（一部はその少しまえ）に築かれたことはまちがいないようだ。本格的な砦や家屋の跡があるわけでもなく、ましてや伝説から想像されるような立派な王宮跡などは見あたらない。タラに残されているのは、畏怖の念を起こさせるような風景と、心を深くゆさぶるような荘厳な雰囲気だけである──しかし、そこでは現実の世界と神話の世界が結びついているようだ。

王に仕えて

あらゆる知恵を得たフィンは、フィンネガスのもとを離れ、アイルランドを横切ってタラへ向かった。上王として、そこに御座所をかまえる百戦のコンに仕えるためだ。フィンはいきなりコンとその戦士たちが集まる大広間に入り、まっすぐ大股で歩いていって、まるで自分が最古参の仲間であるかのように、その座に腰を下ろした。王のまえで説明を求められたフィンは、堂々と立ち上がり、おちついてこう述べた——「わたしはクヴォルの息子フィンです。父がかつてあなたに仕えておりましたので、今度はわたしがお仕えしたいと存じます」。コンとフィンのあいだにはむずかしい経緯（マーナを暴行した罪で、フィンの父親の処刑を認めたのは、ほかならぬコンだった）があったにもかかわらず、王はこの少年を気に入ったようだ。

コンの戦士としての威光は疑いようのないもので、「百戦の」コンとよばれるにふさわしい勇者だった。にもかかわらず、彼は王として恥ずかしいほどの屈辱をたびたび受けていた。というのも、この20年間、毎年サウィンの時期になると、「炎の息の」エイレン（アレーン）という怪物が異界からやってくるのだった。タラから南へ少し行ったところにある開けた田園の小丘から、エイレンは空高く舞いながら姿を現し、王宮に急降下すると、炎の息で火を放ち、これを全焼

サウィン祭

ルナサが、作物の豊かな実りや繁栄、明るい兆しを歓迎する祭りだったとすれば、サウィンは、夏の終わりを告げる祭りとして見ることができる。歴史がはじまって以来、文明人は、夏から秋へとしだいに日が短くなっていくことに、その年の「死」を感じ、不安を覚えたようだ。しかし、収穫の喜びは、こうした不安を追いはらうことに役立ってきた。ケルト人も、すくなくとも収穫が完了し、本格的な秋が来るまでは、そうした不吉な予感を押しのけることに成功したようだ。サフィン祭は、暗黒の到来と命の終わりを告げるものだった。夜の闇を追いはらうために大かがり火が焚かれ、先祖の霊とシーのために供物が置かれた。サウィンは10月31日の夜に行なわれ、のちにキリスト教文化でハロウィーン（万聖節の前夜）となった。もちろん、この祭りも命の消滅を告げるものだったが、人々はそんな死の恐怖を、陽気で不気味な戯れによってはらいのけようとした。

上：「フィンの耳には、はるか遠くから妖精の竪琴の音が聞こえてきた」。しかし、真っ赤に燃える槍の穂先が、彼を眠らせないようにした。

させた。エイレンに抵抗することはできなかった。なぜなら、エイレンはその晩にだれよりも早くやってきて、このうえなく甘美でやさしい音楽を奏で、人々を眠りに誘うからだ。そうして王宮全体を意のままにするのだった。

毎年、男たちはエイレンに立ち向かうために武装した。しかし毎年、彼らが目を覚ますと、朝もやの向こうに、焼け焦げた木材や黒ずんだ地面から煙の筋が立っているのが見えた。フィアナ騎士団も王宮を守ろうとしてきたが、兵士としては屈強な彼らも、エイレンの美しい歌を聞いたとたん、弱々しく萎えてしまうのだった。

しかし、フィンには宝の袋があった。これはかつてフィアナ騎士団の首領だった父がもっていたものだ。この非常事態に対応するだけの装備は十分だった。袋にはさまざまなものが入っていたが、そのなかに穂先が真っ赤に燃える槍があった。フィンはその夜の寝ずの番にそなえて姿勢を正すと、穂先を額のまえにかまえた——少しでも居眠りをすれば、その赤熱する穂先が額にあたり、痛みで飛び起きるというわけだ。実際、エイレンの歌はたいそう魅惑的だった。それはフィンをふわりと包みこみ、魔法のように彼を引きつけた——さざ波のような竪琴の調べが、なめらかな笛の音や、ささやくようなやさしい歌声と溶けあった。フィンはうっとりとして、思わず眠気に身をゆだねた。しかしそのとたん、彼は鋭い痛みに飛び起きた。両目をこすり、体をゆすって眠気を覚ますと、見張りを再開した。ひどく不愉快な夜だったが、おかげで居眠りをせずにすんだ。そしてついにエイレンが攻撃にやってきたとき、フィンは戦う準備ができていた。

フィンが剣を掲げて立っているのを見たエイレンは、急降下して炎を吹きつけたが、フィンは赤いマントで熱から身を守った。エイレンにしてみれば、まさか起きている者がいるとは思わず、ましてや反撃されるとは夢にも思わず、炎の息に耐えられる者がいるとも思っていなかった。エイ

レンは背を向けて退散したが、フィン・マックヴォルは炎の跡をたどって追いかけた。エイレンの隠れ家とされる塚に着くと、フィンは怪物めがけて槍を投げつけた。まさに異界へ逃げこもうとしていた空飛ぶ悪鬼は、飛んできた槍に体をつらぬかれた。一段落して、フィンはエイレンの死体に歩みより、剣をふるってその首を切りとった。この戦利品を、（まだ被害を受けていなかった）タラに意気揚々ともち帰ったフィンは、眠らずに起きていた廷臣たちと、上王コンに迎えられた。ゴル・マク・モルナは、フィンの手柄を認め、彼にフィアナ騎士団の首領の座をゆずった。

> まさに異界へ逃げこもうとしていた空飛ぶ悪鬼は、飛んできた槍に体をつらぬかれた。

　たとえ厳密な意味での敵討ちがなされなくても、フィンの父親は、すくなくとも名誉を回復されたのであり、いまや息子がかわりに首領をつとめようとしていた。フィアナ騎士団を率いることになったフィンは、いまのキルデア州にある火山の露頭——アルムの丘——に砦（dun）を築いた。それはアレン泥炭地の東の端にそびえ、やがてアレンの丘とよばれるようになった。

父親となったフィン

　ある日、フィンが森で狩りをしていると、猟犬たちが子鹿を見つけ、すみに追いこんだ。ところが、彼が子鹿を殺そうとすると、猟犬たちはそれを制止した。かわりに、彼らはこのおびえた子鹿を捕らえ、いっしょに砦へつれ帰った。すると突然、その場にこのうえなく優美な女性が現れた。彼女の名はサイヴァ（サドヴ）といい、デルグ・ディーアンスコサハの娘だった。魔法を悪事に使う黒ドルイドと寝ることをこばんだために怒りをかい、子鹿の姿に変えられていたのだという。フィンが霊的に支配するアレンの丘にいるかぎり、彼女は人間の姿でいられるようだった。しかし、万一そこを離れると、彼女は子鹿に戻ってしまうのだった。

フィンのもとにとどまった彼女は、彼の妻となり、ふたりは幸せに暮らしていた。ところがある日、フィンは軍事的な緊急事態に対処するため、しばらく砦を留守にすることになった。寂しい思いをしていたサイヴァは、あるとき、夫が思いがけず早く戻ってきたのを見て大喜びし、彼を迎えにそとへ駆け出していった。しかし、この男の正体は、魔法で「フィン」に姿を変えた黒ドルイドだった。アレンの砦の聖域を出たとたん、サイヴァはふたたび子鹿に変えられた。本物のフィンが帰還して、彼女を何日も、何か月も探しつづけたが、最愛の妻は見つからなかった。

　しかし、それから7年後、彼はスライゴー州のベン・ブルベンの丘で、裸の子どもと出くわした。地元の者の話によれば、その少年は近くの森で美しい雌鹿に育てられたという。フィンはすぐに少年が自分の息子だと悟った。妻を失い、長く悲しみにくれていた彼は喜び、少年をオシーン（「小さな子鹿」）と名づけた。父親のあふれる愛情を受けて育ったオシーンは、勇敢な戦士へと成長した――そして、アイルランド神話の偉大な詩人として、さらに名をはせた。

右：ベン・ブルベン――フィンはこの山の斜面で狩りをしていたとされ、その麓にはＷ・Ｂ・イェーツが眠っている（1939年）。

ニァヴと妖精の国へ

　ケルト神話では、この世とあの世の境界線は簡単に飛び越えられ、ふたつの世界はひんぱんに行き来される。「フィン物語群」では、それがとくに顕著なようだ。そんな異界からの訪問者でもっとも印象的なのは、妖精ニァヴ（ニーヴ）だろう。彼女の名は「華やかな」、「輝くような」という意味で、まさにその名のとおり、まばゆいばかりに美しかった。

　物語によれば、ある日、フィンと戦士たちが森で狩りをしていると、西の空から馬に乗った女が現れた。近づいてみると、金色の髪に透きとおるような肌、きゃしゃな手足と、その美しさと気高さは類まれなものだった。戦士たちはみな畏怖の念に打たれ、フィンの息子のオシーンはその場に釘づけになった。乙女の名はニァヴといい、彼女はオシーンを異界の常若の国へつれていくために来たという。オシーンはフィンに行かせてほしいと懇願し、すぐにまた戻ってきて、父のもとを訪ねると約束した。悪い予感がしたものの、フィンは息子を引き止めることはできないと感じた。

　オシーンはニァヴを抱くようにして馬にまたがると、全速力で走り出し、空高く舞い上がって雲間に消えた。文字どおり、オシーンは恋の情熱にのみこまれ、恍惚となった。それ

上：フィンは黒ドルイドからサイヴァを救い、彼女はフィンの妻となった。けれども最終的に、その妖術使いはふたたび彼女をつれさった。

も当然だろう。ニァヴは不吉な精霊でも、二枚舌の精霊でもなく、オシーンに約束したものをすべてあたえた——美しさ、誠実さ、そして愛。常若の国もまた、彼女の言ったとおりの場所で、つねに太陽が輝き、安らかな幸せと永遠の若さが約束されていた。

とはいえ、親子の絆はつねに強いもので、3年後、オシーンは異界で幸せに暮らしていたにもかかわらず、父親のフィンや昔の仲間たちにひと目会いたいと願うようになった。ニァヴは彼の心がゆれているのを見て心配したが、そうした郷愁をいだくのも自然なことで、彼の気持ちを否定することも、幸せを邪魔することもしたくなかった。そこでついに、ニァヴはオシーンがアイルランドの故郷を見に帰れるように、彼に魔法の馬を貸した。ただし、たとえ故郷が変わり果てていたとしても、あるいは期待したような歓迎が受けられなかったとしても、あまり落胆しないようにとさとした。そして故郷を見るのはいいが、何があっても、けっしてその土を踏んではならないと約束させた——ひとたび故郷の土にふれれば、オシーンをこの異界やニァヴと結びつけている絆が断たれることになるからだ。

一方、ふたたび故郷を見られるという期待に胸を躍らせたオシーンは、この警告をあまり気にとめていなかった。しかし、懐かしの故郷を見て、彼は大きな衝撃を受けた。ニァヴの国は、ほんとう

下：ニァヴは雪のように白い馬に乗り、オシーンをシーの世界へつれさろうとする。

に常若の国だったのだ。つまり、彼がそこですごした3年間は、必滅の人間の時間では300年を意味していた。フィンをはじめとする彼の家族や友人たちは、とっくの昔に死んでおり、アイルランドは見る影もないほどに変わっていた。自分の知っている人たちのことをたずねても、名前はたしかに知られていたが、遠い過去の伝説的人物としてしか記憶されていなかった。悲しくなったオシーンは帰ろうとしたが、そのまえに小川の水を飲もうと地上に飛び降りた──ニァヴから厳しく禁じられていたことを、うっかり忘れたのだった。

> **懐かしの故郷を見て、彼は大きな衝撃を受けた。**

　地面にふれたとたん、オシーンは必滅の人間に戻り、本来の時間の流れに追いつかれた。突然、彼は腰の曲がった、しわだらけの老人になり、死を待つばかりとなった（いくつかの史料では、彼はアイルランドへ伝道にやってきた聖パトリックに発見され、看病してもらうが、どんな奇跡の治療も効果はなかった）。すでにオシーンの子の母親となっていたニァヴが心配し、みずから彼を探しに来たころには、オシーンはすでに死んでおり、どこにもいなかった。

下：地面にふれたとたん、オシーンは必滅の人間に戻り、一瞬で300年分の歳をとった。

オシアン疑惑

アイルランドの伝説において、フィン・マックヴォルの地位はゆるぎないものだ。一方、スコットランドにおける彼の地位は、あまり確かなものではない——皮肉にも、その大部分はかつての名声のせいである。18世紀、詩人で学者のジェームズ・マクファーソン（1736-96、右）は、ゲール語による「古代」長編叙事詩を独自につくり上げようとし、その語り手として、フィンの息子オシーンを採用した——そして名前を現代風に「オシアン」とした。オシアンは伝説の詩人とされ、神話の英雄フィン、すなわち「フィンガル」の息子とされた。マクファーソンによれば、彼が1760年から発表しはじめた一連の詩の断片集（左下）は、みずから発見したゲール語のオリジナル写本から直接とったもので、自分はそれを翻訳しただけということだった。実際、マクファーソンはゲール語の研究者として実績があり、彼の主張に本質的に怪しいところはなかった。

しかし、オシアンの詩には、なにかできすぎというか、ゲール的すぎるところがあった。高潔で誇り高いケルトの吟遊詩人なら、こんなふうに書いただろうと想像されたのかもしれないが、あまりに「いかにも」すぎて疑わしかった。

「秋の暗い山坂の上を　濃い黒い影が通って行くように　不気味に、暗く、密集して、無数に、ロホランの軍勢は堂々と落着きはらって前進する　山の岩の上の黒い猪のように　武装した剣の王スワランが進み、脇に寄せてもつ盾は、暗く、音もなく、何も見えない中を　怖る怖る行く旅人が　微光を帯びた恐ろしい亡霊を　横目で見るときの　山の岩棚の夜の火のようである」
[『オシァン——ケルト民族の古歌』（中村徳三郎訳、岩波書店、1971年）]

イギリスの文学者で「文壇の大御所」とよばれたサミュエル・ジョンソン博士は、マクファーソンの主張を真っ向から否定した——オシアンの詩は駄作であるばかりか、一般読者に対する「まったくの詐欺」だと彼は言った。ところが、読者の多くは大喜びでだまされた。比較的教養のある読者でさえそうで、オシアンの詩はセンセーションをまきおこした。その人気はヨーロッパと北米を席巻し、愛読者にはアメリカ大統領のトマス・ジェファーソンやフランスのナポレオン・ボナパルトもふくまれていた。読者ばかりではない。フェリックス・メンデルスゾーンやフランツ・シューベルトのような作曲家たちも、オシアン作品に影響を受けることになった（前者の序曲「ヘブリディーズ諸島」は、スタファ島の「フィンガルの洞窟」を訪れたことによるもので、スコットランドのオシアン熱がもたらした観光ブームを思い出させる）。

しかしながら、マクファーソンのペテンに「ひっかかった」人々のなかに、ヨハン・ヴォルフガング・フォン・ゲーテのような偉大な詩人もふくまれていたという事実は、ジョンソン博士の糾弾がどこまで正当なのかという疑問を投げかける。オシアンの詩は、マクファーソンの創作だったのかもしれないが、それらがオリジナルの雰囲気や味わいを伝え、遠い過去のロマンを生き生きとよみがえらせたのは確かである。古典の正確さや調和や秩序にうんざりしていた読者は、荒々しい表現や野放図な情熱、「原始的な」感情に、心ゆさぶられることを期待していた。真偽のほどはさておき、今日の学者たちは、オシアンの詩がすくなくとも部分的には、オリジナルにもとづいたものであり、これまでいわれてきたような大規模な捏造ではないと考えている。

郵便はがき

160-8791

343

料金受取人払郵便

新宿局承認

5338

差出有効期限
平成31年9月
30日まで

切手をはら
ずにお出し
下さい

（受取人）
東京都新宿区
新宿一二二五一二三

原書房
読者係 行

|||||||||||||||||||||||||||||||
1608791343　　　　　　　7

図書注文書 （当社刊行物のご注文にご利用下さい）

書　　　　名	本体価格	申込数
		部
		部
		部

お名前　　　　　　　　　　　　　注文日　　年　　月　　日
ご連絡先電話番号　□自　宅　（　　　）
（必ずご記入ください）　□勤務先　（　　　）

指定書店(地区　　　)	お買つけの書店名をご記入下さい	帳合
店名　　　　　書店（　　　店）		

5491
図説 ケルト神話伝説物語
マイケル・ケリガン 著

愛読者カード

＊より良い出版の参考のために、以下のアンケートにご協力をお願いします。＊但し、今後あなたの個人情報(住所・氏名・電話・メールなど)を使って、原書房のご案内などを送って欲しくないという方は、右の□に×印を付けてください。　□

フリガナ
お名前　　　　　　　　　　　　　　　　　　　　　　　　男・女（　　歳）

ご住所　〒　　-
　　　　　　　市　　　　　町
　　　　　　　郡　　　　　村
　　　　　　　　　　　　　TEL　　　（　　　　）
　　　　　　　　　　　　　e-mail　　　　　　＠

ご職業　1 会社員　2 自営業　3 公務員　4 教育関係
　　　　5 学生　6 主婦　7 その他(　　　　　　　　　　)

お買い求めのポイント
　　　　1 テーマに興味があった　2 内容がおもしろそうだった
　　　　3 タイトル　4 表紙デザイン　5 著者　6 帯の文句
　　　　7 広告を見て (新聞名・雑誌名　　　　　　　　　　　)
　　　　8 書評を読んで (新聞名・雑誌名　　　　　　　　　　)
　　　　9 その他(　　　　　　　　　)

お好きな本のジャンル
　　　　1 ミステリー・エンターテインメント
　　　　2 その他の小説・エッセイ　3 ノンフィクション
　　　　4 人文・歴史　その他(5 天声人語　6 軍事　7　　　　　)

ご購読新聞雑誌

本書への感想、また読んでみたい作家、テーマなどございましたらお聞かせください。

上：本物かどうかはさておき、オシアンの詩は、ヨーロッパの人々の心を強くとらえた。この絵は、フランスの画家ドミニク・アングルの傑作「オシアンの夢」(1813年)。

失恋

　年月がたち、数々の女たちが、アイルランド随一の英雄フィンの人生を通りすぎていった。しかし、サイヴァを失って以来、フィンの心に彼女ほどの強烈な印象を残した女はいなかった——すくなくとも、彼が上王コーマック・マックアート（コルマク・マク・アルト）の娘グラーニャ（グラーネ）に会い、だれもが認めるその輝くばかりの美しさを目にするまでは。フィンはひと目でグラーニャに恋し、彼女のほうも、アイルランドの偉大な英雄がそこまで自分に夢中になってくれたことを光栄に思った。フィンはコーマックに彼女との結婚を申しこみ、コーマックは喜んでそれを受け入れた。ふたりの婚約を祝うために、さっそく盛大な宴が開かれた。アイルランド中の勇士や淑女が集まり、王と王家、フィンとその美しい婚約者の繁栄を願った。

> ふたりの婚約を祝うために、さっそく盛大な宴が開かれた。

　そうした客のなかに、ディルムッド・オディナ（ディアルミド・ウア・ドゥヴネ）がいた。彼は、古くからのアイルランドの伝説で、死者の神とされた半神ドウン（ドン）の息子だった。そんな生まれが、ディルムッドの物語に皮肉な結末をあたえることになるのだが、そのときのフィンにとっての重大問題は、彼が勇敢で、しかもとびきりの美男子ということだった。さらに関連性があるとすれば、神話のディルムッドには、父親の死後、美と若さと愛をつかさどる神オインガスに養育されたという背景があった。彼の人となりには、そんな生い立ちがそのまま表れていた——ディルムッドの顔や体格、洗練された身のこなしや大らかな態度、おちついた話し方を見ていると、これ以上魅力的な若者がいるとは思えないほどだった（ある物語では、ディルムッドはそうした現実的な美点を超越した魅力をそなえている。実際、彼の抗しがたい魅力は魔法によるものだった。ある夜、彼は森で妖精の女と出会い、誘惑される。彼女はその見返り——あるいはそ

左：グラーニャは婚約の祝宴で、ドルイドにあの美男子はだれかとたずねた。

の呪い？——に、彼を目にした女性を一瞬で虜にしてしまう「愛のほくろ」をあたえた）。

　ディルムッドの魅力の源がなんであれ、グラーニャはそれに抵抗する術をもたなかった。宴が進むにつれ、彼女はフィンしか見ていないようにふるまうのが苦痛になった。実際、彼女はディルムッドから一瞬目をそらすだけでもたいへんだった。それもむりはない、と宴の席にいた女たちは感じていた（が、けっしてその考えを口には出さなかった）。というのも、ディルムッドは容姿と物腰がなみはずれて魅力的だったばかりか、もうすぐフィンの花嫁になるグラーニャに年齢

がずっと近かった。ディルムッドはディルムッドで、彼女の美しさに思わず心を動かされたが、高潔な彼は、敬愛するフィンにそむくようなことはけっして考えなかった。しかし、恋の情熱にわれを忘れたグラーニャには、法も分別もなかった。ディルムッドがグラーニャを愛していることは明らかだった。そこで彼女は、ディルムッドが好むと好まざるとにかかわらず、彼が愛に屈し、義務も名誉もすてて、自分と駆け落ちするように魔法をかけた。

因果応報

こうしてふたりは出奔し、激怒したフィンは、配下の者たちとともに必死の追跡に出たが、彼らは森の奥深くへ逃げこんだ。ディルムッドの養父――そして若い恋人たちの守護者――であるオインガスは、ふたりが逃げきり、安全な隠れ家（ケリー州グレンバイにある洞窟だったとされる）を見つけられるように手を貸した。追手もそこまでやってきたが、デ

下：スライゴー州のグレニフ・ホースシューにある「ディルムッドとグラーニャの洞窟」は、駆け落ちしたふたりが身を隠した場所のひとつ。

道徳の限界

　フィンが瀕死のディルムッドを裏切ったことは、たしかにほめられたことではない。しかし、フィン・マックヴォルは、けっして現代の紳士のようになろうとしたわけではない。その点で、ケルト神話には予測できないところがある。それは人間性というものが、何千年たっても少しも変わっていないことをわたしたちに悟らせたかと思えば、つぎの瞬間には、何世紀にもわたる社会の変化とともに、人間性が完全に修正されたことを強調したりする。フィンの物語を、心理学的に理解できると主張するのは簡単だ。フィンの高潔さは広く認められていたし、彼の公平さや礼儀正しさはほかにならぶものがないほどだった。しかし、グラーニャに対する気持ちは、そうした彼の道徳心を限界まで試し、それを超えていた。若いふたりの裏切りによって、フィンは愛を失っただけでなく、面目も失った。つねに賞賛や尊敬を集めてきた男にとって、それは耐えがたい屈辱であり、このときの彼は、自分が哀れみや蔑みの対象になったように感じた。しかし、こうした彼の反応を、いまのわたしたちの感覚で分析するというのは、あきらかに時代錯誤のように思える。フィンはフィンという人間そのままだったのであり、わたしたちはそれを受け入れるしかない。

　ィルムッドに撃退され、彼らは手ぶらでアレンの砦へ戻っていった。こうしてさしせまった危機がすぎると、騒ぎはしだいにおさまっていった。オインガスは巧みにフィンに近づき、彼を説得することにさえ成功した。結局、フィンはグラーニャとディルムッドの裏切りを許した。心の平安をとりもどしたふたりは、仲睦まじく暮らし（実際、5人の子どもに恵まれ）、やがてふつうの家族のようになった。

　オインガスの仲裁はその後も続き、フィンとディルムッドの関係は、いっしょに狩りに出かけるまでに修復された。ふたたび友情をとりもどした彼らは、ある日、森へ出かけ、すばらしい朝の狩りを楽しんだ。ところが突然、ディルムッドが猛り狂う猪に襲われた。まさに一瞬の出来事で、猪は猟犬たちがとり囲む茂みから飛び出し、敵意に満ちた牙でディルムッドをつらぬいた。彼を助けようと家来たちが駆けつけた一方、フィンは近くの泉へ走った。彼の両手には、すくった水に癒しの力をあたえる魔法がかけられていたからだ。ところが、最初は衝動的に走り出したフィンだったが、しだいに

> 彼は自分でも気づかないまま、ずっと恨みをいだきつづけていた。

私心が頭をもたげてきた。じつは心の底では、若いふたりから受けた屈辱への怒りを克服できていなかったのだ。彼は自分でも気づかないまま、ずっと恨みをいだきつづけていた。フィンは約束どおりに泉へ走り、両手で水をすくったが、瀕死のディルムッドが血を流して横たわっている場所へ戻るときは、わざと時間をかけた——一説では、ディルムッドを救えたかもしれないその水を、指のあいだから滴り落とした。ディルムッドは息を引きとり、グラーニャにとっても、これは人生が完全に終わったことを意味した——彼女はディルムッドの墓のまえでやせ衰えていった。こうしてフィンはついに復讐を果たしたのだった。

下：老いとともに独りよがりになるフィンのフィアナ騎士団は、アイルランドの英雄的存在というより、寄生虫的存在になろうとしていた。

自己満足と堕落

ディルムッドとグラーニャに対するフィンのふるまいは、この「美しい、白い」英雄に、意外な暗部があることをすでに示唆していた。このことは、時間とともにさらに顕著になっていったようだ。フィンの指揮のもと、フィアナ騎士団はただ力を増したばかりか、一説には、搾取をエスカレートさせ、権威をふり

左：4人の醜い魔女が棲む洞窟に、フィンが愚かにも足をふみいれたとき、猟犬たちは必死に吠えて助けをよんだ。

かざすようになった。彼らは贈り物や影響力を求めて、小国の王や首長たちをおどしたりした。コーマック・マックアートが上王だった時代には、彼らのそんな傲慢な態度も黙認されていた——フィンとコーマックは長いつきあいだったからだ。しかし、コーマックの息子は、それほど感傷的な男ではなかった。リーフィのケアブリ（カルブレ・リフェハル）は、最初からフィンに悪意をもっていたわけではない。実際、フィンの娘のアイン・ニック・フィンと結婚した彼は、フィンの義理の息子だった。そしてこれら夫婦には、スケヴ・ソリッシュ（「美の光」）という娘がいた。

　そのスケヴ・ソリッシュが結婚の時期を迎えたとき、当時の慣習として、縁組みは非公式の外交手段として利用された。

じつはケアブリの息子たち——スケヴ・ソリッシュの兄弟——は、かつてデイシー族の王アンガスと口論になり、彼を殺していた。

　このことがやっかいな事態をまねき、さらに大きな紛争に発展することを懸念したケアブリは、なんとか事を丸くおさめようと画策した。そこでスケヴ・ソリッシュを、アンガスの息子マオルシェアフリン王子に嫁がせようと考えた。ふたりが結婚すれば、双方の家族に忠誠と平和の絆がもたらされるはずだ——こうした融和の意思表示は、相手側にも意図したとおりに受けとられ、さっそく若いふたりの結婚話が進められた。

　ところがこのとき、フィアナ騎士団は、花嫁の持参金のうち、「自分たちの」取り分として金の延べ棒20本を要求した。もしこの提案がケアブリに法外な印象をあたえたとしたら、

右：フィンとその仲間たちは、コナランの娘たちに捕えられた——そとにいた猟犬たちが、必死に吠えて助けをよんできた。

彼らが示した代替案はさらにとんでもないものだった。それはフィンに、花嫁の処女を奪う「初夜権」をあたえるというものだった（この特権については、『クーリーの牛争い』の最初のほうでコンホヴォル王にあたえられたが、当然のことのように受け流されている——遠い昔の珍奇な慣習というわけだ）。フィアナ騎士団の過大な要求——と聞こえのいい保証——は、ケアブリを憤慨させた。彼はフィンに、要求はどちらも却下すると伝えた。するとフィンは、その娘の処女を奪うかわりに、首を奪うと返事した——フィアナ騎士団は、スケヴ・ソリッシュを拉致し、処刑するというのだ。

ガヴラへの道

　ケアブリは怒りを爆発させた。彼はついにフィアナ騎士団と決着をつけようと決め、王国全土から軍隊を召集するため、アイルランド各地に使者を送った。すると、それまでフィアナ騎士団にさんざんふりまわされてきた地方の王や首長たちから、さっそく反応があった。まっさきにケアブリと手を組んだのはゴル・マク・モルナで、かつてフィアナ騎士団の首領だった彼は、自分と同じように不満をいだく者たちのリーダーだった。あっというまにいくつもの大軍がひとつになり、上王ケアブリの旗印に向かって行進し、タラの南の丘陵地帯に集結した。一方、ここにはフィアナ騎士団も集結しようとしていた。砦を出た彼らは、アレン泥炭地をすり抜け、より地盤の固いところで、上王やその同盟軍と対戦しようとした。戦場に選ばれたのはガヴラ山の裾野で、彼らは7つの大隊に分かれて立ち、ケアブリを挑発するように角笛を鳴らした。そのころ、ケアブリの一団もガヴラへ迫っていた。

　この戦いについて記した物語『カス・ガヴラ』によれば、「ふたつの大軍は一気に激突した」。「そして猛撃のガヴラの戦い——アイルランド最大の戦闘——がくりひろげられた。戦いがはじまってすぐに、勇士からの最初の鬨の声

> ふたつの大軍は一気に激突した。

——あるいは負傷者からの最初のうめき声——が聞こえた。盾が砕かれ、首が切り落とされ、深傷の口が開かれ、肉が引き裂かれ、血がほとばしった。それは四方へ滝のようになだれ落ち、地面のすみずみに流れこんだ。兵士たちは、積み重なった死体の山をよじ登って進まなければならなかった」

フィアナ騎士団は数で圧倒されていた——一部の史料によれば、敵は彼らの10倍から20倍もいた——が、彼らは傑出した戦士であり、なによりもオスカー（オスカル）がいた。このオシーンの息子——フィンの孫——は、彼自身がひとつの軍隊のようだった。上王の縦隊が迫ると、彼はこれをなぎ倒した。さらにケアブリの最愛の息子コンとアート（アルト）を討ちとり、王に直接の打撃をあたえた。ふたりの首を順にはねたオスカーは、乱闘をくぐり抜け、今度は彼らの父親を

下：マクファーソンによるオシアンの叙事詩で、フィンガル（フィン）は、未亡人となったオスカーの妻マルヴィナの死を嘆いている。彼女はこの老いた英雄の世話をしていた。

見つけて殺そうとした。しかし、オスカーの所業を聞き、怒りと悲しみに逆上したケアブリも、同じく敵を探しに出た。ふたりは戦場をひそかに追跡しあったが、最初に敵を見つけたのはケアブリだった。苦痛とともに力をこめ、低いうなり声を上げながら、彼は槍を放った。それはオスカーの背中から肩の下、そして心臓へとつき刺さった。瀕死のオスカーのまわりに、仲間や親類が集まった。フィンがひとまえで涙を流したのは、このときがはじめてだった。

> フィンがひとまえで涙を流したのは、このときがはじめてだった。

フィナーレ？

　この物語のいくつかのバージョンでは、それはフィンの最期でもあった。ケアブリの5人の戦士たち——フィンが殺したアーリューの息子たち——は、孫の遺体のそばで泣いているフィンの背後に迫り、この英雄めがけて槍を投げた。しかし、多くの人々にとって、フィンはけっして死んでいない。じつは今日まで、彼はフィアナ騎士団とともに、どこかの緑の丘に眠っているといわれている——おそらく、騎士団の本拠地があったアレンの砦だろう。彼らはそこに何世紀も横たわり、アイルランドが危機に瀕したとき、これを救うべく召集を待っているのである（アイルランドほど紛争にまみれ、悲劇的な歴史をもつ国でさえ、まだ真の危機には達していないというのは少し心配だが）。それでも、この物語はハッピー・エンドで終わっているといえる。完全なファンタジーであることは事実だが、不意打ちをくらい、身を守ることもできず、敵の復讐に倒れる無力な英雄のイメージは、いかにも不名誉であるからこそ、現代の読者にはむしろ現実的に思えるかもしれない。

　それに、たとえ見せかけの感傷であったとしても、「フィン物語群」全体における異界の重要性を考えると、フィンと騎士団の戦士たちが、いまもどこかで眠っているとする「眠

風景の一部

　アイルランドと同じく、スコットランドでも、古代の神話は風景の一部となり、何世紀にもわたって人間の意識のなかにとりこまれ、解釈されてきた。フィン・マックヴォルも、ここではなじみ深い存在である。実際、いくつかの史料によれば、父親を殺したゴルをおそれ、国を追われたフィンは、スコットランドで少年時代の大半をすごした。ヘブリディーズ諸島のひとつ、ノース・ウイスト島の人間が覚えているかぎりでは、ランゲー湖を見下ろす丘の斜面の立石群は、*Pobull Fhinn*(「フィンの民」、写真上)とよばれている。また、スカイ島のエア湖のほとりのケンサレイアでは、フィンの「炊事炉」(*Sórnachean Coir Fhinn*)を見ることができる——ここに立つふたつの巨石は、フィンとその仲間たちが、鹿肉を焼くときの棒をかけるために設置したといわれている。彼はなかなかの料理人だったようで、アラン島に大釜(*Suidhe Coire Fionn*)ももっている。

　フィンの息子オシーンも、その名をとどめている。ラノッホ・ムーアの北端にはオシアン湖があり、グレンコーの南、ビディーン・ナム・ビアンのオーナハ・ドゥ(「黒い尾根」)の高みには「オシアンの洞窟」がある。これは「子鹿」が生まれた秘密の洞穴だという。オシーンは、パースからほど近い、グレナルモンドのスマ・グレン(スモール・グレン)の田園地帯に埋葬されたといわれている。その墓石は巨大な丸石で、18世紀初めにイングランドのウェード将軍が工兵たちとこの道を通ったとき、それを——ひどく苦労して——動かす必要があった(将軍が建設していた軍用道路網は、スコットランドの武力制圧に役立てようとするもので、それは当時の新たな「神話」——ステュアート王朝の復活を望むジャコバイトの勢力——に対抗するものだった)。工兵たちがなんとか石を動かすと、そのしたには人骨が埋められていた。オシーンの遺体は、神話の時代から、ずっとそこに横たわっていたのかもしれない。

上：パース・アンド・キンロスのダンケルドのハーミテージにある「オシアンの洞窟」は、18世紀につくられた「虚構」。

れる者たち」のエンディングは、けっして違和感のあるものではない。シーの精霊が土の塚でひっそり暮らしているように、彼らがどこかの山奥でいまも夢を見ているという考え方は、魔法の領域がごく身近に存在するこの物語には、むしろふさわしいものではないだろうか。

いいかげんな民間伝承

　起きていようが眠っていようが、フィン・マックヴォルは、こうした伝説のなかに生きつづけている。その点で、彼がけっして死なないことは確かである。しかし、伝説というものは独り歩きする——そのため、フィンの神話だけでなく、ほかの多くの神話物語でも、入手できる複数のバージョンのあいだで、さまざまな違い（ときには、ひどく困惑するような矛盾）が生じている。写本を記した中世のキリスト教修道士たちは、『クーリーの牛争い』のような長編叙事詩のあらゆるバージョンから異教的な要素をとりのぞき、不滅の神々のかわりに必滅の人間——たとえ偉大な人間であろうと——を登場させて、それを独自の物語に書き変えた（可能性が高い）。同じように、その何世紀もあと、近代的な科学や学問の時代が到来し、旧来の思想が人々の意識の末端へとさらに追いやられると、そうした登場人物たちは、今度はおとぎ話の鬼や怪物のようなものとして、新たに解釈されるようになった。彼らの活動の場は、もはや9世紀の蜜酒館(ミード・ホール)でもなければ、12世紀の修道院でもなく、子ども部屋やパブとなった。したがって、そうした登場人物たちは、子ども向けの童話では奇怪な役を演じたりする一方、より洗練された大人向けの滑稽話では、性的な狡猾さや皮肉っぽい無礼さとともに描かれたりしている。

巨人同士の対決

　こうした滑稽話の典型といえるのが、アイルランド神話のふたりの巨人を——まさに文字どおりの巨人として——対決させるというものだ。フィンとクー・ホリンは、ここではどちらも巨人の見本として登場し、ときにはコミカルな一面も見せる。当時、フィンはアイルランドとスコットランドを結ぶ大道路を建設しようとしていたようで、その一部はジャイアンツ・コーズウェー（巨人の石道）として、現在も残っている。そんなフィンのもとに、悪名高きクー・ホリンが、そ

の石道を渡ってこちらへ来ようとしているとの知らせがとどいた。スコットランド中の巨人を打ちのめしたという彼は、つぎなる犠牲者をアイルランドに求めた。もちろん、フィンはその筆頭にあげられた——彼の評判はかなりのもので、アイルランドでは、巨人のヘビー級チャンピオンとして崇められていた。

　しかし、クー・ホリンにとって、そんな評判はなんでもなかった。彼のポケットには、稲妻にげんこつを一発くらわし、パンケーキのようにぺちゃんこにしたものが入っていた。

> クー・ホリンはフィンをたたきつぶしてやろうと思った。

フィンもこんなふうにたたきつぶしてやろう、とクー・ホリンは思った。しかし、それはフィンのほうも同じだった。急に妻のオーナに会いたくなった彼は、そばにあった松の木をつかみ、枝をはらい、あっというまに杖をつくって家へ向かった。突然の夫の帰りに驚きながらも、嬉しくないわけではなかったオーナは、さっそくフィンをもてなしたが、彼にはなにか気がかりなことがあるようだった。夫からじつはクー・ホリンがこちらへ向かっていると聞いて、彼女はとくにあわてなかったが、だからといって、どうすればいいのかもわからなかった。

　クー・ホリンの足音が近づくと、地面がゆれ、壁が振動し、窓や陶器がガタガタと鳴りはじめた。オーナは土壇場になって、あるアイディアを思いついた。「赤ん坊のふりをするのよ！」と、彼女はフィンをすみにあった子ども用のベッドに押しこみ、寝具でくるんだ。そして黙ってそこに横になっているように言った。少しすると、クー・ホリンが玄関先にやってきた。オーナは彼を家に入れ、もてなした。しかし、彼がフィンと戦うために来たと言うと、彼女は大笑いし、軽蔑したようにこう言った——「夫は今頃、あなたのような生意気な若造を探して、田園を荒らしまわっているところよ」。クー・ホリンを蔑むように眺めながら、彼女はさらにこう言

った——「あなたみたいな栄養不良のひ弱な男に比べて、わたしの夫がどれほど強くて大きいかわかっているの？」

　そのとき、クー・ホリンは少し困惑しながら、オーナが出してくれたケーキをかじった。彼女はそのケーキに鉄を入れて焼いたので、彼は歯を2本失った。どうかしたのと、彼女は平然とたずねた——「夫のフィンは顎を鍛えるのに、いつもかみごたえのある食べ物をほしがるの。それは赤ん坊の息子も同じだわ」。彼女はそう言って、うなずきながら子ども用ベッドのほうを見た。

> フィンは顎を鍛えるため、いつもかみごたえのある食べ物をほしがった。

　すみのほうへ歩いていったオーナは、「赤ん坊の」夫にもケーキをあたえた。これには鉄が入っていなかったので、彼はひと口できれいにかみ切った。動揺したクー・ホリンは、この驚くべき赤ん坊を自分の目で見ようと近づいた——赤ん坊でこうなら、父親はどれほどだろうか。彼は、鉄入りのケーキをかみ

切れる歯がどんなものかを自分で確かめてみたかった。子ども用ベッドに身をのりだすと、彼は自分の指を「赤ん坊の」口に押しこみ、なかを探った。すると突然、フィンはがぶりとその指をかみ切った。クー・ホリンは鋭い痛みにあえぎ、その瞬間にすべてを失った。というのも、フィンがその親指に知恵のすべてをたくわえているように、クー・ホリンのはかりしれない強さの源は、この指にあったからだ。指がなければ、クー・ホリンはまさに赤ん坊も同然だった。フィンは恐怖を忘れ、子ども用ベッドから飛び出して、ありったけの力で敵に襲いかかった。一瞬にして、偉大なるクー・ホリンは亡骸となった。

下：アントリム沿岸のジャイアンツ・コーズウェーは、アイルランドとスコットランドを結ぶ大道路の名残で、フィン・マックヴォルがつくったとされている。

第4章
ウェールズの
マビノギオン

『マビノギオン』として知られるウェールズの物語集は、中世の写本から収集されたストーリーが18世紀にまとめられたもので、奇想天外な創作ながら、その土台はたしかにケルト神話にある。

ハーフ・ティンバー様式のパブは、ヴィクトリア朝時代の模倣にすぎない——それをいうなら、「村」の中央に立つ「中世の」十字架もそうだ（ただし、段の部分は800年まえの本物）。けれども、一般的な郊外のレベルからすると、ブロムバラは、ほかの村のように厚かましいほど現代的というわけではなく、むしろ魅力的である。実際、マージーサイドでもっとも緑豊かな村のひとつだ。ただ、この村を見て、なにか歴史的大事件とのつながりを感じるという人は、ほとんどいないだろう。しかし、このブロムバラは、じつは国の運命を決することになった大戦の現場だった可能性がある。というのも、多くの学者たちが信じるところによれば、ブロムバラは937年のブルナンブルフの戦いの舞台であり、そのようすは古英語で書かれた同名の詩にも記されている。アングロ・サクソンの吟遊詩人は、こんな驚嘆の言葉を残している——「神の星、永遠なる主の光たる太陽が昇り、その日を照らすべく地上に浮かんだ瞬間から、遠い地平線の下に沈むときま

前ページ：ウェールズ北西部にあるグロヌウの板石——この穴はスェウの槍によるもので、槍はこれを貫通してグロヌウの命を奪った。

上:ブルナンブルフの戦い(937年)は、当時のブリテンの複雑な民族政治を反映していた。

で、戦場は勇者たちの血であふれた」。イングランドのエセルスタン王の軍勢に対して、スコットランドとウェールズのケルト勢は、ダブリン(当時のヴァイキングの拠点)の北欧ゲール勢とともに、連合軍として戦った。この戦いは、ひとつのまとまった存在としての「イングランド」が誕生した瞬間とされている一方、ケルト諸国にとっても、きわめて重要な出来事だった。とくにウェールズにとって、これは人々の誇りとされてきた歴史が定義を失い、しだいに消え失せ、その確かな物語が崩壊して神話と化していく兆候を、はじめて示した瞬間だった。もちろん、ウェールズの人々は、その後もたびたび立ち上がり、国の誇りをゆずり渡すようなことはけっしてしなかった。けれども、独立国家としてのウェールズの終わりは、もはや時間の問題だった。

廃墟

アイルランドのアーマー郊外にあるナヴァン・フォートが、かつてアルスターの王コンホヴォルの砦があったエヴァン・マッハとして、その壮大な歴史にあまり見あっていないとするならば、ウェールズのカーリオンは、そのいにしえの名声にさらに見あっていない。12世紀にジェフリー・オヴ・モンマスが記した『ブリタニア列王史』によれば、南ウェールズのニューポート郊外にあるこのローマ時代の要塞跡に

は、これ以上ないほどの輝かしい過去がある。ブリテンのもっとも誇るべき壮麗な都といえば、もちろん、あのアーサー王の都だ。年代記編者はこう記している——「ほかのどの都をもしのぐ莫大な富にくわえ、グラモーガンシャーのアスク川流域にあり、セヴァーン川の河口付近というその立地は、非常に好ましく、荘厳な王都にふさわしいものだった。というのも、一方では、あの雄大な流れに接していたために、海の向こうの国々の王族たちが船で来られるという利便性があり、また一方では、草原や木立ちの美しさ、そして金箔をほどこした屋根がそびえる王宮の壮麗さが、この都をローマの威風にさえ匹敵するものにしていたからだ」

　ローマと比べるとはなかなか大胆だが、皮肉にも、それは適切な比較だった。考古学の記録が示唆するところによれば、カーリオンにそうした「壮麗さ」をあたえたのは、アーサー王が生きたとされる時代より何世紀もまえに、その地方を占領していたローマ軍だった。ジェフリーは、彼がほかの書物で「レギオンの市」と表現しているものが、かつてローマの拠点だったことを知っていた。しかし、彼はそれよりあ

下：カーリオンにある古代ローマの円形劇場は、たしかに印象的だが、同地がかつてケルト神話において誇った壮麗さにはかなわない。

との、よりロマンティックな時代に目を向けた。5世紀のローマ軍撤退後の「一時期」、ブリテンの——究極的にはケルトの——地とされるウェールズは、アングロ・サクソンの侵略を阻止した。

永遠の存在感

ここでもやはり、ケルト人がみずからの歴史を文書記録として残さなかったという失敗が、障害になっている。実際、偉大な文学的遺産となったかもしれない彼らの物語は、そのずっとあとになって伝えられたにすぎず、しかも大幅に修正されて、あきらかに「質の落ちた」バージョンとして受け継がれた。しかし、ほかの民族の文化的決断を「失敗」と表現し、彼らが「すべきだったこと」や「すべきでなかったこと」

たくさんのウォルトン

ウェールズにおけるケルトの遺産は、同地のフランス語名 Pays de Galles やスペイン語名 Gales に残されている。英語の Wales は、アングロ・サクソン語の wealas（「異人」）を語源とし、要するにその異質さから、暗黒の地として定義された。しかし、新しい国を、快適な本土と異質な僻地とに分けることは、たしかに便利だったかもしれないが、実際の状況とは違っていた。ケルトの暮らしや文化は、イングランドを第一とするアングロ・サクソンの支配的な文化のなかに生きつづけた——たとえいっときであれ、一部の地域であれ。

そのため、「異人の集落（Settlement of the Wealas）」を意味する「ウォルトン」という地名が増えた。その例はイングランド各地にみられ、バッキンガムシャーからカンブリア、シュロップシャーからウォーリックシャー、そして都市部のリヴァプールまで、20を超えるウォルトンが存在する。また、複合語のウォルトンもある——たとえば、サリーのウォルトン・オン・テムズ、エセックスのウォルトン・オン・ザ・ネーズ、ダービーシャーのウォルトン・アポン・トレント、レスターシャーのウォルトン・オン・ザ・ウォールズなど。さらに、ランカシャーのプレストンにはウォルトン・ル・デール、サマセットにはウォルトン・イン・ゴーダーノがある。そしてもちろん、イングランドを離れた入植者たちは、植民先に故郷の地名をもちこみ、カナダからニュージーランドまで、世界各地でさらなるウォルトンが生まれた。

について、わたしたちが勝手な尺度で論じていることに気づいたなら、そんな評価をくだす権利があるのかどうかを考える必要がある。そして、すくなくともケルトの場合、古代神話がその後のより近代的な文芸文化の想像世界に「たえず影響をあたえる」ことができるのは、そこになにか心ゆさぶるものがあるからではないかと考える必要がある。中世の修道士による写本から、20世紀の「ケルトの薄明」、そして現在にいたるまで、たとえわたしたちが完全に「純粋な」オリジナルのケルト神話を読めないとしても、その存在感は、のちのヨーロッパ文学のなかにひんぱんに——ときには広範囲に——見出すことができる。

　ラ・テーヌ芸術にもみられる豊かな無限性や、変幻自在に姿を変え、境界を超越し、決まった形式にこだわらない自由な好奇心があったからこそ、ケルトの思想やイメージは、その後のほかの民族の創造性と容易に混じりあい、これにインスピレーションをあたえることができたのだろう。そうでなければ、ケルトのこうした美意識は、歴史の発展や社会的・文化的な変化を理由として、1千年紀なかばの数世紀までに完全に失われていた「はずだ」。同じく、それはイングランドの主流の文化と、ウェールズの「異質な」文化との対立のはじまりであり、さらに興味深いことに、イングランド自身のなかに受け継がれたケルト文化との対立のはじまりでもあった。

騎士物語の再発見

　本来はケルト神話だったと思われるものが、中世のある特定のジャンルにおいて書きなおされ、やがてそれ自体が長く受け継がれることになる…。『マビノギオン』として知られる物語集は、まさにそんな作品だ。なかでも「キルッフ（キルフフ）とオルウェン」の物語は有名で、そこでは勇敢な若き騎士が、愛する女性を探して冒険の旅をくりひろげ

> ケルト神話は、中世のあるジャンルにおいて書きなおされた。

ケルトの王様？

ケルト伝説におけるアーサー王の地位はあいまいである。彼の存在を証明するものがあるとすれば（おもに9世紀に書かれた作者不明の年代記『ブリトン人の歴史』と、12世紀に書かれたジェフリー・オヴ・モンマスの『ブリタニア列王史』）、アーサー・ペンドラゴンは、アングロ・サクソンの侵略軍に対するブリテンの抵抗勢力の指導者だった。そのことが、彼を非常に説得力のあるケルトの英雄にしたのだろう。

しかし、円卓の騎士（ランスロットやガウェイン、パーシヴァルなど）やキャメロットの宮廷、その少年時代から王妃グイネヴィアと結婚するまでの経緯、さらに聖杯探索の物語など、わたしたちがアーサーについて「知っている」ことの大部分は、中世盛期の作家たち——多くはフランスのクレティアン・ド・トロワやドイツのヴォルフラム・フォン・エッシェンバハのような「異邦」人——の創作によるものだ。彼らが創作のもとにしたのは、ずっとあとの時代の、あきらかにキリスト教の影響を受けた宮廷風の伝統で、それにともなう価値観は、古代ケルト人の——あるいはアイルランドの『クーリーの牛争い』のような比較的新しい時代の物語の——価値観とはまったく異なるものだった。とはいえ、より深いレベルで、アーサー王物語が、初期のケルト伝説のイメージやテーマを伝えているのは確かである。たとえば、ガウェイン卿に戦いを挑んだ謎の「緑の騎士」は、キリストの犠牲の象徴である一方、自然の精霊としても見ることができる。また聖杯は、福音書の「最後の晩餐」とあきらかに結びついている一方、グネストルップの大釜やプリデリの金の水盤など、ケルトの聖なる象徴としての入れ物にもあてはまる。

る。おおまかにいえば、これは騎士道物語であり、勇ましい騎士と美しい貴婦人、そして囚われの乙女が登場する。この騎士道物語というジャンルでもっともよく知られているのが、「アーサー王と円卓の騎士団」である。実際、ここでの主人公キルッフも、アーサー王の従兄弟とされている。

もしアイルランドの偉大なケルト神話群が、修道士たちによる写本において大幅に書き変えられたとするならば、この中世盛期の騎士道物語をとおして伝えられた神話群は、さらに大きく歪められたにちがいない。有名なフランスの詩人クレティアン・ド・トロワ（12世紀後半）や、『トリスタン物語』を書いたドイツのゴットフリート・フォン・シュトラースブルク（12世紀後半から13世紀前半）をはじめ、彼らを手本とする多くの作家たちが再現しようとしたのは、戦闘場面だけではない。貴族の名誉や儀礼、おおげさに表現された武勇や恋愛もまた、物語の精緻なタペストリーの図柄とし

て、不可欠なモチーフだった。騎士道物語に出てくる遍歴の騎士は、美しい貴婦人への愛の証として、あるいはなにか特別な意味を見つけるための比喩的・形而上的な探究として、ひとりで冒険の旅に出発する。その旅路は、何世代にもわたって後世の人々の想像力を刺激した。17世紀初め、騎士道物語はセルバンテスによってパロディーの対象にされた。ドン・キホーテは最終的に騎士道を否定したが、騎士道はそれで完全に消えさったわけではなく、もっとずっと新しい時代になって再浮上した。

> 戦闘場面は、物語の精緻なタペストリーにおいてモチーフのひとつにすぎなかった。

騎士道物語は、産業化時代における経済一辺倒の俗物根性や機械による大量生産に対する反動として、ふたたび評価されるようになった。アイルランドの詩人オスカー・ワイルドの言葉を借りれば、「ものの値段は知っているが、ものの値打ちは知らない」時代に、騎士の途方もない情熱——と英雄的な自己犠牲——は、人々の心をゆさぶった。しかし、古代ギリシア・ローマ時代の批評やアイルランドの伝説から純粋に判断すると、こうした騎士道精神は、本来のケルトの価値観からはかけ離れているように思える。アルフレッド・テニスンの詩やラファエル前派の絵画からも明らかなように、騎士道物語は新たに解釈され、ロマンティックに表現しなおされた結果、古代ケルトの吟遊詩人が語った

下：中世ドイツの詩人ヴォルフラム・フォン・エッシェンバハが描いた騎士パルチヴァール（パーシヴァル卿）が、勇ましく冒険の旅に出ようとしている。

とは思えないような物憂げな雰囲気をもつようになった。とはいえ、ケルト神話がこの騎士道物語という形をとおして、現代まで生きのびてきたことは確かである。そしてそれは、J・R・R・トールキンの作品においてさらに描きなおされ、最終的に今日の冒険ファンタジーの爆発的人気につながった。

『マビノギオン』の変身

いわゆる『マビノギオン』は、古代の神話から現代のファンタジーへのこうした基本的変遷が形になったものだ。そもそも、半端な物語のよせ集めとはいえ、ひとつの作品としてまとまっていること自体、ケルトらしくない。この豊かで複雑な物語集は、古ウェールズ語で「少年」や「若者」を意味する*mab*からその名をとり、種々雑多な古代神話に本質的な根源をもっている。古くから口伝えで広められてきたこれらの物語は、最終的に12世紀から13世紀にさまざまな写本として記録され、いったん姿を消したのち、18世紀に再発見された。

しかし、当時はそれをどう扱うべきかわからず、『マビノギオン』というタイトルも、じつはある誤解にもとづいている——ウェールズ語ですでに複数形になっていたにもかかわらず、誤ってさらに複数形の語にされた（タイトルの少年や若者がなにを意味するのかも不明だった——ウィリアム・オーウェン・プーへの1795年の翻訳では、『マビノギオン』はたんに「少年少女の娯楽」を意味するものとして解釈された。一方、この物語集を「若い詩人」向けの入門書とみなす学者もいた）。この作品が広く一般に知られるようになったのは、貴族階級の教育者で学者だったシャーロット・ゲストによる翻訳においてだった。彼女のすばらしく読みやすい翻訳は、何年にもおよぶ作業の結果、1849年についに出版され、ヴィクトリア朝

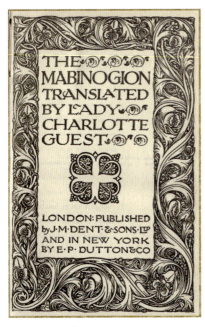

上：ゲストの『マビノギオン』は、たんなる翻訳ではなく、手に負えないほどからみあった物語を解きほぐした力作であり、歴史的に重要な作品だった。

時代をつうじて大きな影響をあたえることとなった。

宮廷風の特性

彼女の翻訳が、この作品の雰囲気を決定づけたのはまちがいない。『マビノギオン』でもっとも古いとされる「キルッフとオルウェン」の物語では、シャーロット・ゲストが神話本来のプロットにあたえた優雅で華やかな雰囲気がとくにきわだっている。のちのアーサー王物語の要素を即席でとりいれた――宮廷の生活や騎士道の価値体系についてはほとんどふれられていないが――という印象は否めないが、「キルッフとオルウェン」では、貴族の気高さという理想が形として示されている。果敢に挑戦し、厳しい試練に耐え、最後は勝利をものにするという根性物語が、この話では恋物語になっている。そこではたしかに武勇も重視されている一方で、宮廷人らしい上品さが怪物のような野蛮さよりも優勢で、キリスト教の徳のほうが魔力よりも優位に立っている。

上：キルッフ――けっしておそろしい戦士ではなく、優雅で洗練された騎士。19世紀には、ケルト神話の新しい読み方が見出された。

> 「若者は灰色まだらの馬にのって旅立った。馬は四度目の冬を越したばかり、四肢たくましく、蹄は貝の形、金のくつわに、価千金の鞍をおいていた」［シャーロット・ゲスト『マビノギオン――ケルト神話物語』（アラン・リー挿画、井辻朱美訳、原書房、2003年）］

キルッフの馬の立派さ、装具の豪華さは、彼自身の戦闘能力と同じくらい重要だったらしい。武器についても、消費者目線でていねいに描写されている。叙事詩の約束事として、話のついでに「風を傷つけ」などという表現もなされている

が、これは『クーリーの牛争い』以上に、「恋と買い物」が大好きな主人公が出てくるような大衆小説を思わせる。

「さて手にした槍は、風を傷つけ、血を流させるほどにとがらせた、三エルの鋼の穂先もつ銀の槍。露ふかい六月のその芦の葉からこぼれる露玉よりも、迅くひらめく。腰には黄金づくりの太刀をはき、その刀身もまた黄金、楯には天上の稲妻もかくやの黄金の十字をちりばめ。さて角笛は象牙のこしらえ。胸白く、肩から耳までルビーの固い首おおいをつけた二頭の猟犬を先立てる。左の犬は右へ、右の犬は左へととびかい、さながら二羽の海つばめが若者の前にたわむれるさま。また馬の四つの蹄がはねあげる土くれは、四羽のつばめのごとくひらりくるりと、頭上を舞うていた」［前掲書］

さらにわたしたちは、騎士の重要なファッション・アイテムの価値まで教えてもらえる——ただし、それは古い慣習により、牛（kine）の数で測られている。

「さらには四隅に、牛百頭の値打ちのある金糸のりんごをぬいとった紫の四角いマントをなびかせる。靴と拍車にちりばめた黄金は、爪先から膝までのあいだで、三百頭分の牛の値打ち」［前掲書］

全体として、主人公キルッフは堂々とした姿ではあるが、どこか実体がない——物理的な存在として、彼はそこにいないも同然である。これは、ローマ人が「野獣」とおそれたケルト人のイメージとはかけ離れている。この若い遍歴の騎士が、クー・ホリンやフィン・マックヴォルと混同されるおそれはまったくない（彼らがのちにコミカルな巨人として再登場するまえでさえ）。キルッフはどこまでも優雅で、流れるように動いて見える。

「馬は草ひとつたわめぬほどの軽やかな足どりで、若者をアーサー王の宮殿の門へと運んでいった」［前掲書］

下：木でつくられた魔法使いの頭部——マビノギオンの登場人物のひとりが、南ウェールズのニューポート北部にあるクムカルン・フォレストに、木の彫刻として置かれている。

しかし、たとえこの上品な騎士がかつてのような巨人の英雄でなくても、その自然との一体感や背景との調和は、まさにケルト的だといえる。

家族のドラマ

けれども、この宇宙的な秩序は、キルッフがのがれようとしている家庭の領域にまでおよんでいるわけではない。この若い王子は、キリッズ王の息子とされ、王とその最愛の妃ゴレイディズとのあいだに生まれた。しかし、彼女は妊娠中に精神に異常をきたし、野山をあてもなくさまよっては、荒野の獣のように暮らしていた。ある夜、草原に天井の低いあばら家を見つけた彼女は、その小屋へ逃げこんだが、そこで飼われていた大きな雌豚が急に現れたため、ひどく驚いた。衝撃のあまり、ゴレイディズは痙攣を起こし、その場で赤ん坊を産みおとした。つまり、キリッズ王の皇太子は、粗末な豚小屋の泥と悪臭のなかで生まれたのである。このことがトラウマとなって彼女は命を落とし、幼いキルッフは誕生と同時に母親を失った。

　王妃が泥と堆肥のなかで力なく横たわり、赤ん坊のそばで死にかけているのを発見した農夫は、すぐにキリッズ王にそのことを知らせた。王は宮殿の自分のもとへ、王妃と赤ん坊をつれ帰らせた。王妃は息を引きとるとき、自分の墓のうえにふたつの頭花をもつ茨（いばら）が成長するまで——彼女の魂がついに安らかな眠りについたという印——は、王に再婚しないでほしいと懇願した。キリッズはそれを約束し、献身的に息子の面倒を見ると誓った。王は息子をキルッフとよび、彼は宮廷で——ごく幸せに——育った。

　それ以来、王は毎年、亡き妻の墓を定期的に訪れ、召使いたちに雑草を抜かせて、管理させた。ある年、王は地面から頭花のついた茨が伸びているのを見つけた。しかし、顧問たちは、王妃にふさわしい唯一の女性は、すでに隣国のドゲド王と結婚していると告げた。そんなことは問題ではなかった

マビノギオンをつくった女性

1812年、シャーロット・バーティー（下）は、イングランド東部のリンカーンシャーにある、ケルトとはなんの関係もない州で、リンゼイ伯爵の娘として生まれた。若い貴族女性の生き方がごく狭い世界にかぎられていた——どんなに身分が高くても——時代、彼女は懸命に視野を広げようとしていた。フランス語とイタリア語の知識が多少あることは、貴族女性の「たしなみ」として評価されていたが、若いシャーロットは、通常のレベル——あるいは適切とされるレベル——をはるかに超えていた。彼女はギリシア語やラテン語にも取り組み、さらには——基本的に独学で——ヘブライ語、アラビア語、ペルシア語も習得した。

21歳のとき、彼女はジョサイア・ゲストと結婚した。彼は南ウェールズのマーサー・ティドビルに近いダウレスに製鉄所をもつ裕福な製造業者で、下院議員でもあった。彼女はそこで労働者たちの教育に積極的に取り組んだ。また、みずからも勉学を続け、地元の言語や文学に精通する機会を得た。慈善事業を行なう一方、当時、健康を害していた夫に代わって、製鉄所の経営も担うなど、彼女はますます重要な役割を果たすようになった。

19世紀当時、ケルト人が空想上の反抗的な民族とみなされていたように、この『マビノギオン』の翻訳者もまた強情で、因習に逆らって生きていた。イングランドから見くだされ、軽んじられていたウェールズの忘れられた伝説は、彼女のような貴族階級の人々の目には、支持する大義としてふさわしいものではなかった。ただ、貴族にふさわしくなかったのは、ケルト文学だけではなかった。夫のジョサイアは、その名声や富にもかかわらず、シャーロットよりも社会階級が「低かった」。ふたりが結婚するとき、このことは周囲を驚かせた。そしてそのジョサイアが1852年に亡くなったのち、シャーロットは古典学者のチャールズ・シュライバー——かつて息子の家庭教師でもあった——と再婚した。自分が周囲から組織的に避けられていることに気づいた彼女は、その後の年月を、夫とともにヨーロッパを旅してすごした。

——キリッズはすぐに戦争を起こし、王妃を「自分のもの」にしようとした。そしてキリッズがはじめた戦闘の結果、彼女は未亡人になった。

それは結婚のはじまりとしては、けっしてほめられたものではなかったが、花嫁の性格にはふさわしかった。というのも、この新しい王妃は、見た目は美しいが心は邪悪で、口ぶりはやさしいが狡猾で意地悪だった——まさに魔法のように人を魅惑する彼女は、愛らしい姿をした魔女にほかならなかった。自分の血族と新しい夫の血族との結びつきをより強固

にしたかった彼女は、キルッフに自分の連れ子と結婚するように迫った。そして彼がこばむと、激しい怒りを感じた。

魔力と危害

けれども、怒りをあらわにするほど愚かではなかった彼女は、キルッフにある呪いをかけ、しかもそれを寛大な恵みのように見せかけた。彼女は恩恵をほどこすかのような態度で、こう告げた――キルッフは、ウェールズでもっとも美しい乙女としてほまれ高いオルウェンとしか、結婚できない。問題が明らかになるのに、時間はかからなかった。オルウェンは、巨人の王イスバザデン（アスバザデン）の娘だった。ぞっとするほど醜悪だったイスバザデンは、どんな立派な教会も見下ろすほどに巨大だった。彼のいぼは山のように大きく、醜い皺はどぶ川と同じくらい深かった。顔をおおう皮膚のひだは非常に重く、２本のフォークで両目のまぶたを支えておかなければならないほどだった。そして彼の肉体が巨大だったとすれば、その心にいだかれた悪意はさらに巨大だった。

> 彼のいぼは山のように大きく、皺はどぶ川と同じくらい深かった。

キリッズは、妻が告げた言葉を憂慮した。彼はイスバザデンがいかに危険で、オルウェンを勝ちとることがいかに困難かを知っていたからだ――それでも、あまりにお人よしだった彼は、新しい妃の予言に隠された悪意には気づかなかった。彼は懸命に息子を思いとどまらせようとしたが、キルッフはオルウェンのことを吹きこまれて以来、何日も、何週間も、何か月も忘れられずにいた。オルウェンは彼の理想の女性だった（もちろん、彼は一度も彼女に会ったことがないわけで、その意味ではまさに「理想」だった）。彼は女性の美しさや徳のすべてを、彼女を基準にして測るようになっていた――ほかの女たちは、これに遠くおよばなかった。オルウェンは、彼が人生に求めるすべてが集約された存在であり、彼の望みのすべてを体現していた。彼女はキルッフの目標で

あり、目的であり、めざすべき星だった。そんなオルウェンを手に入れることは、自分の定めであり、務めであるとキルッフは決心した。

こうした現実に直面したキルッフの父親は、不本意ながらも反対するのをやめ、息子の壮大な冒険の旅を祝福した。しかし、キリッズは、自分の甥でキルッフの従兄弟にあたるアーサー王の支援なしには、けっして望みのものを勝ちとれないと知っていた。そしてここから、さきの場面につながっていくわけだ。若いウェールズの王子が四肢たくましい馬にまたがり、2頭の猟犬を先立てて、広々とした景色のなかを優雅に、軽快に駆けぬけていく。彼の目のまえに広がる田園は、これからはじまる冒険の旅の舞台であり、その最初の訪問先が、アーサー王の宮廷があるキャメロットの城門だった。

下：キャメロットに到着したキルッフは、いきなりアーサー王の門番に入城を禁じられた。

境界域の伝説

母親のいない子どもというのは、おとぎ話の定番であり、めずらしいものではない。しかし、キルッフの物語のはじまりはひどく不穏だ。母親の激しい精神異常、トラウマになるほど衝撃的だった豚小屋での急な出産、そのことによる彼と豚との強い結びつき、義妹との近親相姦に近い結婚を迫る継母の悪意、そして彼女によってかけられた邪悪な呪い…。キルッフの物語は、ある種の暗い根源的な恐怖からはじまっている。それはアーサー王伝説のロマンティックな夢の世界よりはるか昔、ケルトの——あるいは人間の——意識が生まれた瞬間へとひきもどされるような恐怖だ。けれども、シャーロット・ゲストによって、中世騎

次ページ：豚（猪）は、ケルトの伝説では重要な存在だった——この（非常にかわいらしい）猪の彫刻は、クムカルン・フォレストで見られる。

豚の威光

キルッフの物語をはじめ、中世騎士物語に出てくる象徴的要素のいくつかは、今日のわたしたちにとってあきらかに違和感がある。そもそも「キルッフ」という名前からして、不適切な感じがする――それが「豚小屋」といったような意味であることを知ったら、なおさらだ。それはふつうの少年が生まれた場所を示す通称としてはいいかもしれないが、ウェールズの王子にして、高潔な騎士であるこの若者には、けっしてふさわしい名前ではない。

けれども、歴史をさらにさかのぼり、ケルトの文化をより広く見まわすと、この名前がそれほど侮辱的ではないことがわかる。ケルト人はもともと農耕民族で、豚はその肉や皮革が珍重された。雑食性の熱変換機ともいえる豚は、ほとんどなんでも食べ、それを堆肥に変えることができた。餌を求めて鼻をクンクンさせる彼らは、生きる鋤として、地面を掘り起こすのにも役立った。

丸々とした体型は、つねに飢餓と隣りあわせだった当時の人々にとって、むしろ魅力的に見えた。それはまさに豊かさの象徴であり、これ以上に喜ばしいものはなかった。そのため、今日のわたしたちには考えられないことだが、アイルランドの父神ダグザが棲む小丘にも、神格のイメージとして、大きな雌豚が置かれた。さらに古い神話によれば、ウェールズ南部のダヴェドの王子プリデリに、異界の王アラウンは豚を最初にプレゼントしたとされている。また、ダヴェドの北の隣国グウィネッズでは、歴代の王たちが、すでに崇敬動物とみなされていた豚を盗もうと画策し、「クーリーの牛争い」に匹敵するほどの激しい戦いをくりひろげた。

士道の「冒険物語」として解釈しなおされたこのストーリーには、気高さや勇ましさといった優雅な側面がある。

呪いと祝福

とはいえ、そこにはやはり、あの根源的な恐怖がある。キルッフは、アーサー王の宮殿に入ろうとして、早くもその目的を邪魔される。門番のグレブルウィド（グレウルイド）は、断固として彼をなかに入れようとしなかった――王は宴の最中であり、邪魔することは許されない。そこでキルッフは、深遠な原始の恐怖をよび起こす呪いをかけるとおどした。もし門を開けないならと、彼はつぎのように言った。

「ご主には悪しきさだめが、またそなたには悪しきうわさがふりかかりますぞ。わたしがこのご門前で三度大声をあげますれば、それは北はコーンウォールのペングウェドの頂から、ディンソルの淵の底にいたるまで、またアイ

ルランドのエスゲイル・エルヴェルにまでひびきわたる、世にもすさまじき呪いの声になりましょう。お館うちのみごもった女人は流産いたし、そうでないかたがたもお心を病み、今日ただいまより、だれもみごもるものはなくなるでございましょう」[前掲書]

> 彼はなんとも凛々しく、威厳に満ちた若者だった。

これを宮廷の存続にかかわる脅威と悟った門番は、この訪問者のことを王に伝えた——なんとも凛々しく、威厳に満ちた若者だと。古くからの因習を破るべきではないという顧問たちの忠告にもかかわらず、アーサーは門番にその若者をつれてくるように命じ、彼を新たな客として迎えようとした。キルッフが大広間に歩いてくるのを見て、アーサーは歓迎し、彼に座るように命じたが、驚いたことに、彼は王のもてなしをこばんだ。キルッフはそれよりも、王に支援を約束してほしいと願い、約束してくれれば旅に戻ると言った。望むものはなんでもあたえようとアーサーが言うと、キルッフは王に髪を整えてほしいとだけ答えた。アーサーは承諾し、金の櫛で彼の髪を梳いた。

もつれた髪をほぐしながら、王はこの若者の頭から、血族のぬくもりが発せられているのを感じた。そしておまえは何者かとたずねたとき、その感覚が正しかったことが証明された——「あなたの従兄弟です」。キルッフからそれまでの経緯を聞いたアーサーは、「望むものをなんなりと言うがいい。助けてやろう」と応じた。キルッフは、ウェールズでもっとも美しい乙女としてほまれ高いオルウェンを勝ちとるために、自分が望むのは王の助け——とその騎士たちの助け——だけだと答えた。しかし、オルウェンは美人で評判だったにもかかわらず、王はその居場所を知らなかった。そこで彼は、王国中とそのはるか向こうにまで使者を派遣し、彼女を探させた。1年後、使者は全員戻ってきたが、美人で知られながらも、ひどく内気だったと思われるその少女について、手が

上：この14世紀のフランスの写本に描かれているように、アーサー王はキャメロットに宮廷を開いた。

かりをつかめた者はひとりもいなかった。輝かしい評判があるばかりで、実在の証拠は消しさられていた。結局、この絶世の美女はどこにも見つからなかった。

荒野の7人

　本腰を入れるときが来たと、アーサー王は決意した。彼はキルッフの旅の助っ人として、精鋭の騎士6人を送り出すことにした。当然ながら、最初に選ばれたのはケイ（カイ）だった。この男は、意のままに巨人になることができ、丸9日間、眠らずにすごすことができ、同じく丸9日間、息を止めて水中に潜っていることができた。彼はどんなに激しい風雨のなかでも、濡れずにいられるだけの自然熱を体に有していた一方、どんな寒波のなかでも両手で火をつけることができた。武勇においても、彼の剣は敵にけっして癒えない傷をあたえた。ケイは、まさにどんな戦場にも欠かせない助っ人だった。その仲間のベディヴィア（ベドウィル）は、ブリテン随一の俊足のうえ、武器の扱いもきわめて巧みで、彼の槍1

上：伝統として、アーサー王の円卓は、序列を廃し、騎士同士の真の絆を育むものと考えられた。

本で9人分の仕事ができた。このふたりに、どんな見知らぬ土地でもスムーズに案内できるキンデリック（キンデリグ）、ありとあらゆる言語を話せるグルヒィル・グヮルスタウト・イアイソイズ（グルヒル・グワルスタウト・イエセオド）、さらには自在に姿を変えられる魔法の騎士メヌウと、アーサー王の甥で「騎士のなかの騎士」グワルフマイ（グワルフメイ）がくわわった。

彼らは広い世界へと出発し、高い山を越え、ほとんど見通しのきかない深い森を抜けて、何日も旅したのち、ようやく緑豊かな草原に出た。どこまでも広がる空の下、彼らが遠い地平線に目を向けると、地面から大きな城がそびえ立っていた。期待をつのらせながら、彼らは馬に拍車をかけ、急ぎ足で駆け出した。日暮れまでには快適なベッドにありつけるだろうと、彼らは思った。しかし、夕方になっても、城ははるか遠いままだった——つまり、その夜もまた、冷たい地面で寝ることになった。翌日もずっと旅を続けた。けれども、日暮れまでに、城はさらに遠くへ動いたようにさえ見え、彼らはまたしても野宿を余儀なくされた。3日目も距離はいっこうに縮まらず、4日目の日没が近づいたころ、ようやく彼らのまえに城が姿を現し、ついに手のとどくところまでやってきた。

> 彼らはようやく緑豊かな草原に出た。

虐げられた弟

しかし、一行は見たこともないような羊の大群に行く手をはばまれた。それは見渡すかぎりに左右へ広がっていた。キルッフたちがあたりを見まわすと、近くの丘に羊飼いが腰を下ろしていた。彼らは近づいていって、その羊飼いにだれの

羊を世話しているのか、そして背後の城はだれのものかとたずねた。このふたつの質問に対して、羊飼いは悲しそうに、イスバザデンと答えた。彼はこの見知らぬ騎士たちを自宅に招き、みずからカステニン（キステンニン）と名のり、無情な兄のイスバザデンにすべてを奪われたと話した。騎士たちをなかへ案内すると、彼は妻を紹介した。そして危険がないことが明らかになると、ひとりの少年が、部屋の片すみの大きな石の衣装箱から姿を現した。全部で24人いた息子のうち、イスバザデンに殺されずにすんだ唯一の息子が彼だという。しかし、少年に明るい未来はないと思った夫婦は、神意に逆らってまで彼に名前をつけようとはしなかった。そのため、この日まで、彼は野生動物と同じように名前がなく、しかも内気で臆病だった。これでは生きる道がないと、騎士たちは思った。ケイはカステニンに、この少年を潜伏生活から解放し、自分に同道させてもいいかとたずねた——彼は少年を従者として世話し、いずれは一人前の騎士にするつもりだった。

左：「乙女は炎の色の絹をまと」っていた［前掲書『マビノギオン——ケルト神話物語』］。キルッフはオルウェンをひと目見た瞬間、恋に落ちた。

自然な美しさ

　中世の騎士道物語ほど、作為が目立つ文学的ジャンルはない。オルウェンの姿も、やたらとおおげさに描写されている。シャーロット・ゲストの翻訳には、こう記されている——「乙女は炎の色の絹をまとい、首にはエメラルドやルビーを散りばめた赤い黄金の衿かざりをつけていた」[前掲書『マビノギオン——ケルト神話物語』]。こうしたアクセサリーの描写には、非常にぜいたくな雰囲気が感じられるため、語り手がオルウェン本人にふれるときの微妙な変化は見逃されがちだ——彼女のことは、自然の草花にたとえられている。

　「髪はエニシダの花よりも濃い黄色、はだは波の泡よりも白く、手の指は草原のわき水の中に咲くアネモネよりも美しい。その目は、馴らした鷹、三度羽毛の生えかわった鷹よりも輝いた。胸は白鳥よりも白く、頬は深紅の薔薇よりも赤い。これを見て恋に落ちぬものとてない」[前掲書]

　それはひとつの記憶にすぎず、古代の本能的衝動が虚飾の文学になりさがったものでしかない。とはいえ、こうした描写には、ラ・テーヌ時代における人間と動物の混成——もっと一般的にいえば、境界を超越した美学——が感じられる。「オルウェン」という名は、中世ウェールズ語で「白い足跡」を意味した。「乙女の足の踏むところ白いシャジクソウの花が咲き出た」のも、当然というわけだ[前掲書]。

　キルッフがオルウェンと結婚するためにやってきたと聞いて、カステニンの妻は複雑な気持ちを打ち明けた。彼女はオルウェン——みなに愛されていた——のためには喜んだが、求婚者となる男のためにはひどく悲しんだ。というのも、これまで多くの男たちが彼女に求婚しに行ったが、だれひとり戻ってこなかったからだ。オルウェンは、いまも未婚のままだった。巨人の父親は、ただ嫉妬深いだけではなかった。娘が結婚しないうちは、彼は不死身でいられたが、万一彼女が結婚すれば、彼は命を失うという。しかし、巨人が死んでも、世の中にとってなんの損失にもならないと、カステニンの妻は悟った。彼らがオルウェンに危害をおよぼさないと約束するなら、妻はキルッフがすくなくとも彼女に会えるように、オルウェンをよびにやるつもりだった。しかし、彼女はキルッフにもう一度考えなおし、もと来たところへ帰るように説得した——いくら美しい少女のためとはいえ、命の危険をおかすべきではなく、しかもこの場合、死はほとんど確実だっ

たからである。けれども、キルッフの決意はゆるがず、ひとたびオルウェンが姿を見せると、その決意はいっそう固くなった。

運命の出会い

　オルウェンの美しさは評判どおりで、言葉でいくら表現しても足りないほどだった。キルッフは彼女のまえに身を投げ出し、結婚を申しこんだ。しかし、オルウェンは悲しげに首を横にふった。従順な娘として、父親の許可なしにだれかを慕うことはできないという。ただ、彼女がキルッフに真の愛情を感じているのは明らかだった。彼女はできるかぎりの方法で、彼を手助けしようと思った。それにはまず、城に入る必要がある。ということは、イスバザデンと対決することになる。彼女はキルッフに、父親からどんな危険な仕事を求められても、それを受け入れるように言った。

友好的でない父親

　彼らはオルウェンに従い、あたりを警戒しながら家を出た。城のまわりを一周すると、9つの城門をひとつずつ訪れた。それぞれの門で守衛をひそかに始末し、番犬がうなりだすまえにそれもかたづけた。無防備となった城に、オルウェンとともに足をふみいれた彼らは、イスバザデンのまえへ出て、彼を驚かせた。「われらはキリッズ王の息子キルッフの一行です。ご息女に求婚しに参りました」と、彼らは宣言した。
　「門番どもはどうした？　家来どもは？　娘婿の顔がよく見えるように、フォークでわしのまぶたをもち上げてくれ」と彼は言った。それを手伝うと、巨人は、意外にもおちついたようすでこう答えた──「今日は帰るがいい。明日また出直せば、返事をしよう」。しかし、一行が広間を出ようとしたとき、巨人は椅子のそばの床から毒矢をひろい、それを部屋の向こう側にいた彼らに投げた。しかし、ベディヴィアがいつもの俊敏さで、矢が背後へ飛んでくるのに気づき、ふり

向いてそれをつかんだ。ほかのだれもが反応さえできないうちに、彼はその矢をイスバザデンめがけて投げ返した。矢は巨人の膝に命中し、彼は痛みで体を折り曲げた。

　一行はカステニンの家へ戻った。そして翌日、イスバザデンに会うためにふたたび城を訪れると、彼はやはりおちついていた。けれども、またもや返事を待つようにと一行を見送った瞬間、彼はふたたび矢を投げてきた。さいわい、メヌウがそれに気づき、矢をつかんで投げ返した。矢は巨人の胸をつき抜け、反対側に出た。にもかかわらず、翌日、キルッフと騎士たちが三度目に城を訪れたとき、彼はやはり平然としていた。この日のイスバザデンは、彼らが話しかけている最中に矢をつかんだ。彼はそれをキルッフめがけて投げつけたが、キルッフは矢を受けとめ、すぐさま投げ返した。矢は巨人の目に命中し、頭をつき抜け、またしても反対側に出た。

下：リアンノンがはじめてプイスのまえに現れたのは（p.198）、この塚だったといわれている——ペンブルックシャーにある現ナーバース城。

イスバザデンは苦痛に身もだえしたが、またすぐにおちつきをとりもどし、一行に翌日出直すように言った。そうすれば、今度こそ返事をするという。

いくつかの「頼み事」

一行は言われたとおりに城へやってきた。キルッフはイスバザデンに、もう自分たちを攻撃しないように警告してから、彼にオルウェンとの結婚の許しを求めた。

「いいだろう。ただし、わしの頼みをいくつか聞いてくれ」と彼は言った。

「もちろんです。それはなんでしょう？」とキルッフは喜んで答えた。

すると巨人の王はこう言った——「あそこの大きな山が見えるか？（中略）あれを根こそぎ引っこ抜き、残った根株を焼きはらって肥やしとし、その土地を1日のうちに耕して種をまき、1日のうちに麦を実らせよ。その麦で、おまえとわしの娘の婚礼に出す食べ物や飲み物をつくるのだ。これらすべてを1日でやりとげよ」

キルッフは動揺したが、けっしてそれを顔に出さなかった。「あなたにはむずかしいでしょうが、わたしにはたやすいことです」と彼は答えた。

巨人は続けて言った。「それができたとしても、まだあるぞ。この土地はひどい荒れ地で、耕せるのはドーンの息子アマエソン（アマイソン）のみ。だが、やつは自分から人に手を貸すような男ではないし、むりにそうさせることもできまい」

上：キルッフは、イスバザデンと城のそとで対決する。この絵が示しているように、巨人は戦う用意ができていた。

「あなたにはむずかしいでしょうが、わたしにはたやすいことです」

「それができたとしても、まだあるぞ。ドーンの息子ゴファンノン（ゴヴァンノン）を畑の枕地によび、鉄の農具を鋳させるのだ。だが、やつは正統な王のためでなければ、自分からそのような仕事はしまいし、むりにそうさせることもできまい」

「わたしにはたやすいことです」

「それができたとしても、まだあるぞ。向こうの荒れ地を耕すには、グルウリドの2頭の灰褐色の雄牛を軛（くびき）につなぐ必要がある。だが、やつはこの2頭をよこすまいし、むりにそうさせることもできまい」

イスバザデンはますます調子にのってきて、つぎつぎと要求を出した。ひとつめは、ふつうよりも9倍甘い蜂蜜で、それを使って蜂蜜酒（ミード）をつくること。つぎはスウィロン（フリリヨン）の息子スウィル（フルウル）のもつ特別な杯で、これは中身が無限にわいてきて、けっして枯れることがない。そのつぎは、なんでも望むものでいっぱいになる魔法のかご。さらに、イスバザデンは婚礼の宴を盛り上げるため、タイルトゥ（テイルトゥ）の魔法の竪

> 巨人はつぎつぎと要求を出し、どれひとつ欠けてはならないという。

琴も望んだ——それは、このうえなく甘美で感動的な歌をひとりでに奏でるという。要求のリストはさらに続き、どれひとつ欠けてはならないと巨人は言った——もしこれに応じられないというなら、娘との結婚話はなかったことにする。ただし、これらの要求のなかで、巨人がとくに強く望んだものがあった。それはエリの息子グライト（グレイド）の犬ドゥルトウィン（ドラドウィン）である。（イスバザデンの要求はやたらと長く、多岐にわたっていたのだから）いうまでもないことだが、この魔の猟犬は、特別なひもでしかつなぐことができなかった。そのひもは、悪名高き巨人の強盗ディサ

ル・ヴァルヴァウク（騎馬武者ディシス）の顎ひげでできており、さらにそれを結びつける首輪は、百の手をもつ怪物カンハスティル（カナスティル）・カンローが用心深く守っていた。

　同じくいうまでもないことだが、そこにはさらにひねりがあった。ドゥルトウィンを捕まえられるのは、マボン・アプ・モドロン（マボン・ヴァーヴ・モドロン、モドロンの息子マボン）の魔法だけだという。オルウェンと同じく、マボンもその名は広く知れわたっていたが、居場所についてはだれも知らない。彼は生後わずか3日で、何者かに母親のもとからつれさられ、以来、どこか見知らぬ場所に監禁されているといわれていた。ドゥルトウィンは絶対に手に入れる必要

下：ブランウェン（p.199）は、彼女をめぐってアイルランドでくりひろげられた戦争を嘆いて亡くなり、ここアングルシー島のスランザイサントに埋葬された。

があった。というのも、イスバザデンにとって喉から手が出るほどほしい獲物を狩れるのは、この猟犬だけだったからだ。その獲物とは、トゥルッフ・トゥルウィス（トゥルフ・トルイス）という猪である。この巨大で獰猛な猪は、かつてアイルランドの王だった。呪いによって猪に変えられた彼は、屈辱への怒りに満ちていた。ただ、トゥルッフ・トゥルウィスは、左右の耳のあいだに特別な櫛とはさみをもっており、イスバザデンのもつれた剛毛を梳きほぐせるのは、これらの道具だけだった。櫛もはさみも、怒り狂う猪の頭から直接むしりとる必要があった――いったん猪が死ねば、道具はどちらも強さを失い、まったく役に立たなくなるからだ。

　内心、キルッフは絶望していたかもしれないが、彼は堂々と胸を張り、これ以上ないほどの自信に満ちた表情を見せた。巨人に礼を述べた彼は、未来の娘婿として、丁重に別れのあいさつをした。そしてすぐにまた花嫁を迎えに来ると断言した。

> すぐにまた花嫁を迎えに来ると断言した。

動物の助言者

　キャメロットに戻った一行は、アーサー王に旅の報告をした。イスバザデンの要求について聞いた王は、すぐさま騎士と歩兵、艦隊のすべてを召集した――従兄弟を助けるためなら、どんな犠牲も努力もおしまなかった。その一方で、まずはモドロンの息子マボンを見つけることが先決だった。というのも、彼こそが、ほかのすべてに通じる鍵に思えたからだ。そこでケイとベディヴィアが、マボンを探しに出かけた。しかし、まったく手がかりがつかめず、彼らは動物たちに助言を求めることにした。まずコーウェンからほど近い、キルグウリのクロウタドリ（ツグミのような鳥）のところへ行った。するとクロウタドリは、自分では年齢も知恵も足りないから、力になれないと言った。そして彼の兄であるレディンヴレの雄鹿を紹介してくれたが、雄鹿は――さらに年長の――

クウム・カウルウィト（キウム・カウレウド、スノードニアのカルネザイ山脈にある）の梟(ふくろう)を探すように言った。この梟は年齢も知恵も高かったが、自分よりグウェルナブイ（グウェルン・アブイ）の鷲のほうが高徳で博識だと言った。そこでグウェルナブイへ行くと、鷲は不本意ながら、自分より年長で賢い動物がいることを認め、ケイとベディヴィアにスィン・スェウ（フリン・フレウ、「先達の湖」）へ行くように言った。

　この湖には、この世で最年長の生き物である鮭がおり、知りうることのすべてを知っているという。はたして、そのとおりだった。この偉大な鮭は、ふたりを背中に乗せ、はるばるグロスターまで川を下った。するとそこの城の地下牢から、かすかに囚われ人の叫び声が聞こえた。

　アーサー王が増援部隊とともにキャメロットから到着し、城を前方から攻撃する一方、鮭はケイとベディヴィアを城の背後にまわらせた。アーサー王の部隊が砦を包囲するなか、彼らは鮭の肩に立って石壁を少しずつくずし、ついになかへ入った。マボンは独房でひとり泣いていた。ずっと監禁されていた彼は、ようやく解放されることに大喜びしたが、長々とお礼やあいさつをかわしている暇はなかった。一行は彼をつれ出し、探索に力を借りた。

下：世界でもっとも賢い生き物に数えられるクウム・カウルウィトの梟は、スノードニアの湖スリン・カウルウィト周辺の森に棲んでいた。

鮭と息子

　マボン・アプ・モドロン（Mabon ap Modron）は、現代の英語に訳すと「モドロンの息子マボン」となり、まるでその名が古代の家父長制の慣習に従っているように思える。しかし、現代語のmatron（既婚婦人）に似ていることからもわかるように、モドロンはかつて女神だったらしい——たとえば、アイルランドのアヌや、フランスのマルヌ川の由来となったローマン・ガリアの *Dea Matrona*（マトローナ）のような女神である。「マボン」については、初期のウェールズ語で、ただ「息子」を意味しただけのようだ。

　したがって、マボン・アプ・モドロンの存在は、その物語の起源がケルトにあることを思い起こさせる。実際、「スィン・スェウの鮭」は、アイルランド神話に出てくる英雄の逸話を彷彿とさせる。そう、あの老齢の魚は、フィン・マックヴォルが、はからずも最初に味わうことになった「知恵の鮭」そのものではないだろうか。ここに出てくるほかの動物たちも、それぞれがより深い象徴的な意味を表しているのかもしれないが、わたしたちにはかならずしもそれが理解できない。ただ、雄鹿から男らしさやすばやさ、強さを連想したり、鷲を崇高な美しさや王者の壮麗さと結びつけたりすることは簡単だ。クロウタドリについていえば、鳥は一般にケルト人のあいだで広く尊敬されていたようだ——鳥は大空を飛べることから、天と地の仲介者のように感じられたのだろう。

　この物語では、動物たちが、騎士を自分より年長の動物のところへ行かせようとする。そうした年功序列の紹介システムによれば、マボン——原初の人間——は、地上で最年長の存在とされている（もちろん、「モドロンの息子マボン」という名が示しているように、彼のまえにさらに古い世代が存在し、生死が永遠に循環していることが示唆される）。マボンが生後すぐにつれさられ、監禁され、ついには解放されるという物語——生まれ変わりを象徴——は、キリスト教における罪の贖いを表しているとも、異教における命の継続性を表しているとも解釈でき、どちらも同じように説得力がある。

追いつめられた猪

　魔の猟犬ドゥルトウィンを捕まえるには、それをつなぐ特別なひもと首輪が必要だった。これらを手に入れることは、それ自体が危険な冒険だった。マボンが猟犬を捕まえた一方、アーサーと騎士たちはイングランド、アイルランド、スコットランド、ウェールズ、さらにはフランスまで足を延ばし、追跡の助けとなるような強くて有能な犬たちを探した。そしてついにトゥルッフ・トゥルウィスを見つけ、壮大な戦いがくりひろげられた。逃走した最初の1日で、トゥルッフ・トゥルウィスはアイルランドの5分の1を荒廃させた。

アーサー王の部隊が彼を追いつめたが、猛然と突進してくるその猪の鋭い牙に、多くの兵が犠牲となった——猪のほうは、かすり傷ひとつ負わなかった。

3日目の朝、アーサー王は、ひとりでトゥルッフ・トゥルウィスを追いつめた。それから丸9日間、ふたりは剣と牙でついたり、はらったり、牽制したりして戦いつづけた。ついに猪が逃走し、海を飛び越えてウェールズへ渡ったが、プレセリ山脈のクウム・ケルウィンで、ふたたび敵に追いつめられた。またもや多くの兵が犠牲になったが、このときには猪のほうも複数の傷を負っていた。猪はふたたび逃走し、ウェールズのいたるところで一連の抵抗を見せたすえ、ブリストル海峡を渡ってコーンウォールへのがれた。マボンとドゥルトウィンがそこでトゥルッフ・トゥルウィスに追いつき、アーサー王が、逃げる猪の頭から、ついに櫛とはさみをむしりとることに成功した。ただし、結局、トゥルッフ・トゥルウィスの息の根を止めることはできず、猪は大西洋へと姿を消した。

きわどい一撃

一行は、やっとの思いで手に入れた戦利品とともに、イスバザデンのところへ戻った。彼らは巨人の髪になによりも必要な手入れをしてやった——もつれた髪のほぐせるところはほぐし、ほぐせないところは根元から切って、巨人のぼさぼさの頭髪を全体に整えてやった。すると

上：キルッフが、手に入れた宝の数々を披露し、イスバザデンを驚かしている——これで彼は巨人の娘を花嫁として迎えることができる。

そのとき、カステニンの息子が、きらりと光る剃刀をもって進み出た。「ついでに髭もそりましょう！」と言って、彼はイスバザデンの喉を耳から耳まで一気に切り裂き、剛毛——と皮膚とその下の肉のほとんど——を剃り落とした。巨人はどさりとくずれ落ち、血を流して息絶えた。アーサーと騎士たちは、その若者のまわりに集まり、勇気ある行為をたたえ、彼に名前をあたえることにした。イスバザデンが死んだいま、もう彼に名前をつけても安全だ。以来、彼はゴレイ（「最高のもの」）とよばれるようになった。キルッフとオルウェンにとっても、ようやく結ばれるときが来た。ふたりはその晩、みなに祝福されながら結婚した。

姿を消した王子

ラ・テーヌ文化の皿や盾に描かれた渦巻文様のように、『マビノギオン』の物語では、しばしば同じパターンがくりかえされ、それが互いに呼応しながら無限につながっていく。実際、ゴレイがイスバザデンをおそれ、少年期を（名前のないまま）石の衣装箱に隠れてすごし

下：「美しきオルウェン」——キルッフが勝ちとった女性は、信じられないほど美しかった。

たという物語は、マボン・アプ・モドロンが赤ん坊のときにつれさられ、ずっと監禁されていたという物語とよく似ている。そしてこのふたつと同じパターンが、ウェールズのもうひとりの英雄、ダヴェドのプリデリ（プラデリ）王子の物語でもくりかえされている。

　『マビノギオン』によれば、かつてウェールズ中部のほとんどは、プイスという名の大公によって統治されていた。ある日、猟犬たちをつれて狩りに出かけたプイスは、１頭の倒れた雄鹿が、見知らぬ猟犬たちの群れに食われているのを見つけた。

> 彼にはだれに従う理由もなかった。

大公として、だれに従う理由もなかった彼は、その犬たちを追いはらい、自分の猟犬に雄鹿の死骸を食わせようとした。しかし、追いはらった猟犬たちの飼い主は、なんと異界の王のひとり、アラウンだった——異界アンヌウヴン（アンヌヴン）は、理解を超えた未知の領域で、アイルランドではシーの棲み処とされていた。この無礼なふるまいに憤慨したアラウンに、プイスはしきりに謝り、許してもらうには、相手の条件をなんでものむしかないと思った。アラウンが求めたのは、プイスが１年間、地下世界でアラウンのかわりに王をつとめ、そのあいだ、アラウンは現実世界を楽しむというものだった。プイスはアラウンとして異界を治めなければならなかったが、彼の妻にはけっして手を出さないと約束した——そして彼はこの誓いを忠実に守った。すると、すべてがうまく運んだ。プイスは地上界へふたたび浮上するまでに、アラウンの宿敵ハヴガンと戦ってこれを倒した。その結果、彼はアンヌウヴンの王国全体を支配できるようになり、アラウンの信頼を得たうえ、彼に永遠の貸しをつくった。プイスへの返礼として、アラウンは彼にこんな名誉称号さえあたえた——プイス・ペン・アンヌウヴン、すなわち「異界の王プイス」。

　実際、プイスが妻に迎えたのも、この妖精の王国の女性だった。ある日、彼が狩りをしていると、まばゆいばかりの白

い光を放射状に発しながら、美しいリアンノン（フリアンノン）が馬にまたがり、塚の上（ゴルセズ・アルベルス、ウェールズ南西部のペンブルックシャーにある現ナーバース付近）に現れた。プイスとその従者たちがいくら追いかけても、リアンノンからひき離され、どんなに懸命に馬を駆っても、彼女に追いつくことはできなかった——リアンノンのほうは、ゆったりした足どりで馬を歩かせているだけのようだった。プイスがあきらめかけてよびとめると、リアンノンはすぐに立ち止まった。じつは、彼女はある王子と婚約させられているのだが、ほんとうはプイスといっしょになりたいのだという。そういうわけで、ふたりは力を合わせ、彼女の後見人や、父親がむりやり結婚させようとしているグワウル・アプ・クリト（クラド）という男を出しぬくことに成功した。

プイスとリアンノンは結婚し、ダヴェドの大公と大公妃になった。彼らの幸せな結婚が完全なものになったのは、リアンノンが凛々しい男の子を産んだときだった。しかし、いつまでも続くはずだった彼らの幸せは、突然、断ち切られた。出産の翌晩、赤ん坊は何者かにつれさられた。リアンノンの侍女たちは、このゆゆしき事態の責任を負わされることをおそれて、眠っていた妃の両手と顔に犬の血をぬりつけ、それを彼女のせいにした。翌朝、侍女たちは、大公妃がわが子を殺して食べたと主張した。それはだれにも想像できないような邪悪な行為だった。ダヴェドの最愛の妃だったリアンノンは、人々からのけ者にされ、憎まれ、蔑まれて、罪滅ぼしをさせられた——城のそとに座り、道行く人に自分の罪を

下：目もくらむような銀白色の馬にまたがり、草深い塚のうえに現れたリアンノンの輝きは、みなに畏敬の念を起こさせた。

告白するのだった。

子馬の行方

　一方、ウェールズのはるか南東のグウェントでは、地元の領主テイルノン・トゥリヴ・ヴリアント（テイルノン・トゥルヴ・リアント）がいらだっていた。彼のお気に入りの雌馬は、毎年５月１日の前夜に子馬を産んだが、それがいつも決まって消えてしまうからだ。つぎにその日がやってきて、雌馬が予定どおりに出産したとき、テイルノンは馬小屋を見張ることにした。すると、鋭い爪の生えた巨大な手が壁からぬっとつき出てきた。今度こそ子馬を奪われてなるものかと、テイルノンは剣をふりまわし、その腕を切り落とした。そのとき、その謎の怪物の胴体があったはずの小屋のそとで、赤ん坊の泣き声が聞こえた。赤ん坊は布にくるまれており、彼はその子を自分の家へつれて帰った。彼と彼の妻は、その赤ん坊を実子として育てることにした。歩いたり、話したりできる年齢になるとすぐ、その子は馬に特別な親しみを示すようになった。そしてまた、ダヴェドの大公プイスにそっくりになってきた。プイスとリアンノンの子どもがさらわれたという話を聞いたテイルノンは、「息子」を引き渡すことを覚悟した。ダヴェドの大公に優先権があるのは明らかだったからだ。プイスとリアンノンは大喜びし、彼らの（すでに成長した）息子をプリデリと名づけた。

ダヴェドの誇り

　父プイスの跡を継いだプリデリは、ウェールズ屈指の神話的英雄となった。彼は小国の王の娘キグヴァと結婚したが、まもなく彼女を置いて、ベンディゲイドブラン王（ベンディゲイドヴラン、「祝福されたカラスの王」）とともにアイルランドへ遠征した。王の娘（もしくは妹）のブランウェンが、夫のアイルランド王マソルッフ（マソルフ）に虐げられていたからだ。ほかの多くのブリテンの王たちも、マソルッフの

右：鋭い爪の生えた巨大な手が、宮殿の壁をつき破り、ゆりかごからプリデリ王子をさらっていく。

虐待に憤慨し、この侵略軍にくわわった。しかし、敵の計略にかかった彼らは大敗を喫し、生き残ったのは7人だけだった（これに心を痛めたブランウェン本人も、悲しみのあまり死んでしまった）。プリデリは、生き残った7人のうちのひとりで、同じく生き残った魔法使いの王マナウィダン（マナウアダン）とともに、ダヴェドへ帰還した——プイスの死後、寡婦となっていた母親の新しい夫として、彼はマナウィダンがふさわしいと思っていた（ベンディゲイドブランも一応は生き残ったが、彼は致命傷を負っていた。一行に自分の首を

切り落とし、いっしょにウェールズへつれ帰ってほしいと頼んだ。ベンディゲイドブランの首は、それから7年も生きつづけ、話しつづけ、北西部のハーレフの王宮から、グウィネッズ公国を統治しつづけた)。

その後、マナウィダンとリアンノンは正式に結婚し、この縁組みは、プリデリの期待どおりにうまく行った。ある日、プリデリとキグヴァは、両親といっしょに田園を散歩しに出かけた。ゴルセズ・アルベルス——プイスがはじめてリアンノンに会った塚——のそばを通りかかった4人は、昔を懐かしみ、塚の頂上へ登ってみた。すると突然、眼下に広がる村々が、見渡すかぎりの廃墟と化した。彼らはみずからの軽率さに気づいた(アイルランドへ里帰りしたオシーンが、うっかりその土を踏んだことで魔法がとけてしまったように、この世に「鞍替え」したリアンノンにかけられた呪いに、彼

馬の力

わたしたちと同じく、ケルト人にとっても、馬は速さ、強さ、そして純粋な美しさを示すシンボルだったが、それは富の象徴でもあったようだ。競馬はいまでも「王のスポーツ」とされ、乗馬はいまも比較的裕福な人々と結びついているが、古代では、馬はさらに貨幣としての役割ももっていた。そのため、ガリアのケルト人のあいだでは、馬の女神エポナは重要な存在で、彼女は肉体の優美さや武勇だけでなく、豊かさとも結びついていた。そうした結びつきは、ほかの古代文化にも「伝わった」。ローマ人は、混合主義の信仰を寛容に受け入れたが、通常、動物の姿に神性を認めることには消極的だった。しかし、エポナの場合は例外だ。彼らはエポナに人間の女性の姿をあたえたが、切っても切れないその力の源として、彼女のかたわらにはつねに馬が描かれた。ローマ時代の硬貨や花瓶に描かれたエポナの姿は、プイスがはじめて会ったときの、馬上のリアンノンそのものだったにちがいない——彼女の息子プリデリも、馬には特別な親しみをもっていた。

右:エポナはふつう、雌馬に横乗りした姿で表現される。

上：ベンディゲイドブランの像は、ハーレフ城に帰還を果たしたという「祝福されたカラスの王」の姿を表している。

次ページ：犬たちをつれて狩りに出たプリデリとマナウィダンは、立派な城のそばで、白い猪を追いつめる。

らはまきこまれてしまった)。4人の身だけは安全だったが、いまや彼らが住んでいるのは無人の荒れ野で、もはやダヴェドの君主は存在しないも同然だった。

　とはいえ、たとえ単調でつまらない毎日であっても、それなりに暮らしは続き、4人はなんとか食いつないだ。ある朝、プリデリとマナウィダンは狩りに出かけた。白い猪を見つけ、それを追いかけていくと、猪は巨大な古い砦へと逃げこんだ。一瞬、ふたりの動きが止まったのは、そこへ入っていいものかどうか迷ったからだ。マナウィダンは、プリデリにそれ以上さきへは行かないように言ったが、無鉄砲な英雄は、彼の警告を聞かず、獲物を追ってなかに入った。がらんとした広間の中央に、プリデリは金色に輝く水盤を見つけた。マナウィダンがそとで恐怖の叫びを上げているのも無視して、彼は水盤に近づいた。そしてそれにふれたとたん、まったく身動きができなくなった。しばらくすると、リアンノ

ンが男たちを探しにやってきた。彼女は息子を見すてた夫を叱りつけ、砦のなかに入っていって、同じように水盤に手をふれた。すると彼女も体が麻痺した。砦——とそのなかにいる母子——は、霧のなかへと消えた。

そとにひとり残されたマナウィダンは、信じられない思いで茫然としていたが、彼はもともと有能な魔法使いだった。

すぐさま、このウェールズから民衆を奪いさり、さらに大公とその母親を奪いさった呪いの出所を探りあてた。それは妖術師スィウィト・アプ・キル・コイトのしわざで、彼はリアンノンのかつての婚約者グワウル・アプ・クリトの親友だった。この魔法使いは、ふたりの王族を奴隷のように扱って

右：魔法の斧をもつ妖術師の戦士グウィディオンによって、プリデリはついに倒された。

上：グウィネッズのマイントゥログにあるこの石は、妖術師グウィディオンがこの近くでプリデリを殺したあと、彼の墓標として置かれたとされている。

いた。リアンノンには荷馬車を引かせ、プリデリには、門を支えるための立派な梁を運ばせていた。一方で、彼はウェールズの地への迫害も続けた——マナウィダンとキグヴァがいくら土を耕しても、作物はスィウィトが放った鼠の襲撃によって、あっというまに食い荒らされた。

　マナウィダンは半狂乱になって、この小さなやっかい者を追いまわしたが、1匹も捕まえることができなかった。そんなある日、彼はほかよりも大きくて、不格好な鼠を見かけた。尻尾をつかんでみると、それはスィウィトの妻グウェナビーであることがわかった——身重の彼女は、動きが鈍くなっていた。マナウィダンは彼女を人質にして、スィウィトに休戦の取引をもちかけた——プリデリとリアンノンが解放され、

オイディプスの動揺

わたしたちのような現代の読者にとって、プリデリが母親の再婚に積極的な役割を果たしたというのは、やや奇妙に思える。父親を殺し、母親と結婚して子をなしたというオイディプス王の神話は、すでにショッキングなものだが、プリデリの行為もまた、わたしたちをおちつかない気分にさせる。どちらも子宮を思わせる金の器にふれ、身動きできなくなるという点は、母子の禁断の愛を象徴しているとも解釈できる。しかし、リアンノンとプリデリが、伝統的な理想の父親としてのマナウィダンの力によって、最終的に助け出されるという事実には、家長としての従来の役割がとりもどされたようで、どこか安心させられる。

ウェールズに豊かな作物と民衆が戻るまで、グウェナビーは返さない。その結果、スィウィトの妻は、もとの美しい女性の姿に戻った。

タリエシンの物語

ウェールズの伝説に登場する人物のなかで、とくに有名なのがタリエシンである。ベンディゲイドブランの軍勢とマソルッフの軍勢が、ブランウェンをめぐってアイランドで激戦をくりひろげたとき、タリエシンは、その戦いを生きのびた数少ない戦士のひとりだった。だがいまでは、彼はウェールズの吟遊詩人として、もっともよく知られている。タリエシンはウェールズにおいて、アイルランド神話のフィン・マックヴォルとその息子オシーンの両方の役割を果たしている。というのも、戦士としてのカメオ出演をべつにすれば、彼の名声は『タリエシンの書』にもとづいているからだ。これは同一の詩人の作だったとも、そうでなかったとも考えられる古代詩を集めた11世紀の詩集で、さらにその詩人がタリエシンだった可能性も、そうでなかった可能性もある。いずれにせよ、この詩集の多様性には感嘆させられる。アーサー王が異界へ旅したときの失敗談 *Preiddeu Annwfn*（「アンヌウヴンの略奪」）や、ドーンの息子の魔法使いグウィディオンが木々を兵士に変え、森全体を動員する *Cad Goddeu*（「木の戦い」）など、突飛な物語がふくまれている一方、恋愛詩や哀歌、哲学的瞑想の詩や賛歌まである。

> この詩集の多様性には感嘆させられる。

タリエシンが存在したことを示すこうした証拠（たとえ彼の物語が数世紀のうちに大きく改変されたとしても、なんら

かの証拠があることは確か）によれば、彼はウェールズ人ではなかったようだ。それどころか、彼は現在のイングランド北部とされる場所で生まれ育ったらしい。しかし、ブリテンに伝わるケルトの遺産が概してそうであるように、彼の記憶は、アングロ・サクソンの王国ではしだいに忘れさられていった。ウェールズでそれが受け継がれたのは、ただのなりゆきによるものだ。だが、そんなことは問題ではない。タリエシンは、ウェールズに深く大きな影響をあたえることになった。伝説上のタリエシンがフィンに似ているのは、その武勇（年代記には少ししか記録されていない）においてだけではない。フィンと同じく、彼も不思議な魔力によって知恵のすべてを手に入れた。「知恵の鮭」の物語に代わって、ここではグウィオンという13歳の少年が登場する。あるとき、魔女のケリドウェンが、息子のアヴァッズのために大釜で特別な調合薬をつくっていた。アヴァッズはおぞましく、世界でもっとも醜い存在だったが、母親のケリドウェンは、息子にまともな容姿をあたえられないなら、せめてそれを埋めあわせるだけの知恵をあたえようと決めた。そこでこの魔法の薬をつくっていたわけだが、疲れを感じた彼女は（その大釜はすでに1年以上も煮立てられていた）、ちょうど洞窟の入り口を通りかかったグウィオンに、しばらく鍋をかきまわすように頼んだ。ところが、フィンの鮭と同じく、たまたま指にその汁が飛んできたため、彼は思わず指を吸った。

　事態に気づいたケリドウェンは、これまでの苦労が水の泡になったことを知り、怒り狂ってグウィオンに襲いかかった。彼はとっさに野兎に変身して逃げた。ケリドウェンが猟犬となってそれを追うと、グウィオンは川へ飛びこみ、魚になった。すると彼女はカワウソに変身し、グウィオンのあとを猛追してきた。彼が鳥になって水面から飛び立とうとすると、今度はハヤブサとなった彼女が、体を傾け、空中から彼に襲

> 彼はおぞましく、世界でもっとも醜い存在だった。

いかかろうとした。危機一髪のところで、彼は小さな種子に変身した。しかし、もしグウィオンがこれで見つからないと安心したとしたら、残念ながら彼はまちがっていた。鶏になったケリドウェンは、彼をついばみ、飲みこんでしまった。

魔女——そしてひとりの女性——として、ケリドウェンはいつもの生活に戻ったが、数週間後、どういうわけか、子を身ごもっていることに気づいた。彼女はすぐにぴんと来た。これは息子のための霊薬を奪ったあの少年——世界中の知恵を身につけた——にちがいない。あいつももう逃げられまい。生まれたらすぐに殺してやる…。

ところが、いざ子どもが生まれてみると、彼女は思いがけず母性に支配され、どうしてもその子を殺すことができなかった。そこで、彼女は赤ん坊をずだ袋に入れ、海へ放りこんだ。赤ん坊の入った袋は激流にのって遠くへ運ばれ、数日後、ダヴェドの王子エルフィンに発見された。彼はなかに入っていた赤ん坊を「タリエシン」(「輝く額」) と名づけ、養子と

下:神話時代に海に沈んだ伝説の王国カントレル・グウェロッドは、ケレディジョンのボースにあるモザイク画に描かれている。

して育てた——ケルト神話に出てくるほかの多くの捨て子と同じように。あとは知ってのとおりで、タリエシンはやがて偉大な詩人となった。ケルト神話の多くがそうであるように、タリエシンの物語にも、いくらかの真実がふくまれている。

上：アイルランドのフィン・マックヴォルと同じく、ウェールズのタリエシンも、調理中の事故によって知恵のすべてを手に入れた。

救い主の象徴

　みずからの生まれについて記したタリエシン自身の書物——彼の名がついた書——には、マボンをはじめ、ほかの捨て子の主人公との興味深い類似点がみられる。「わたしはまず美しいものに成長した」と、彼の詩は言っている。

ケリドウェンの胎内で清められ、形づくられたわたしは、
最初は小さく、卑しい存在に思われたが、
彼女の広大な聖域で偉大なものに成長した。

その牢獄のなかで
わたしは知性を吹きこまれ、
無言の教えをとおして人生の法則を知った。

　彼がこの魔女の子宮に閉じこめられたことは、マボンが暗い地下牢に監禁されたことを思い出させる。その監禁中に、世の中を生き抜くために必要な経験や洞察力を身につけた彼は、やがて詩人だけでなく、救い主にもなる——これは異教においてと同じく、キリスト教においても、イメージしやすい役割だ。さきのマボンと同じく、タリエシンもまた象徴的な意味で生まれ変わる。これは彼の誕生とともに起こるわけではないが、ケリドウェンに海へ放りこまれてから数日後、エルフィンによってずだ袋から出され、「タリエシン」という新たな名前をもらったとき、偉大な吟遊詩人となる彼の運命が決まった（ちなみに、世界中の知恵がつめこまれたその袋は、アイルランドのフィアナ騎士団の話に出てくる、鶴の皮でつくられた「宝の袋」を思わせる）。

前ページ：吟遊詩人タリエシンの記念碑が、ウェールズ北西部の湖スリン・ガイリオニズを見渡すように立っている。彼はその湖岸に暮らしたとされている。

第5章
「いざ荒野へ！」

　古代に起源をもつケルト神話は、その原点から遠く離れ、「高尚な」文学と「素朴な」民間伝承——一方の舞台は宮廷、もう一方は田舎家——のあいだで、二極化が進んだ。

　『マビノギオン』に大きな影響を受けたアルフレッド・テニスンが、1870年代から80年代に『国王牧歌』を発表したとき、ケルト神話がさらに幅広い読者を得たことはまちがいない。アーサー王伝説を題材にしたこれらの詩は、昔の純朴さや荘厳さ、心の誠実さや社会の安定といったものに憧れる当時の人々に向けて、中世——とそれよりさらに古い時代——の物語を新たに書きなおしたものだ。しかし、たとえケルト神話の世界をさすらうテニスンが、その原点に忠実であったとしても、ノスタルジーの限界、つまり、時代の変化から生まれる必然的な矛盾を感じるだけの自覚はあった。『マビノギオン』を下敷きにした「ゲライント（ゲレント）とエニド（イーニッド）」は、アーサー王物語の理想そのものに対するテニスンの追悼文だった。

前ページ：ゲライントは、愛情深い——が、このときは夫に拒絶されていた——妻エニドとともに、荒野へ出発する。

武器をすてた騎士
　アーサー王の騎士のひとりだったゲライントは、その武勇

で知られていた。彼がエニドに出会ったのも、そんな戦いの旅の途中だった。エニドの家族は、彼に必要な食料や隠れ家、新しい甲冑を提供してくれた。ゲラントが、彼女に会えて幸運だったのは確かだ。エニドはまばゆいほどに美しいばかりか、ほかのどの女性よりも、妻としての愛情が深かった。ところが、彼女があまりにも献身的だったため、ゲラントの仲間たちは、彼がエニドのいる安楽な家庭に入りびたり、騎士としての務めを怠っていると感じるようになった。そんな見方が広がって、彼はまず嘲笑の的となり、ついには軽蔑の対象となった——ゲラントは軟弱者になりさがり、男らしさをすてたといわれた。こうした噂はエニドの耳にもとどき、彼女はひどくショックを受けた。ある晩、エニドはだれも聞いていないと思い、自分が夫の名声を傷つけてしまったと嘆き悲しんだ。ところが、彼女の部屋のすぐそとにいたゲラントは、ドア越しにその嘆きを聞き、それを不貞の告白とかんちがいして、自分にも妻にも激怒した。彼はふたたび世間に戻り、苦労して勝ちとった騎士としての名誉を回復しようと決意した——英雄的な行ないによって、失われた敬意をなんとしてもとりもどしたい…。ゲラントは、妻にも同行するように命じた。しかし、不名誉なことに、エニドは彼女が犯したとされる罪を完全に償うまで、夫の少しさきを行かなければならず、しかも、彼にひ

下：家庭の喜び——しかし、それは男らしさの腐敗でもあるのか。ゲラントの物語は、そうした矛盾をさらけ出した。

と言も話しかけてはならなかった。

「彼らは馬を進めたが、3歩も行かないうちにこう叫んだ。『わたしはめめしい男だが、金ぴかの武器で戦うつもりはない。すべては鉄でなければならん』。彼はベルトにかけた大きな財布のひもをゆるめ、それを従者のほうへ投げつけた。そのため、エニドが最後に目にした家は、ばらまかれた金や硬貨で大理石の玄関がきらめき、従者は肩をすりむいていた。そして彼はふたたびこう叫んだ、『いざ荒野へ！』」

下：『マビノギオン』では、エニドは怒った夫のまえを進んだが、近代の画家たちは、直観的に彼女がうしろを行く姿を描いた。

ヴィクトリア朝時代の読者なら、この物語の教訓について、大きな疑問をいだくことはなかっただろう。ゲラントは、女の性的魅力と家庭の安楽によって骨抜きにされた男だ。当時はブルジョア家庭がひとつの理想とされ、忠実で愛情深い妻が「家庭の天使」として賞賛された時代だったといえる。しかし、たとえそうでも、そこにはひとつの矛盾があった——よく晴れた夏の午後に家族と公園を散歩したり、寒い冬の晩に家族と炉辺で団らんしたり、あるいは家族を養うために会社で一日中働いたりする一方で、家長はどうやってその男らしさを示せばいいのか。「金」や金銭を拒絶し、あまりにもぜいたくで居心地のいい家の「大理石」をすて、かわりに社会へ出て成功をおさめ、「鉄」の男になろうとしたゲラントの決意は、女性がとりしきっていた（とされる）

次ページ：テニスンの『国王牧歌』は、中世の神話をとおして、当時のさまざまな矛盾を深く考えさせるものとなった。

下：ランスロットとグイネヴィアのロマンスは、美しい——が禁断の——恋愛物語として、12世紀と同じく、19世紀でも衝撃的なものだった。

ヴィクトリア朝時代の家庭生活や、ブルジョアの日常に対する抵抗として解釈することもできる。

騎士道物語の反逆

　しかし、ゲラいントの言葉は、また違った解釈もできる。たとえば、これはテニスン自身の不安の表れ（ほとんど自覚がなかったにせよ）だったかもしれない——彼はかつてないほどに大衆から支持された桂冠詩人だった一方、イギリスの支配者層からも気に入られ、しかも同国の豊かで体制順応的な中流階級のひとりだった。あるいは、ゲライントの言葉は、騎士道物語にありがちな展開に対する文学的拒絶とも考えら

れる。実際、ラファエル前派の画家や詩人たち——とくにマルクス主義者のウィリアム・モリス（や初期の作品におけるテニスン自身）——は、アーサー王伝説という肥沃な畑のなかに、社会機構や性的欲望など、あらゆることにかんする大胆で反慣習的な思想や感情を見出そうとしていた。一例をあげるなら、王妃グイネヴィア——アーサーの妻——に対するランスロットの不倫の愛は、中世の騎士道物語における封建社会の規範を侮辱するものであったように、19世紀の家族の価値を侮辱するものでもあった。つまり、これはその遠い過去に行なったこと——社会の深刻なタブーを描き出し、それに挑む——を、新しい時代にふたたび行なうというケルト神話のひとつの試みだった。

けれどもその後、この試みは、とくにテニスンの『国王牧歌』のほかの詩において、より素直で昔ながらのノスタルジーに道をゆ

夜の羊飼い

Bugul Noz（「夜の羊飼い」）は、ブルターニュの森や雑木林を夜な夜な歩きまわり、動物たちの世話をしている（それゆえ羊飼いとよばれる）が、けっして白昼に顔をさらすことはない。もし彼の存在を証明するものがあるとすれば、それは彼がときどき発するおそろしい叫び声である。ただ、その叫びはすさまじいとはいえ、善意によるものだ。というのも、「夜の羊飼い」は、信じがたいほど——おそらく耐えがたいほど——醜く、想像を絶するほど醜悪な容姿であるため、たまたま彼に遭遇した人間が、恐怖で命を落としかねないからだ。そんな「夜の羊飼い」も、ブルターニュの村人たちが、みずから醜く、奇抜な仮装をして出てくるハロウィーンのときだけは、森の奥の隠れ家から姿を現す。

秘密の共和国

1691年、スコットランドの聖職者ロバート・カークは、「どの時代にも、発見されるべき秘密が残されている」と書いた。彼の時代(「スコットランド啓蒙」がはじまったばかりというのがポイント)にとって、その秘密とは、「これまでエルフやファウヌス、妖精という名でよばれてきた、地下世界の(ほとんど)目に見えない者たちの生態」だった。彼の著書『秘密の共和国(The Secret Commonwealth)』は、現在なら認められないようなばかげたテーマを真剣に研究したものだった。ところが興味深いことに、カークのこの研究は、アイルランド出身の自然哲学者で化学者、物理学者のロバート・ボイル(右)によって支持された。これは方法論の貴重な承認を得たことを意味する。というのも、ボイルは、気体における体積と圧力の関係を支配する法則で有名だが、近代科学に厳密な実験的アプローチを導入した人物としても、高く評価されているからだ。

スコットランドの民衆のあいだで、なんらかの妖精信仰があったことは確かなようだ。とくに農村部では、妖精にまつわる物語があちこちで生まれた。17世紀の「リースの妖精の少年」——わずか10歳——が役人たちに語ったところによれば、彼は毎週木曜日の夜、いくつもの立派な門(ほかの人の目には見えない)をくぐって、エディンバラのカールトン・ヒルの奥地へと入っていき、妖精たちが浮かれ騒ぐなかで太鼓をたたいたという。ほぼ同じころ、ジョニー・ウィリアムソンという少年——「ボルグの少年」——は、ダンフリーズ・アンド・ガロウェーの村はずれにある土手に何度も下りていき、そこで妖精たちといっしょにすごした——ときには何日も——と言った。

スコットランドの地方の人々は、この「秘密の共和国」の存在を本気で信じなかったにもかかわらず、ときには用心しすぎるくらいに用心したようだ。たとえば、19世紀初め、ウェスト・ロージアンのウィンチバラに住むアレグザンダー・シンプソンという農夫は、悪魔の取り分——「悪魔の小作地」——として、どの畑でも一角だけは耕さずに残しておいた。数十年後、この農夫の孫のジェームズ・ヤング・シンプソンは、クロロホルムをはじめて麻酔に利用した医師となった。

ずった。おそらく、アーサー王関連のジャンルは、ひととおりの経過をたどった結果、まわりの社会の価値観にたてつくことをやめたのだろう。以来、アーサー王関連のジャンルは、一定の人気を保ってきたが(トールキン作品のような派生的創作「神話」も、さらなる人気をよんだ)、そうした人気は、おもにファンタジーという「荒野」をめざしたことによるものだ。あるいはT・H・ホワイトの小説のように、愉快なパロディーという「荒野」をめざしたことに

よるものだ。

信仰から民間伝承へ

　近年、ケルト伝説の多くは、こうした「荒野」で生きつづけている。これは驚くようなことではない。すでに見てきたように、ケルト人の文化は、はるかローマ時代に西ヨーロッパの周縁部へ追いやられた。ケルト伝説はそこで、ほぼ「民間伝承」として生き残ってきた。これは口伝として代々受け継がれてきた信仰体系だが、半信仰といったほうが正しいかもしれない。というのも今日では、アイルランドのシーやスコットランドのスルーア・マイ（*Sleagh Maith*、「善き人々」）の存在を、ダブリンやフォース橋、車やNATOといった明白な存在と同じく、あるいはみずからの宗教的信仰と同じく、客観的な事実として信じている人々は、ほとんどいないからだ。しかし、半信仰で十分かもしれない——ヨーロッパの「ケルティック・フリンジ（ケルト周縁部）」に残った民間伝承が、すくなくとも新しい時代の想像力にいまも影響をあたえつづけているのなら、それで十分である。たとえ「おぼろげ」でも、現実に存在していることは確かなのだから。

> 民間伝承は、人々の想像力にいまも影響をあたえつづけている。

おそろしい物語

　とはいえ、ほとんどの場合、ケルト神話は一連の物語やイメージを後世に伝えてきた。神話に出てくる怪物や巨人、妖精、魔法使い、そして英雄的戦士たちは、地上をさまよい歩いたことはなくても、新しい時代の想像力をたえず刺激してきた。スコットランドの国民的詩人、ロバート・バーンズによる古詩『シャンターのタム（Tam o' Shanter）』（1791年）は、けっして真面目とはいえないが、生き生きと躍動的な歌や伝説が下敷きになっている。

　ほかにも例はある。たとえば、アザラシ族のセルキー（シ

上：バーンズの『シャンターのタム』では、妖精族はもはやおそろしい存在ではなく、騒々しくて、ちょっぴり猥褻な面白さの源だった。

ルキー）は、海ではアザラシの姿をしているが、好きなときに岸に上がり、毛皮を脱いで、（息をのむほど美しい）人間の姿になることができる。スコットランドの物語では、多くの場合、男のセルキーが無防備な人間の女（しばしば夫を海で亡くしている）を誘惑するが、女のセルキーが人間の男に毛皮を盗まれ、彼らの妻として陸にとどまるという話もある。こうした伝説で目立つのは、海岸の「境界域」的な性質であり、海岸がふたつの領域の境界線となり、登場人物が両方向に行き来する。セルキーよりも露骨に残酷なのが、馬の姿をした水の精ケルピーで、スコットランドの湖や川のよどみにひそんでいるという。彼らも人間の姿になれるが、蹄はそのままのようだ。ケルピーは、不用心な旅人を深みに引きずりこみ、これを餌食にする。

> ケルピーは、不用心な旅人を深みに引きずりこむ。

ウェールズやブルターニュの神話に出てくるモルガン（モルゲン）は、むしろギリシア神話のセイレーン（セイレン）に似ており、その美しさによって、船乗りを破滅へと誘う妖婦である。ブルターニュの伝説では、モルガンはコリガンと重なる部分がある。コリガンは、ちょっぴりいたずら好きの妖精と、完全に邪悪な妖精とのあいだに分類され、しばしば水と結びついている。彼らは夜、泉や小川のほとりに姿を現すという（ブルターニュに伝わる詩歌「アル・ラノウ（Ar Rannou）」──1839年に収集されたが、あきらかにそれよりずっと古い──には、9人のコリガンが「髪に花をつけ、白い亜麻布のローブを着て、満月の光に照らされながら、泉のまわりで踊っている」ようすが、ドルイドによって描写されている）。これよりもっとおそろしく、おそらくもっと文学的なほかの物語では、コリガンは水中に棲み、人間を誘惑するように沖に浮かんでいる──美しい金髪をなびかせ、星明りに裸体をゆらめかせながら。岸辺を通りかかった人間の男は、欲望に駆られ、彼女に手を伸ばさずにはいられない。

下：ひどく滑稽な表情のケルピーにびっくりする旅人──ケルトの伝説は、人々のユーモアも伝えている。

右：コリガンの一団が、ブルターニュの崖の上で、旅人に（死につながりかねない）いたずらをしかけている。

　その結果、彼は水中に転がり落ち、底までひきずり下ろされて、あっというまに溺れ死ぬ。こうしてコリガンは、新たな犠牲者を生む——異界にとってのさらなる勝利であり、彼らは本質的にいつも悪意に満ちている。
　一方、コーンウォールの伝説で、このコリガンに相当するのがコリックである。慣例的に「地の精（ノーム）」と訳されるが、コーンウォールには、ほかにも似たような精霊がいる。たとえば、夜の田園に姿を現すというブッカがそうだ（一致した意見があるわけではない）。また、地下を棲み処とするノッカーは、坑夫として毎日仕事にやって来るコーンウォールの男たちによく知られていた。ノッカーは悪さをし

て、坑夫たちの仕事を邪魔したり、食べ物や飲み物を盗んだりしたが、それほど深刻な意味で邪悪とはみなされていなかったようだ。実際、彼らがノッカーとよばれるのは、壁をトントンたたいたり、木の支柱をキーキーきしませたりすることで、しばしば災いを警告したかららしい——結果的に、ノッカーは坑夫たちの命の恩人だったのだ。

　こうしたコーンウォールの精霊たちは、いずれもブルターニュの水の精より、むしろアイルランドのレプラホーン（レプラコーン）に似ている。ただし、レプラホーンについては、満足に理解することがむずかしい。というのも、妙に感傷的な面がある一方、英米ではステレオタイプな民族的イメージが強いからだ。19世紀以降、メディアによるレプラホーンの描写の多くは、狡猾そうな悪党や乱暴なごろつき、あるいは陽気な道化者など、アイルランド移民のイメージそっくりである。そして、同じくシリアス（ときには邪悪）な霊的存在から、愛嬌たっぷりの愉快な精霊へと、文化的・政治的に影響を受けて変化したのが、おなじみのイングランドの妖精たちだ。J・M・バリーの戯曲『ピーター・パン』（1904年）に出てくるティンカー・ベルは、古代ケルトの精霊たちとはかけ離れたイメージだが、彼女の生みの親がスコットランド人であるというのは、やはり意味深い。一方、シェークスピアの『真夏の夜の夢』（1595年頃）に出てくる妖精たちは、半分おおい隠されたイングランドの（究極的にはケルトの）民間伝承がもとになっているとされている。実際、シェークスピアが描

嵐をよぶヌベル

　北西から突如としてまきおこり、カンタブリア、アストゥリアス、ガリシアの沿岸を襲う大嵐は、スペインの漁船を一斉に港へ向かわせる。ケルティベリアのドルイドたちが、こうした突然の嵐をヌベルの怒りのせいだとして以来、それは何世紀にもわたってくりかえされてきた。イベリアのタラニス——ガリアの雷神——として、ヌベルは、民間伝承で半分漫画のような地位に落ちたものの、豊かな顎ひげをたくわえ、山羊皮の衣服をまとった老人として、いまなお生きつづけている。

　ヌベルは気まぐれに怒ったりするが、親切な面もある。彼はしばしば恵みの雨をもたらす者として、雲に腰かけた姿で描かれる。伝説によれば、彼はもともと雲に乗ってスペインへやってきたが、うっかり足をすべらせ、地上へ転落した。アストゥリアスの農民に助けられた彼は、それ以来、その地方の作物に恵みの雨をもたらしてきた。けれども、ヌベルの癇癪を避けることはできない。短気な彼は、すぐに土砂降りの暴風雨や鉄砲水、稲妻をよびこみ、スペイン北西部の気象をときにすさまじいものにする。

厳しい母親

　アイルランドには、こんな歌がある——「貧しい老婆」が「4つの美しい畑」をもっていたが、「台所によそ者がいた」。これは1798年の「ユナイテッド・アイリッシュメン」の反乱を題材とした物語で、老婆はアイルランド、4つの畑はアイルランドの各地方、よそ者はイングランドの占領軍を意味している。その老婆は、じつはさまざまに姿を変えることができ、Sean-Bhean bhocht（Shan Van Vocht、「貧しい老婆」）もそのひとつだった。結局、約束されていたフランスの援軍が上陸できず、反乱軍は窮地に追いこまれた。その後、アイルランドにふたたび民族主義の危機が訪れると、彼女はキャスリーン・ニ・フーリハンとして再登場した。若い美女どころか、よぼよぼの哀れな老女だったが、失ったものをとりもどすには、息子たち（アイルランドの若者たち）を犠牲にしてでも戦わなければならないとするアイルランド国家の象徴とされた。これは比較的新しい時代の政治的（かつあきらかにプロパガンダ的な）創作ではあるが、こうした擬人化は、遠い古代の原型を思い起こさせる。モリガンと同じく、彼女は母親的な存在でありながら、けっして柔和な感じではない。それどころか、自分の子どもたちの命さえ要求するような、残酷なほど厳しい母親である——その究極の目的が、いかに高尚なものであったとしても。

いた精霊は、きわめて重要な位置づけにある。「芥子の種」、「蛾の羽根」、「豆の花」といった小妖精たちは、たんにかわいらしいだけで、威圧感はないが、パック（または「ロビン・グッドフェロー」）には矛盾したところがある——機知に富む一方、あきらかに邪悪で、サディスティックな面をもつ。パックなら、より不穏な雰囲気の古代ケルトの伝説に出てきても、それほど違和感はなかっただろう。

洗濯女たち

　ブルターニュの伝説には、*Kannerezed Noz*（「夜の洗濯女たち」）という精霊がいる。月に照らされた川岸に3人ひと組で集まり、

上：ブルターニュの「夜の洗濯女たち」は、妖婦のイメージとしては奇妙かもしれないが、犠牲者を容易に死へと誘いこんだ。

死にゆく者たちのために埋葬布を洗っている。そばを通りかかった人間の旅人は、手を貸してくれるように頼まれるかもしれないが、その親切心が警戒心をうわまわってしまうと、彼の身に災いが降りかかる。突然、女たちが結束し、洗濯を手伝っていたその不用心な旅人を、埋葬布でくるみこんだという話は山ほどある。旅人の姿が二度と見られなかったことはいうまでもない。同じような精霊が、スコットランドやアイルランドの伝説にもみられる——三相女神のモリグナがそうだ。実際、少しでも神話を信じる気持ちでみれば、ブルターニュの夜は精霊であふれている。たとえば、*bugel-noz*（「夜の子ども」）や*skrijerez-noz*（night-screecher、「夜の叫び人」）など、地獄に落ちた魂があちこちに群がっている。とくに

前ページ：シェークスピアのいたずら好きの妖精パックは、愛嬌たっぷりの反面、どこか不穏な部分があり、妖精に対する近代のとらえ方の変化が表われている。

> ブルターニュの夜は精霊であふれている。

「夜の叫び人」は、アイルランドのバンシーのように、愛する人の死を予期し、悲痛な叫び声を上げる——このふたつの精霊はどちらも、幽霊のように白いメンフクロウやコノハズク（screech owl）と結びついている。

失われた国、沈んだ都

1777年、ドリー・ペントリースがこの世を去った。マウゼル港を見下ろす丘の上、ポールにあるその墓の記念碑に書かれているように、彼女は「コーンウォール語の最後の話者のひとり」とされていた。それが約250年まえのことだ。コーンウォールは、いまでもたんなる州以上の存在だが、ヨーロッパのケルト周縁部の多くがそうであるように、言語の伝承には、文化的にも経済的にも苦労している。これとまったく同じ状況が、海の向こうのフランス、メーヌ・エ・ロワールのラ・コルヌアイユにもみられる——同じケルト語系のブルトン語の伝承は、政治の問題というより、漠然とした誇りの問題となっている。

しかし、ケルト神話には、つねにそうした「死滅」の物語があり、悲しみや喪失感、哀愁といった雰囲気をただよわせていた。「失われた都イス」の伝説も、まさにそんな物語のひとつだ。イスはいまでも、ブルターニュのドゥアルヌ湾の底に沈んでいると信じている人もいる。いくつかの物語によれば、イスはコルヌアイユのグラロン王によって、もともと海面下に築かれた——高い擁壁が都を周囲の波から守り、特別な水門が船舶を行き来させていた。べつの物語では、イスは海辺に築かれ、のちに波にのまれ

人をまどわす道案内

ヤン・ガン・イ・タン、すなわち「火の指をもつジョニー」は、ブルターニュの最西にあるフィニステールの森を深夜にさまよう精霊である——ヨーロッパ各地に伝わる鬼火のようなもの。右手の指の先端が獣脂ろうそくになっており、その光によって、不用心な旅人たちを道に迷わせる。しかし、彼はたしかに悪魔的な存在である一方、旅人を窮地から救い出し、彼らにその道を照らすための明かりを授けることでも知られた。道徳の一貫性は、とくにケルトの精霊には、無縁のものだったようだ。

「いざ荒野へ！」 227

左：この墓碑の内容は読めばわかるが、事の重大性は十分に理解されていないかもしれない。ドリーの死は、「コーンウォールのケルト語」の消滅を意味した。

た。いずれにせよ、この物語では、ふたつの異なる世界が交差する境界域の存在が暗示され、物事の表面下に神秘の世界が広がっているという可能性が示唆されている点で、いかにもケルト的である。

第6章
ケルトの遺産

　今日の読者にとって、ケルト伝説は、ひどくかけ離れた印象があり、意味もあいまいなうえ、イメージもつかみにくい。けれども、その純粋な叙情性や憧れのなかで、ケルト伝説はつねにわたしたちを魅了しつづけている。

　コーンウォール北岸のティンタジェルに、鉄器時代の集落があったことは確かなようで、その場所がケルトゆかりの地であることはまちがいない。しかし、考古学的証拠としては、陶器の破片がいくつか見つかっているにすぎない。嵐の吹き荒れる断崖絶壁のうえに建つティンタジェル城は、あまりにもロマンティックで真実味がない——それもそのはず、わたしたちが目にしているこの城の大部分は、19世紀のネオ・アーサー王伝説の作り物である。ただし、これはこれで、想像の世界を支える貧弱な現実として、「ケルトの遺産」といえないこともない。

　ティンタジェル城は、遺産全体の信用を傷つけることになるのだろうか。答えは、イエスともノーともいえる。もしこのヴィクトリア朝時代につくられたいつわりの廃墟が、鉄器時代を忠実に再現していると想像するなら、答えはイエスだ。一方、それが新たな概念として再形成されたもの——かなり本格的に——と受けとめるなら、答えはノーだ。すでに

前ページ：コーンウォール沿岸の断崖に、しがみつくように建つティンタジェル城は、廃墟と化した建造物もその場所も、同じく荘厳である。

見てきたように、ケルト人が文字の読み書きを拒否したことで、彼らは古代の「歴史」に対して、最初からやっかいな立場に置かれた。つまり、ケルト人は、ほとんどいつも他者の目をとおして伝えられてきた。しかし、逆の見方をすれば、ケルトの歴史を正確に記したもの（古代ギリシア・ローマの歴史書のように）がないおかげで、彼らは西洋文化において、かえって自由な想像力の源として、なかば無意識的に影響をおよぼすことができる。

下：アーサー王は537年、コーンウォールのスローターブリッジで、裏切りによって殺されたといわれている。この石板は、ほんとうにアーサー王の墓を示しているのだろうか。

さらに、ティンタジェルは、中世騎士物語をリアルに伝えることにも役立っている。ティンタジェルが、アーサー王伝説のいくつかの物語のなかで、重要な役割を果たしているのは確かだ。実際、『ブリタニア列王史』によれば、アーサー王はこの城で身ごもられた。もっとも感動的な悲恋のひとつ、トリスタンとイズー（イゾルデ）の物語でも、ティンタジェル城は重要な舞台装置である。この物語が今日もよく知られているのは、13世紀の中世高地ドイツ語で書かれた、ゴットフリート・フォン・シュトラースブルクの叙事詩によるところが大きい――リヒャルト・ワーグナーの楽劇『トリスタンとイゾルデ』（1850年代に作曲）は、これを題材としている。このトリスタン伝説では、ティンタジェルはアーサー王ではなく、コーンウォールのマルク王の居城である。彼は美男の甥トリスタンをアイルランドへ送り、未来の花嫁となる美しい王女イズーをつれ帰らせる。当然、ふたりは惹かれあう――こんなに情熱的な乙女と、こんなに血気さかんな騎士がいっしょにいて、そうならないはずがない。しかし、彼らは忠誠と名誉を重んじる掟から、自分

左：クリジェスのロマンス（左）は、トリスタン物語の美化された不倫（右）を風刺したものだった――ここでは、両者が左右見開きのページで張りあっている。

たちの関係が許されないことを知っている。ところが、コーンウォールへ戻る航海の途中、ふたりは誤って媚薬を飲んでしまい、もはや気持ちを抑えられなくなる――ティンタジェルに着くころには、彼らは熱烈に愛しあうようになる。マルク王の純潔の花嫁もこれまでというわけだ。しかし、礼節のドラマはさらに続き、王はなにも知らないまま、イズーと正式に結婚する。トリスタンとイズーの関係――いまや「不倫」――も続いた。

> 忠誠と名誉を重んじる掟から、ふたりの関係は許されない。

つきなみな表現だが、真実の愛にまちがいなどあるはずがない。もちろん、媚薬の役割はきわめて重要である。とくにフォン・シュトラースブルクの叙事詩では、媚薬が大きな意味をもち、若いふたりは道徳を極端にそこなうことなく、情熱を追い求めることができた。この恋愛物語には多くの異なるバージョンが存在し、その大部分は悲しい結末（トリスタンの死やイズーの死）に終わるが、なぜかふたりの思いの深さが救いになっている。それはワーグナーの楽劇をはじめて聴いた者たちの感動と同じだ。このオペラの最終場面では、悲しみに打ちひしがれたイゾルデが、トリスタンの亡骸を抱きながら、「愛の死」のアリアを歌い上げる。観客は、その

上：リヒャルト・ワーグナーは、神話を題材として偉大な楽劇を生み出したが、それは人々を陶酔させた一方、しばしば有害でもあった。

下：ワーグナーの楽劇『パルジファル』は、アーサー王伝説の見せかけの騎士道に、邪悪で不穏な一面が隠されていることを示した。

豊かな叙情性に酔いしれながら、会場をあとにする。

ワーグナーの警告

　ワーグナーの楽劇が感動的で、通常の理解を超えるほどに想像力をかきたて、わたしたちをうっとりと陶酔させるものであることは確かだ。しかし、それは同時に警戒すべきものでもある。わたしたちの認識に限界があることを知るのはけっして悪いことではないが、非合理主義を信奉する人々は、ふつうの良識を置きざりにしがちだ。ワーグナーの反ユダヤ主義は、彼の音楽が崇高であるのと同じくらい下劣なものだ——彼の作品において、当時の歴史研究から明らかになった史実を避ける手段として、古代ケルトや古代ゲルマンの神話が利用されていることは明白だ。その約半世紀後、ヒトラーとヒムラーは、ワーグナー作品のなかに、本質的に乱暴で、人種的優越感に支配された、新たなナショナリズムの根拠を見出した。

　ワーグナーのもうひとつの楽劇『パルジファル』（1882年）も、もとはケルト神話を起源とする作品で、聖杯伝説を題材としている。これを鑑賞した経験は、のちにナチの宣伝相となる若きヨーゼフ・ゲッベルスの人格形成に、大きな影響を

あたえた。物語では、妖術使いのクリングゾル率いる反騎士道的な暗黒勢力に対し、アーサー王の騎士たちを背景に、パーシヴァル(パルツィファル、パルチヴァール)の存在が前面に押し出されている。なかにはクリングゾルをひとつの暗号と考える者たちもいたが、それはワーグナーがユダヤ人を腐食性の有毒な人種として見ていたからだ。こうした解釈はけっしてまとはずれなものではない。ただし、ゲッベルスとともに、グスタフ・マーラーのような偉大なユダヤ人作曲家もまた、『パルジファル』に大きな影響を受けることになったということも、心にとめておくべきだ。

上:ウォルター・スコットは、スコットランドの文化に織りこまれたケルトのロマンを形にすることで、ケルトの思想に新たな(死後の)命を吹きこんだ。

一方、ワーグナーのように極端に走ることなく、ケルト文化のロマンティックな「野性」をとりいれる者たちもいた。スコットランドの作家、ウォルター・スコットの小説は、ヴィクトリア朝時代にヨーロッパや北米をはじめ、世界の大部分を席巻し、その後も無数の詩や戯曲やオペラに影響をあたえた。彼の小説は、「スコットランドらしさ」をステレオタイプ化し、結果的にその品位を傷つけたという批判を受けやすいが、彼の作品のもっとも有害な遺産は、タータンやショートブレッドといった俗っぽいイメージを生んだことだ。スコットがとくに興味深いのは、当時のスコットランド文化に織りこまれていたケルトの野性的な要素をとりいれることで、少々退屈でかたくるしくなっていた、確立されたイギリス文化に活を入れようとしたところだ。イギリスは、世界有数の先進的産業による豊かな経済力を支えとして、海軍や植民地征服軍によって、最近でいうところの「ハード・パワー」を増大させた。その一方、彼らはこのロマンティックで神秘的な「ケルトの」要素をとりいれることによって、重要な「ソフト・パワー」もものにした。実際、ヴィクトリア女王がバルモラル城を建設し、スコットランドのカントリー・ダンスが流行し、兵士たちがバグパイプの楽隊のうしろを行進する

ようすは、イギリスの外的なイメージに確かな彩りをもたらした。

ケルト人への優越感

マシュー・アーノルドの評論『ケルト文学の研究（The Study of Celtic Literature）』（1866年）には、19世紀のより緻密な考察が記されている。ただし、それはより緻密ではあるが、かならずしもより深みがあり、より信頼できるとはかぎらない。アーノルドの考え方——ケルト人は本質的にきわめて叙情的な素質をもっていたが、それをより偉大で永続的な文学に昇華させるだけの能力に欠けていた——には、アイルランド人やスコットランド人、ウェールズ人に対するイングランドの一般的な態度がうまく要約されている。アーノルドはケルトの遺産について論じているくせに、ケルト語のまともな知識がないとして、当初から彼を批判する者たちもいた——本人は、このことをたいした問題と考えていなかった。そして1900年代になってはじめて、ひとりの批評家（アドルファス・ウィリアム・ウォード）が、そんな状況で「批判という危険な芸当をするなど、われわれの文学でもみられないほど無謀だ」と公に指摘した。

しかし、アーノルドの考え方に見え隠れする尊大さは、

右：残酷な皮肉だが、イングランドの多くの人々にとって、アイルランドの飢饉は、ケルト民族の幼稚な無力さを印象づけただけだった。

人種理論

19世紀の多くの人々が重視した人種理論は、いくら科学的に聞こえる用語によって知的に見せかけても、いまでは時代遅れの偏見にしか思えない。しかし、じつはそれが真実であった可能性がある。賭けの配当金を払わないなど、約束を破る行為を意味するwelshという動詞が、口語の英語で使われていたのは、つい1860年代のことだが、12世紀のウェールズのノルマン人司教、ギラルドゥス・カンブレンシス（右）の報告には、そうしたウェールズ人の軽薄な性質を示唆するものが、ずっと真面目に、そして学問的に記されている。彼が伝えるところによれば、

> ウェールズの人々はめったに約束を守らない。というのも、彼らの心は、その体が機敏に動くのと同様に、ころころと変わりやすいからである。彼らになにかまちがったことをさせるのはごく簡単で、いったんはじめたことをやめさせるのも簡単である。彼らはつねにすばやく行動し、人から非難されるようなことをしているときは、とくにそうだ。彼らに唯一変わらないところがあるとすれば、しょっちゅう気が変わるという性質だろう。

無邪気で愛嬌のあるケルト人だが、彼らの精神は、大人ならもっていて当然と「わたしたちが」考える安定性に欠けているのではないか…。これは、アングロ・サクソンの文化に根強く残る偏見のひとつである。

1840年代のアイルランド飢饉に対するイングランドの対応において、すでにはるかに不穏な形で表れていた。1845年（とその後の数年間）に続いたじゃがいもの不作の直接的原因は、「ジャガイモ疫病菌」による病だった。しかし、100万人もの人々の命を奪い、さらに100万人もの人々に国外への移住を余儀なくさせた飢饉（その過程で、アイルランドに残っていたゲール語のケルト文化も失われた）の惨禍は、アイルランド人がもともと反抗的で無能な民族で、依存体質の怠け者だという偏見の結果でもあった。アイルランドの人々のいらだちがつのり、不在地主に対する怒りが高まると、村レベルで農業不安が生じた（さらに広い舞台では、フィニアンズのような革命グループの活動も行なわれた）。しかし、

それはアイルランド人がよく見ても短気で、最悪の場合、手に負えないほど野蛮な非人間であるという印象を、アングロ・サクソン人にいっそう強くいだかせる結果となった。

　スコットランド人のトマス・カーライルは、（自身も同じケルト系であるにもかかわらず）アイルランド人は「卑しいサル」も同然と述べたが、これから「人種理論」の黄金期を迎えようとしていた時代には、そんな主張も気軽にできたようだ。その数十年後、いかにも科学的に聞こえる理論の数々が登場し、白人には、アフリカやアジアの国々すべてに支配と秩序をもたらす「責任」があるという自明の運命を、まことしやかに「証明」しはじめた。そしてもちろん、ユダヤ人に対する秘かな憎悪も表面化してきた。そうした状況では、なかでも公平で情け深いイングランド人が、「生来の」叙情性や無邪気なユーモアをもった「ケルト系」民族に対して、少しくらい軽蔑した態度を見せても、たいした問題にはならなかったようだ。

移民と異郷生活

　19世紀を特徴づけたのは、人種理論や植民地政策の高まりだけではなく、経済のレッセ・フェール（自由放任主義）もそうだった。独善的な自由市場原理が、アイルランド飢饉に対するイギリスの無干渉に正当な根拠をあたえ、短期的にも長期的にも、その影響をさらに深刻化させた。ケルト諸国は何世紀にもわたって、ヨーロッパ西端の貧しい地域に追いやられていた——こうした地域は、ヨーロッパ大陸における経済危機の影響をまっさきにこうむった。そのため、アイルランドから大西洋を渡る移民につづいて、ガリシアやブルターニュでも、多くの移民が生まれた。

　もちろん、「ハイランド放逐」によって大きな打撃を受けていたスコットランドでは、さらに多くの移民が生じた。アイルランドにおいてと同じく、近代の正統派経済学は、それまでの生活様式に大きな混乱をもたらしていた——何世紀も

続いてきた伝統的な氏族制度もまた、崩壊しようとしていた。しかし今回、古くからのケルト文化を破壊しようとしていたのは、支配的なイングランドのエリート層ではない。古いやり方をすてようとしていたのは、ハイランドの氏族の首長たち自身だった。私腹を肥やし、ぜいたくに暮らすことを夢見た彼らは、所領を牧羊地として明け渡すため、（それまで同じ氏族の一員だった）小作人を何千人とたちのかせはじめた。

下：スペイン語で育ち、ガリシア語で書くことを選んだロサリア・デ・カストロ（1837-85）は、「サウサーデ」を詩にした。

　その後のケルト系の作家や画家たちによって、この時期に生み出された創作物の多くが、暗く陰気な雰囲気をもっていたことは驚くにあたらない。ガリシアの詩には、この特徴的な哀調を表す言葉さえあった——サウダーデ（切なる郷愁や憧憬）。ガリシア最大の詩人、ロサリア・デ・カストロはこう表現している——「かつては安らぎと喜びだけが支配していたこの場所で、いまはすべてが無言の静けさ、悲しみ、痛みに包まれている」。聞き慣れた声が消え、友や肉親とも別れ、祖国を離れて暮らすことのむなしさ、そして言葉にできないほどの耐えがたい郷愁。これらは、この時期のガリシアに残された遺産となった。ケルト周縁部のほかの作家たちも、まったく同じ思いを表現することになった。マヌエル・リバスの『すべては静寂（All is Silence）』（2010年）という最近のガリシア語の小説では、大規模な離散が生じていた当時の人々と同じく、登場人物がこう述べている——「ガリシアの半分はそのそとにある」

　リバスはさらに、物語の舞台となっている海辺の村のすぐはずれにある、古い校舎をこう描写している。それは自然に「よりかかり、支えられている」ようだ——「そうした廃墟は、消えたくても消えられず、壁をおおうツタによって、しがみつかれるというより、しばりつけられている」。その逆さまの感覚、すべてが裏返しという感覚、目のまえの現実がそれを超えたものによって構築されている感覚、その国が故郷を離れた者たちによって構成されている感覚は、ケルト周

吟遊詩人と恥知らず

ヨロ・モルガヌグ（本名の洗礼名はもっと平凡で、エドワード・ウィリアム）は、スコットランドのジェームズ・マクファーソンに相当するウェールズの詩人である。あらゆる意味でそういえるのは、この近代ウェールズ語の最初の吟遊詩人が、驚くべき才能の持ち主である一方、まぎれもない詐欺師だったからだ。彼という人間を記憶にとどめるとき、どちらの面を優先すべきかを決

めるのは非常にむずかしい。モルガヌグが「発見した」という中世の写本の多くは、彼の死後に贋作だったことが判明した。しかし、彼がウェールズ語を近代の文学語として、新たに復活させたことはまちがいない。

オシアン・スキャンダルがすでに明るみに出ていた1770年代、モルガヌグはロンドンへ出て、当時、規模は小さいながらも高まりつつあった、ウェールズ語の古物研究や文学シーンにくわわった。ただし、真の愛好家たちは、落胆することをおそれて近づかなかった。モルガヌグは仲間のメンバーたちと、ウェールズで初のアイステズヴォド（eisteddfodau）を開催しようと活動した。これは音楽や詩の朗読、踊りによって、ウェールズの文化を祝う芸術祭のようなもので、1789年にベラで開かれた最初のナショナル・アイステズヴォドへの道を開いた。

しかし、価値ある伝統だったこのイベントも、世紀末までにはすたれていった。一般のウェールズ人たちは、これに参加する必要性を少しも感じていなかったからだ。ウェールズ人が団結して、自分たちの祖国やその文化を守ろうと奮起したのは、彼らがサクソン人に攻撃されていると感じたときだけだった。そんな彼らを挑発したのは、いまでは信じられないような文書だった――「ウェールズの教育事情に関する調査報告書」という、1847年の政府の「青書」（表紙が青一色であることからそうよばれた公式文書）。その作成者は、あきらかに議会にふさわしくない言葉で、自分の考えを述べていた。彼の見解（というよりみずから策定した法律。この人物は政府の公式政策を打ち出していた）によれば、ウェールズは「無知で不道徳な未開の僻地」で、ウェールズ語の「教育」はこの地域の発展をさまたげるという。そこで英語が教育の手段とされ、その後の数年間でさらに実績をあげるため、母語を話した子どもの首には、「ウェールズ語禁止」と書かれた小さな札がかけられた（公正な立場でいうなら、言語だけがウェールズの問題ではなかった。英国国教会の官僚主義を考えれば、非国教会派のウェールズ人の宗教的見解がプラスに働いたはずはない。皮肉なことに、彼らの徹底したプロテスタントの信仰は、カトリックの信仰がアイルランドの農民たちを苦しめたのと同じように、彼らをひどく悩ませたようだ）。とはいえ、いわゆる「青書の反乱」は、モルガヌグとその仲間たちができなかったこと――ウェールズの地で文化的復興を活発化させること――を果たしたようだ。

縁部の国々すべてに共通するもので、ケルトの遠い過去との継続性を表している。ふたつの領域が重なる「境界域」が、ここでも物事の美的根幹をなしているようだ。

リールの子どもたち

　ケルトの伝説がいまもわたしたちの心をわくわくさせるのは、おそらく、憧れの気持ちからだろう。ここまでは、マシュー・アーノルドも正しかった——彼の考え方は尊大で、その結論はまったく学問的ではないが、いまもわたしたちの想像力を虜にしているのは、ケルトの豊かな叙情性であることは確かだ。壮大な冒険から上質な喜劇まで、ケルト神話がどんな功績を残したにせよ、わたしたちがしばしば、その切なる情感に心をゆさぶられてきたことはまちがいない。ケルトが残した伝説のなかで、もっとも感動的な神話のひとつに、リール（リル）の子どもたちの物語がある。それはボォヴ（ボドヴ）・デルグの登場からはじまる。じつは『クーリーの牛争い』の物語で、ボォヴには少しだけ会っている。マンスターの王だった彼は、不運にもルフトの主人であり、ルフトとそのライバルの豚飼いフリウフとの争いが原因で、この無益な戦争がはじまったのだった。しかし、ボォヴはかつて神であり、ダーナ神族の王ダグザの息子にして跡継ぎという過去をもっていた。ところが、そんな彼の権威に、ウェストミースの小国の王リールがたてついた（リールという名は、ウェールズのスィールのような古代の海神レールと重なる——けれども、ブリテン島のケルトの王は海神ではなく、この不幸な父親の物語は『リア王』として、シェークスピアの戯曲になった）。敵を懐柔したかったボォヴ・デルグは、娘のイーヴをリールの妻としてあたえた。この結婚は幸せなもので、ふたりは4人の子どもに恵まれた——長女フィノーラ（フィヌラ）と長男イード（エイ）、そして双子の弟フ

下：ダブリンの記念公園にある彫刻家オイシン・ケリーによる「リールの子どもたち」の像は、アイルランドの自由闘争で亡くなった人々を追悼している。

ィアクラ（フィアフラ）とコン。

ところがイーヴが亡くなり、家族は深い悲しみに沈んだ。孫たちを元気づけ、リール王との婚姻関係も維持したかったボォヴ・デルグは、彼にイーヴの妹イーファ（アイフェ）を妻として差し出した。イーファという名は「輝く美しさ」を意味したが、彼女は外見ではそれにかなっていたが、気性はまったく陰険だった（ちなみに、彼女もほかの神話に登場している――なかでも有名なのが、女戦士スカサハの双子の姉妹として、一時はクー・ホリンの愛人となり、不運な息子コンラを産んだ）。イーファはその愛らしさに似あわず、イーヴを亡くした父親と子どもたちが、彼女への思慕によって強い絆で結ばれていることを、苦々しく思った。

白鳥にされた子どもたち

残された父子にとって、最愛の義妹であり、叔母であったはずのイーファは、あっというまに嫉妬深い妻、そして「意地悪な継母」へと豹変した。もしこの憎らしい子どもたちがいなければ、自分たちの結婚はうまく行くのに…と彼女は感じた。そこで彼らを追いはらう方法を必死に考え、ついにそれを実行しようと決意した。ある日、子どもたちを祖父に会わせるため、彼らをつれてボォヴの宮廷へ旅していたイーファは、供をしていた家来に継子たちを殺すように命じた。家来が驚いて後ずさりすると、彼女は逆上し、自分で子どもたちを殺そうとした――が、いざとなると、そんな気になれなかった。けれども、彼女の悪意は消えなかった。子どもたちを永遠に自分の人生から追い出そ

下：ある中世の神話によれば、1頭の鯨が聖ブレンダンの一行を助け、航海の無事をたたえたという。

うと決めたイーファは、彼らを白鳥に変え、ほかの鳥たちとともに空へ放った。彼らは300年間、デラヴァラー湖——ウェストミースの父親の城の近く——の水と葦原のなかで暮らさなければならなかった。その期間がすぎると、今度ははるか北方へ飛ばされ、スコットランドのキンタイアとアイルランドのアントリムの海岸のあいだのモイルの海で、ふたたび300年をすごさなければならなかった。最後に、彼らは西のメイヨー州沿岸に細長く伸びたスルワッダコン湾へ飛ばされ、そこで（いまでも鳥や野生動物の保護区となっている）さらに300年をすごすことになった。イーファによれば、4人はイニッシュグローラ島の沖合で、ついに自由を得ることになっていた。彼らは「天の鐘」によばれる、とイーファは約束した。

> 彼らは「天の鐘」によばれる、とイーファは約束した。

　偶然にも（あるいは神の恵みにより）、900年がすぎたそのころ、この隔絶された岩だらけの島は、偉大な聖ブレンダンの隠棲の場となっていた。ブレンダンは、皮張りの網代舟で北大西洋を渡り、アイスランド（一部の学者によれば、アメリカか）へ大航海したことでおもに知られるが、母国アイルランドでの布教活動においても、重要な人物だった。ある朝、彼がイニッシュグローラの岸辺を歩いていると、すぐ沖合に4羽の悲しげな白鳥を見かけた。その瞬間、礼拝堂の鐘が鳴った。突然、リールの子どもたちはイーファの呪いから解きはなたれ、人間の姿に戻った。もちろん、すでに900歳を超えていた彼らは、もはや「子どもたち」ではなく、生きたミイラのようだった。彼らはそのままずぐに朽ち果て、遺体はこなごなに砕けて塵となった。しかし、当時のアイルランドで広く行なわれていた新しいキリスト教の儀式により、4人は埋葬され、祈りを捧げられて、安らかな眠りと復活を願って、土にゆだねられた。

魂の眠り

　この物語のべつのバージョンでは、神の使いとして彼らを救ったのは、ブレンダンではなく、アイルランドの守護聖人、聖パトリックだった。しかし、そんなことは問題ではない。重要なのは、イーファの呪いから解放される子どもたちが、異教信仰や無知や罪から解放されるアイルランドに重ねられているということだ。白鳥に変えられた子どもたちの苦境は、いまだ目覚めぬ魂の眠りを象徴している。それから数世紀後、愛国心の強いアイルランドの人々は、イングランドに対するあまりにも受動的な政治姿勢のなかで、祖国がふたたび眠りについてしまったと感じることになった。実際、ロマン主義の詩人トマス・ムーアの「フィノーラの歌」（1811年）では、リールの子どもたちの物語が民族主義的に解釈されている。

　静かなれ、おおモイルの海よ、とどろき響く大水よ、
　絶やすなかれ、海風を、その安息の連なりを、
　一方で悲しげにささやきながら、リールの孤独な娘が
　夜空の星に痛ましいその身の上を語る。
　みずからの死の調べを歌う白鳥は、
　　いつになれば眠りにつき、暗闇にその翼をたためるのか。
　　いつになれば天はその甘美なる鐘の音を響かせ、
　　わが魂をこの荒ぶる世界からよびもどしてくれるのか。
　悲しきかな、おおモイルの海よ、むせび泣く冬の荒波よ、
　　わが身は何年も運命に苦難を強いられている
　　それなのにいまだエリン［アイルランドの古代名］は暗闇に眠ったままで、
　　清らかな光は夜明けを告げようとしない。
　　いつになれば太陽がゆったりと姿を現し、
　　われらが島を安らぎと愛で温めてくれるのか。
　　いつになれば天はその甘美なる鐘の音を響かせ、
　　わが魂を高みへよびもどしてくれるのか。

この詩の旋律は、ジェームズ・ジョイスの「二人の伊達男」（1914年の『ダブリンの市民』に収録）のなかで、ダブリンの路上のハープ弾きが奏でている——皮肉にも、「伊達男」たちは「いかした女」［訳語は『ダブリンの市民』（結城英雄訳、岩波書店、2004年）より］のことを軽薄に話している。アイルランドが「眠っている」「暗闇」とは、植民地政策の抑圧をはじめ、プチ・ブルジョア階級の俗物根性、自己満足の凡人、そして女のことを話すこのふたりの若者の下劣さまで、なんでも意味したかもしれない。風刺詩『火口からのガス (Gas from a Burner)』（1912年）で、ジョイスはアイルランド自身が「継母」だと冗談めかして言っており、1922年の『ユリシーズ』では、主人公スティーヴン・ディーダラスにこう告白させている——「歴史というのは、ぼくがなんとか目を覚ましたいと思っている悪夢なんです」［ジェイムズ・ジョイス『ユリシーズⅠ』（丸谷才一・永川玲二・高松雄一訳、集英社、1996年）］

ケルトの白鳥の歌

　ゴールウェー州にあるクール・パークの敷地内を散歩していたＷ・Ｂ・イェーツにとって、白鳥の群れの光景は、生死のサイクルや失恋、若さの消失やその幻想、厳然たる時間の流れに翻弄される人間の浮き沈みに対して、自然の超然とした美しさを感じさせた。毎年、秋になると、彼は思いをめぐらし、クールを訪れ、「静かな空を映す」この「あふれんばかりの水辺」を歩いて、つねに変わらないように見える白鳥たちを眺める。

　あの輝やかしい生きものを私は見てきたが、
　今は胸が痛む。
　あれからすべてが変ったのだ、私があのタぐれ
　初めてこの岸で
　鐘を打つような翼の音を頭上に聞いて

足どり軽く歩いたときから。

白鳥たちは疲れを知らない。恋人とつれだって、
身になれた冷たい流れにあそび、水面を泳いだり、
空中に舞いあがったりする。
彼らのこころは年をとらない。
どこへ行っても、情熱と征服が
彼らに伴なう。
——「クール湖の白鳥」(1917年)
[『イェイツの詩を読む』(金子光晴・尾島庄太郎訳、野中涼編、思潮社、2000年)]

イェーツの友人(で、クール・パークの所有者だった女主人)のオーガスタ・グレゴリーも、1905年に訳した「リールの子どもたちの運命」をふくめて、多くのアイルランド神話を英語に翻訳していた。けっして明確に言及されているわけではないが、この詩を読むと、あのリールの子どもたちの伝説がわたしたちの脳裏をかすめる。結局、ケルト伝説がいまの時代の意識のなかで果たしている役割とは、こういう遠まわしなものなのだろう——矛盾するように聞こえるかもしれないが、それはあからさまでないからこそ、わたしたちの心に強く印象づけられる。同じように、ケルト人は謎めいて

下：クール・パークの水面をすべるように進む白鳥（それとも精霊か）。ケルトの伝説は、わたしたちに不思議で魅惑的な世界観をあたえてくれる。

いるからこそ、どこまでもわたしたちに影響をおよぼすのであり、彼らの伝説はしばしば不完全で、秩序や調和に欠け、ときにはまったく理解不能であるからこそ、わたしたちを惹きつける。ケルト神話は、たしかに霞がかかったように見えにくい。しかし、そのおぼろげな姿と間接的なイメージは、わたしたちの心に深く根を下ろし、いつの時代も想像をかき立てる。その点で、ケルト神話は、これ以上ないほどに現代的なのかもしれない。

用語解説

『アイルランド来寇(らいこう)の書』：11世紀にはじめて記された、アイルランドのきわめて神話的な「歴史書」。

アリル・マク・マータ：コナハトの王で、女王メイヴの夫。

アルスター：アイルランド最北部にあった王国で、西はドニゴールから東はアントリムまで広がっていた。

イスバザデン：巨人の王で、オルウェンの父。

エポナ：ガリアの馬の女神で、のちにローマ人の信仰にとりいれられた。

オシーン：フィン・マックヴォルの息子で、アイルランド最大の吟遊詩人としてたたえられた。

オッピドゥム：ガリアにみられるケルトの城塞都市に対して、ローマ人がつけたよび名。

オルウェン：イスバザデンの娘で、ウェールズでもっとも美しい乙女。キルッフに求婚される。

ガリシア：スペイン北西部にあった古代ケルトの王国（ポーランドとウクライナの国境沿いにも——ケルト人が定住したとされる——ガリツィアがある）。

キルッフ：『キルッフとオルウェン』の主人公。継母にかけられた呪いにより、オルウェンをめとるための冒険の旅に出る。

クー・ホリン：『クーリーの牛争い』に登場するアルスターの英雄。幼名のセタンタから、のちに「クランの犬」を意味する名でよばれるようになった。

『クーリーの牛争い』：アルスターとコナハトの戦いを記した古代アイルランドの叙事詩。最初に書かれたのは12世紀と考えられているが、舞台はその1000年以上も昔である。

コナハト：アイルランド北西部にあった王国で、現在のゴールウェーからスライゴー州のあたりに広がっていた。

サウィン：毎年10月の終わりに行なわれる（のちのハロウィーンのように）、闇と死と冬の到来を告げるケルトの祭り。

シー：アイルランドの伝説の妖精族で、かつて神々とみなされていた（この言葉は、彼らの棲み処とされる塚をさすこともある）。

ダーナ神族：トゥアサ・デ・ダナン。文字どおりには「ダヌの一族」を意味し、古代アイルランドのケルトの神々にあたえられた名前。

タリエシン：名高い戦士で、ウェールズでもっとも偉大な吟遊詩人。

ダール・リアダ：1千年紀なかば頃にあったケルトの王国で、アルスター北東部とスコットランド南西部のあいだの海峡をまたいで広がっていた。

ディンヘンハス：特定の場所の名前についての神話的起源を記したアイルランドの古文書。

ドン・クーリー：クーリーの褐色の雄牛で、巨大な種馬。これをめぐって『クーリーの牛争い』がくりひろげられた。

ハルシュタット：アルプスの山々に囲まれたオーストリアの考古遺跡。初期ケルト文化（紀元前800年～600年頃）の名前にもなっている。

フィアナ騎士団：クヴォルと、その息子フィンを首領とする無頼の戦士たちの一団。

ブイス：『マビノギオン』に出てくるダヴェド（ウェールズ南部の王国）の王で、プリデリの父。

フィンネガス：フィン・マックヴォルにうっかり知恵の鮭を引きあわせた老ドルイド。

フィン・マックヴォル：アイルランド神話の英雄で、フィン物語群の主人公。スコットランド神話の重要人物でもある。のちに半分漫画のような巨人として登場するようになる。

プリデリ：ダヴェドの王子で、ウェールズの神話物語集『マビノギオン』の主人公のひとり。

ベルテーン：毎年5月1日に行なわれた、夏のはじまりを告げる伝統の祭り。

『マビノギオン』：ウェールズに伝わるケルトの神話集。収集されたのは14世紀だが、記されたのは12世紀——さらにその何百年もまえから口伝えされてきた。

マンスター：アイルランド南西部にあった王国で、現在のクレア州からコーク州のあたりに広がっていた。

メイヴ：『クーリーの牛争い』に出てくる、美しいが残酷なコナハトの女王。

ラ・テーヌ：スイスにある考古遺跡で、ケルトのきわめて装飾的な芸術様式の名前になっている。

リアンノン：ブイスの妻で、プリデリ王子の母。ウェールズ神話では、母親の理想像。

ルナサ：太陽と、収穫の時期のはじまりを祝う祭り。

訳者あとがき

　シー（*Sídhe*）はいつもそこにいる——アイルランドでは、古くからそういわれてきた。シーとは、ケルトの妖精族のことで、丘のうえの塚に棲んでいるという。彼らの世界は、わたしたちが「現実」とよんでいる世界のすぐそばにあり、しばしばこちらの世界に姿を現しては、不可思議な現象をひき起こす…。ケルトの伝説では、このシーのような妖精をはじめ、三相女神のモリガンや父神ダグザといった神々、クー・ホリンやフィン・マックヴォル、キルッフといった超人的な英雄、さらには魔法使いや巨人、怪物、精霊など、ありとあらゆるキャラクターが登場し、奇想天外なストーリーがくりひろげられる。その世界観は、けっしてひと言では言いあらわせない。変幻自在で刹那的、混沌として無限、叙情豊かで衝動的——ケルトのイメージはつかみどころがなく、どこまでも謎めいている。

　さて、本書は、2016年にイギリスのAmber Booksより出版された*Celtic Legends: Heroes and Warriors, Myths and Monsters*の翻訳である。著者のマイケル・ケリガンは、古代史を中心に幅広い執筆活動を行なう歴史家で、邦訳も数多い。そんな彼が住んでいるのは、アイルランドとならぶケルトの聖地、スコットランドだ。ケルトの名残は、ほかにもウェールズ、コーンウォール、ブルターニュ、ガリシアなどにもみられ、さまざまな神話や伝説が受け継がれている。ここで、ケルトについて少し説明しておきたい。ケルト人は、紀元前1千年紀の中央ヨーロッパを起源とし、やがて大陸全土に広がり、各地ですぐれた技術や芸術を生み出した。しかし、ローマ帝国の拡大にともない、最終的に「ケルティック・フリンジ」とよばれるヨーロッパ周縁部に追いやられた。また、ケルト人は文字の読み書きをせず、記録文書をいっさい残さ

なかった。その結果、彼らは「ほとんどいつも他者の目をとおして伝えられてきた」。実際、本書で何度もふれているように、今日あるケルトの物語は、中世のキリスト教修道士が記した写本によるもので、異教徒を蔑視していた彼らは、ケルトの物語を都合よく書きかえた可能性が高い。つまり、現在知られているケルトの伝説は、オリジナルではなく、偏見によって編集されたものというわけだ。ケルトがいまも多くの謎につつまれているのは、こんな背景も関係している。

とはいえ、謎が多いということは、それだけ想像の余地があるということだ。自由で生き生きとしたケルトの世界にふれていると、ほんとうに「あの世」は「この世」のすぐ近くにあるように思えてくる。日本語にも「他界」という言葉があるように、それは死ぬとか生きるとかではなく、ただべつの世界に引っ越すというだけのことなのかもしれない。訳者のわたしはまだアイルランドにもスコットランドにも行ったことがないけれど、そこには現実の世界と精霊の世界がまじわる「境界域」があるという。波が激しくうちつけるディングル湾で、あるいは夕暮れどきのヘブリディーズの海岸で、ふいに風景がゆらいで見えたら、そしてどこかへつれさられるような感覚におそわれたなら、それはもうひとつの世界への入り口にいるということだ。わたしもいつかケルトの地を訪れて、そんな恍惚を体験してみたい…。

なお、翻訳においては、おもにミランダ・J・グリーン『ケルト神話・伝説事典』（井村君江監訳、渡辺充子・大橋篤子・北川佳奈訳、東京書籍）とベルンハルト・マイヤー『ケルト事典』（鶴岡真弓監修、平島直一郎訳、創元社）を参考にさせていただいた。説明によれば、前者は現代アイルランド語、後者は古アイルランド語の発音にもとづくカタカナ表記をめざしたとされている。本書では、原則として、前者の現代アイルランド語によるカタカナ表記を採用し、初出のときのみ、かっこ内に後者の古アイルランド語による表記を併記し

た。いずれにせよ、アイルランド語やウェールズ語といったケルト語のカタカナ表記は、現在のところ、標準化されていないため、場合によっては、訳者の判断で適当な訳語をこしらえた個所もある。このほか、ジャン・マルカル『ケルト文化事典』（金光仁三郎・渡邉浩司訳、大修館書店）および井村君江『妖精学大全』（東京書籍）、「クーリーの牛争い」についてはキアラン・カーソン『トーイン――クアルンゲの牛捕り』（栩木伸明訳、東京創元社）、『マビノギオン』についてはシャーロット・ゲスト『マビノギオン――ケルト神話物語』（アラン・リー挿画、井辻朱美訳、原書房）および『マビノギオン――中世ウェールズ幻想物語集』（中野節子訳、JULA出版）を参考にさせていただいた。可能なかぎりの調査と推敲を重ねたつもりだが、訳者の不勉強による誤りもあろうかと思う。ご教示いただければ幸いである。

　最後に、本書の刊行にあたって、編集の労をとってくださった株式会社原書房の寿田英洋さんと廣井洋子さん、ならびに翻訳のご縁をくださったオフィス・スズキの鈴木由紀子さんに、心からお礼を申し上げます。また、日々の翻訳作業を支えてくれた家族にも感謝します。

2018年2月　高尾菜つこ

索引

イタリック体は図版ページ。

ア

IRA（アイルランド共和国軍）　71
アイステズヴォド　238
アイルランド　56-8, 60-3
　アイルランド飢饉　*234*, 235, 236
　『アイルランド来寇の書』　56-7
　アルスターの戦争　65-131
　移民　236
　北アイルランド「紛争」　71, 134
　言語　24
　シー　63, 122, *133*, 150, 219
　ダーナ神族（トゥアサ・デ・ダナン）　52-5, 60, 62-3, 239
　ディンヘンハス　36-7, 63, 66
　哲学　56-7
　背景　3-7
　フィン物語群　133-65
　風景のなかの伝説　29, 36-8, 50
　「貧しい老婆」　224
　祭り　61
　リールの子どもたち　*239*, 239-45
　レプラホーン（レプラコーン）　223
アイルランド飢饉　*234*, 235, 236
『アイルランド来寇の書』　56-7
アイン・ニック・フィン　155
アヴァッズ　207
アヴェギン・マク・エキト（アワルギン・マク・エギド）　87-8
アグリコラ、ユリウス　26
アーサー、王　169, 172, 180, 181-4, *183*, *184*, 192-6, 206, 213, 217-8, 230, *230*, *232*, 233
アース（アート）・ファーディア（「ファーディアの浅瀬」）　128
アッピアノス　25
アート（アルト）、王子　158
アニミズム　34
アヌ　50
「アヌの乳房」　50
アーノルド、マシュー　234, 239
アラウン　181, 197
アリストテレス　137
アーリュー　159
アーリューの息子たち　159
アリル・マク・マータ（マーガハ）、王　81, 96, 97-131
「アルスター植民」　71
アルスターの戦争　29-30
アルスター物語群　69-70
アルバ、王　78-9
アレクサンドロス大王　20
アンヌウヴン（アンヌヴン）　197
イーヴ　239-40
イェーツ、ウィリアム・バトラー　4, 44-5, 84, *144*, 243-4
生贄
　動物の　*42*, *43*
　人間の　*31*, 32
イスバザデン（アスバザデン）　179, 185, 187-90, *189*, 192, *195*, 195-6
イタリア　10, 19, 20, 24
イード（エイ）　239-45
衣服　12, 16, 17
イングランド　24, 41
ウィリアム、エドワード　238
ウェード、将軍　160
ウェルキンゲトリクス　24, *25*
ウェールズ　24
　神々　52
　吟遊詩人　69, 206, *211*, 238
　言語　7
　とアーサー王　169, 172
　風景のなかの伝説　*167*, 169, *176*, *180*, *188*, *191*, 204-5, *208*, 211
　『マビノギオン』　167-211, *215*
　モルガン（モルゲン）　221
ウォド、アドルファス・ウィリアム　234
ウォルトン　170
「失われた都イス」　226
ウシュネ（ウシュリウ）　77
ウシュネ（ウシュリウ）の息子たち　71, 78-80, 99, 122
宴　17
馬の重要性　201
ウラド　67, 70
エヴァン・マッハ（エウィン・ワハ）　65-7, *67*, 80, 91, 128
エオヒズ（エオヒド）・サールビド　70
エオヒズ（エオヒド）・ダーラ　97
エオフ・リアダ　69
エセルスタン、王　168
エダルコウォル　117
エッシェンバハ、ヴォルフラム・フォン　172, *173*
エーディン（エーダイン）　54-5
エニド（イーニッド）　*213*, 214-5, *215*
エーハン・マク・ダルハクト（エオガン・マク・ドゥルタハト）　81, 84
エポナ　50, *52*
エマー（エウェル）　89, 89-91, 94, 95, *95*
エリ　190
エリウ　63
エルフィン　208
宴会　17
円形家屋　*75*
円卓の騎士団　172, 213-9, 233
オイフェ（アイフェ、イーファ）、イーファ（アイフェ）　90, 94, 240-5
オインガス（オイングス）、アンガス　53, 150, 152-3, 156
オウィディウス　39
大嵐　223
大釜（スコットランド）　160
オシアン　148
オシアン湖（スコットランド）　160
「オシアンの洞窟」（スコットランド）　160, *161*
オシーン　144, 145-7, *146*, *147*, 148, 160

オスカー（オスカル） 158-9
オーストリア 12-3, *13*
オーナ 163-4
オハル 96
オルウェン 171, 179-96, *185*, *196*
オールラーウ 110
オレンジ公ウィリアム 36

カ

ガウラの戦い 157-9
カエサル、ユリウス 15, 23, 25, 31, 126
家屋 *75*
「輝ける財宝」 73
カーク、ロバート 218
拡大主義 18-27, *20*, *21*
『火口からのガス』（ジョイス） 243
カスヴァズ（カトヴァド） 70, 75-6
『カス・ガヴラ』 157
カステニン（キステンニン） 185-6, 196
カストロ、ロサリア・デ 237, *237*
カタラクスの反乱（47年） 25
頚 16
神々
  アヌ 50
  エーディン（エーダイン） 54
  エポナ 50, *52*, 201
  エリウ 63
  オインガス（オイングス） 53, 150, 152-3
  グラニス 38, *39*
  ケルヌンノス *2*, 49, *50*
  サブリナ *35*, 36
  シルウァヌス 41, *42*
  スル 41, *41*
  セクアナ 36
  ソウコンナ 36
  ダグザ（ダグダ） 46-8, 53-5, 60, 239
  ダーナ神族（トゥアサ・デ・ダナン） 52-5
  ダヌ 50
  タラニス 47, *48*
  ディアン・ケヒト（ケーフト） 37-8, 60-1

トゥレン 55
ドーン 50
ナントスエルタ 41
ヌベル 223
ネヴァン（ネウィン） 31
ネフタン 52-3
ネヘレニア 50
バズヴァ（ボドヴ） 30
フーナッハ（フアムナハ） 54
ブリード（ブリギッド） 55
ベレヌス 47
ボアン（ボアンド） 36, 52-3, 55
マッハ（マハ） 30-1, 65-6
ミディール（ミディル） 54
モリガン（モリーガン） 30-2, 34, 37, 50, 100, 112-3, 118, 224
リアンノン 50, *188*, 198, *198*, 201, 202, 205-6
ルー（ルグ） 61, 122
カーライル、トマス 236
ガラス製造 15
「ガリア・キサルピナ」 20
ガリア語 24
ガリア人 *23*, 23-4
カーリオン（ウェールズ） 168-9, *169*
ガリシア（スペイン） *6*, *7*, *21*, 53
革細工 12
岩塩坑 12
カンハスティル（カナスティル）・カンロー 191
カンブレンシス、ギラルドゥス 235
キグヴァ 199, 201, 205
儀式 31, *31*, 42, *43*
北アイルランド「紛争」 71
キャメロット 172, 180, *180*, 183
ギリシア 21, 34
キリスト教 29, 33, 34, 55, *56*, 92, *93*, 172, 241
キリッズ、王 177-80
キルグリのクロウタドリ 192, 194
キルッフ（キルフフ） 171, *175*, 175-96, *180*, *185*, *189*, 195, *196*
金細工 *16*, *17*, 17-8
銀細工 17, 22

キンセラ、トマス 130
キンデリック（キンデリグ） 184
吟遊詩人 *69*, 206, 211, 238
グイネヴィア、王妃 172, *216*, 217
グウィオン 207-8
グウィディオン *204*, *205*, 206
グウェナビー 205
グウェルナブイ（グウェルン・アブイ）の鷲 193
クヴォル（クウィル） 135-6, 137, 138
クウム・カウルウイト（キウム・カウレウド）の梟 193, *193*
「グネストルップの大釜」 17, 22, *31*, *32*, 48
首環 *16*
クー・ホリン（クー・フリン） *65*, *85*, *87*, 88-91, *89*, *90*, *91*, 92-5, 95, 101-30, *110*, *125*, 128, 133, 137, 162-5
グライト（グレイド） 190
クラウディウス帝 25
グラウピウス山の戦い（80年頃） 26
グラス、ゴイデル 62, *62*
グラニス 38, *39*, 41
グラーニャ（グラーネ） 150-4, *151*, *152*
クラン *87*, 88
『クーリーの牛争い（クアルンゲの牛捕り）』 100, 102, 106, 114, 128, 130, 162, 239
「クール湖の白鳥」（イェーツ） 243, *244*
クルーニャ（クレードネ） 55
グルヒィル・グワルスタウト・イアイソイズ（グルヒル・グワルスタウト・イエセオド） 184
グレゴリー、オーガスタ 244
グレブルウィド（グレウルイド） 181
黒ドルイド 143-4, *145*
グロヌウ 167
グワウル・アブ・クリト（クラド） 198, 204
グワルフマイ（グワルフメイ） 184
ケイ（カイ） 183-93, *193*
ゲイ・ボルグ（ガイ・ボルガ）

94–5, 101, 128
ゲスト、シャーロット 174, *174*, 175, 178
ゲーテ、ヨハン・ヴォルフガング・フォン 148
ゲレイント（ゲレイント） *213*, 213–6
ケリドウェン 207–8
ゲール語 7, 148
『ケルズの書』 *32*, 33
ケルティベリア語 24
ケルティベリア文化 19
『ケルト文学の研究』（アーノルド） 234
ケルト民族
　衣服 12, 16, 17
　宴会 17
　円形家屋 *75*
　拡大主義 18–27, *20*, *21*
　ガラス製造 15
　岩塩坑 12–3
　起源 8–27
　金細工 *16*, *17*, 17–8
　銀細工 17, 22
　言語 7, 24
　交易 18
　人種的アイデンティティー 9
　ステータス 17
　製陶（ろくろ） 15
　青銅細工 *14*, 16, 18, *18*, *105*
　戦士 15–6
　哲学 57
　鉄細工 *14*, *70*
　農業 49–50
　武器 14, 16, 19, 105
　祭り 61, *140*, 141–2
　文字の読み書きをしないこと 12, 33, 106
　容姿 15
　「ラ・テーヌ文化」 19, 33, 45
ケルヌンノス *3*, 49, *50*
ケルピー 220, *221*
剣 19, 101, *105*, 176
言語 7, 24
ゴイデリック諸語 24
ゴイデル・グラス 57, *62*
交易 18
『国王牧歌』（テニスン） 213, *216*, 217
コナハト 70

コナラン 156
コナル・ケルナッハ（ケルナハ） 94
コナン、王 58–9
ゴファノン（ゴヴァンノン） 190
ゴブニュ（ゴヴニュ） 55
コーマック・コンロンガス（コルマク・コン・ロンガス） 99–100
コーマック・マックアート（コルマク・マク・アルト）、上王 150, 155
コリガン 221–2, *222*
コリック 222
ゴル・マク・モルナ 138, 157, 160
ゴレイ 196
ゴレイディズ 177
コン 135, 141, 143, 240–5
コン、王子 158
コーンウォール 7, 24, 222–3, 226, *227*, *229*, 229–31, *230*
コンホヴァル（コンホヴァル） 70–3, 76–8, 80–92, *93*, 97, 114, 130
コンラ 90, 94–5

サ
サイヴァ（サドヴ） 143–4, *145*
サウィン *140*, 141
サブリナ *35*, 36
「さまようイーンガスのうた」（イェーツ） 44–5
「さらわれた子供」（イェーツ） 4
産業 12–4
シー 63, 122, *133*, 150, 219
シェークスピア、ウィリアム 223, *225*
ジェファーソン、トマス（アメリカ大統領） 148
ジェフリー・オヴ・モンマス 168–9, 172
シケロス、ディオドロス 15, 16, 17
自然の神性 36
ジャイアンツ・コーズウェー 134, 162, *164*
『シャンターのタム』（バーンズ） 219, *220*
シュトラースブルク、ゴットフリート・フォン 172, 230–1
シューベルト、フランツ 148
樹木の神々 40–3
シュライバー、チャールズ 178
ジョイス、ジェームズ 243
植民地政策 7
ジョンソン、サミュエル 148
シルウァヌス 41, *42*
神格 →「神々」
シング、J・M 84
人種 9
「人種理論」 235–6
シンプソン、アレグザンダー 218
スアルダヴ（スアルティウ）・マク・ロイヒ 85, 92
スィウィト・アプ・キル・コイト 204
スィン・スェウの鮭 193
スウィル（フルウル） 190
スェウ 167
スカサハ（スカータハ） 89–90, 95, 125, 136
姿を変える神々 31, 38–9, 45, 46, 111, 118, 143–4, 183–93, 207
スケヴ・ソリッシュ 155–7
スコット、ウォルター 233, *233*
スコットランド 61
　移民 236
　オシアンと 148
　拡大 69
　ケルピー 220, *221*
　言語 24
　スルーア・マイ 219
　セルキー（シルキー） 219–20
　背景 7
　風景のなかの伝説 160, *162*
　祭り *140*
　妖精の存在 218
ステータスの重要性 17
スペイン 6, 7, 19, *21*, 24–5, *26*, 53, 62, *62*, 223
『すべては静寂』 237
スル 41, *41*
スルーア・マイ 219
スロヴェニア 24
「青書の反乱」 238
製陶（ろくろ） 15
青銅細工 *14*, 16, 18, *18*, *105*
聖杯 172

セクアナ 36
セタンタ（シェーダンタ）→「クー・ホリン（クー・フリン）」
セルキー（シルキー） 219-20
セルバンテス 173
セルビア 20
戦士 15-6
ソウコンナ 36

タ

大プリニウス 42
タイルトゥ（テイルトゥ） 190
ダウニング街宣言（1993年） 71
宝物
　「輝ける財宝」 73
　宝の袋 135, 142
　魔法の斧 204
タキトゥス 11
ダグザ（ダグダ） 46-8, 50, 53, 60, 239
ターシャ 133
盾 15, 16, 73
立石（スペイン） 6
ダーナ神族（トゥアサ・デ・ダナン） 52-5, 60-3, 239
ダヌ 50-2
『ダブリンの市民』（ジョイス） 243
タラ 139-41, 140, 143
タラニス 47, 48
ダーラ・マク・フィアフナ 96, 98-9
タリエシン 206-9, 209, 211
『タリエシンの書』 206, 211
ダール・リアダ 69, 133
知恵の鮭 138, 138-9
ディアドラ（デルドレ） 76-84, 77, 81, 82, 83
ディアン・ケヒト（ケーフト） 37-8, 60-1
ディサル・ヴァルヴァウク 190-1
ディムナ →「フィン・マックヴォル」
テイルノン・トゥリヴ・ヴリアント（テイルノン・トゥルヴ・リアント） 199
ディルムッド・オディナ（ディアルミド・ウア・ドゥヴネ） 150-4, 152

ティンタジェル城 229, 229-31
ディンヘンハス 36-7, 63, 66
哲学 57
鉄器時代 14-5
鉄細工 14, 70
テート・ブレック 73
テニスン、アルフレッド 173, 213, 216, 216, 217
デヒテラ（デヒティネ） 85-6, 92-3
デルグ・ディーアンスコサハ 143
デルフォイの神託 21
ドイツ 18, 19, 24
道具 14
同性愛 137
ドゥフタハ・ダイルテンガ 104
動物の生贄 42, 43
動物や鳥
　馬の重要性 201
　雄牛のドウン・クーリー（ドン・クアルンゲ） 96, 98-9, 112-3, 115, 119, 129-30
　キルグウリのクロウタドリ 192, 194
　グウェルナブイ（グウェルン・アブイ）の鷲 193
　クウム・カウルウィト（キウム・カウレウド）の梟 193
　スィン・スェウの鮭 194
　知恵の鮭 138, 138-9
　トゥルッフ・トルウィス（トゥルフ・トルイス） 192, 194
　フィンヴェナフ（フィンドヴェナハ）・アイ 96, 98, 130
　魔法の馬 146
　雌豚、つきることのない食料としての 48
　猟犬のドゥルトウィン（ドラドウィン） 190-1, 194-5
　レディンヴレの雄鹿 192
　トゥルッフ・トルウィス（トゥルフ・トルイス） 192, 194-5
　ドゥルトウィン（ドラドウィン）、猟犬 190, 192, 194
　トゥレン 55
道路建設 14
ドウン（ドン） 150
ドウン・クーリー（ドン・クア

ルンゲ）、雄牛 96, 112-3, 115, 119, 129-30
ドゲド、王 177
トラキア 21
鳥 →「動物や鳥」
『トリスタンとイゾルデ』（ワーグナー） 230-1
『トリスタン物語』（シュトラースブルク） 172
ドルイド 30, 31-2, 41-2, 70, 102, 136, 143-4
トールキン、J・R・R 174, 218
トルク 16
トルコ 22, 24
トロワ、クレティアン・ド 172
ドーン 50
ドン・キホーテ 173

ナ

ナヴァン・フォート 66-7, 66, 140
ナショナル・アイステッズヴォド 238
ナズ・クランティル 117-9
ナントスエルタ 41
ニァヴ（ニーヴ） 145-7, 146
ニューグレンジ 85, 86
二輪戦車の戦い 15-6, 126
人間の生贄 31, 31
ヌアザ、王 60-1
ヌベル 223
ヌマンティアの戦い（前134年） 25
ネヴァン（ネウィン） 31
ネス、王女 70, 72
ネフタン 52-3
ネヘレニア 50
「眠れる者たち」 159, 161
ネメズ（ネウェド）族 58-60, 59
ノイシュ（ノイシウ） 77-81, 77, 81, 82, 83-4
農業 49-50
ノッカー 222-3

ハ

「ハイランド放逐」 236
ハヴガン 197
『博物誌』（大プリニウス） 42
バズヴァ（ボドヴ） 30

パトリック、聖 147, 242
パーホロン（パルトローン）の民 58
バリー、J・M 223
『パルジファル』（ワーグナー） 232, *232*
「ハルシュタット」 12-4
ハンガリー 20
バンシー（ベン・シーデ） *4*
バーンズ、ロバート 219, *220*
『ピーター・パン』（バリー） 223
「人質の塚」 *140*
『秘密の共和国』（カーク） 218
ファーディア（フェル・ディアド） 125, 128, *128*, 137
ファンド（ファン） 95
フィアクラ（フィアフラ） 239-40
フィアナ騎士団 134-6, 142-3, *154*, 154, 156-9
フイス（ダヴェドの大公） *188*, 197-9
フィナバル（フィンダヴィル） 125, 128
「フィニアンズ」 134
フィノーラ（フィヌラ） 239-41
「フィノーラの歌」（ムーア） 242-3
フィル・ボルグ（フィル・ヴォルグ） 59-60
フィンヴェナフ（フィンドヴェナハ）・アイ、雄牛 98, 130
フィンタン 58
フィンネガス（フィネゲシュ） *138*, 139
フィンの「炊事炉」（スコットランド） 160
「フィンの民」（スコットランド） 160
フィンハイウ 88
フィン・マックヴォル（フィン・マク・クウィル） *133*, 133-65, *136*, *138*, *142*, *144*, *145*, 155, 156, *158*
フィン物語群 133-65
フーナッハ（フアムナハ） 54
フェザルマ（フェデルム） 101
フェズィルヴィス・マクディル 73-6
フェルギュス（フェルグス）・マク・ロイヒ 70, 72, 80, 82, 92, 100, 104, 106, 108-9, 114, *115*, 129
フォモール（フォオレ）族 58-62
フォルガウェン 119
フォルガル・マナハ 89, 90
武器 14-5, 19, 125
　剣 101, *105*, 176
　盾 *15*, 16, 73
　槍 19, 95, 101, 105, 125, 128
ブッカ 222
ブーディカの反乱（60年） 26
プーヘ、ウィリアム・オーウェン 174
フライヒ・マク・フザハ 106, 108-9
ブランウェン *191*, 199
フランス（ブルターニュ） 7, 18, 19, 23-4, *50*, 52, 217, 221, *222*, 223-6, *225*
フリウフ 96, 239
ブリジッド、聖 55, *56*
『ブリタニア列王史』（ジェフリー・オヴ・モンマス） 168-9, 172, 230
プリデリ（ダヴェドの王子） 181, 197, 199-206, *200*, *204*, 205
ブリード（ブリギッド） 55
ブリトン語 24
『ブリトン人の歴史』 172
ブルターニュ 217, 221, *222*, 223-6, *225*
ブルー・ナ・ボーニャ（ブルグ・ナ・ボーネ） *85*, 86
ブルナンブルフの戦い（937年） 167, *168*
ブレオガン 62
ブレスレット *14*, 16
ブレンダン、聖 *240*, 241
ブレンヌス 34
フロイト、ジークムント 8, 45, 114
ブローチ *17*
プロリーク・ドルメン *94*
ベディヴィア（ベドウィル） 183, 192-3
「ヘッド・フーレ」（百人戦士犯罪の浅瀬） 121
ベラハ・ナーネ（「飛び越し平」） 108
ベルギー 24
ベレヌス 47
ベンディゲイドブラン（ベンディゲイドヴラン）、王 199, 205
ペンドラゴン、アーサー →「アーサー、王」
ペントリース、ドリー 226, *227*
ボアン（ボアンド） 36, 52-3
ボイル、ロバート 218
宝石 17-8
　首環 *16*
　ブレスレット *14*, 16
　ブローチ *17*
ボォヴ（ボドヴ） 96
ボォヴ（ボドヴ）・デルグ 239-40
ポシドニウス 17
ボドマル 135-6, 137, 138
ボナパルト、ナポレオン 148
「炎の息の」エイレン（アレーン） 141-3
ポルトガル 24
ホワイト、T・H 218

マ
マオルシェアフリン、王子 156
マグ・トゥレドの第二の戦い 61
マグ・トゥレドの戦い 60
マクファーソン、ジェームズ 148
マグ・ムケザ 108
マク・ロト 98-9, 115
「貧しい老婆」 224
マソルフ（マソルフ）、王 199
マッハ（マハ） 30-1, 65-6
祭り
　サウィン *140*, 141
　ルナサ 61
マーナ 135-6, 137, 138
マナウィダン（マナウアダン） 200-5, *202*
『真夏の夜の夢』（シェークスピア） 223, *225*
マナナン・マク・リール（マナナーン・マク・リル） 95
マネ 115
『マビノギオン』 167-211, *215*
魔法の馬 146, *146*
魔法の斧 *204*

マボン・アプ・モドロン（マボン・ヴァーヴ・モドロン、モドロンの息子マボン）　191, 192-5, 197
マーラー、グスタフ　233
マルヴィナ　158
マン島　24, 61, 134, *134*
水、命をもつ精霊　36
水の神々　38, 52
ミディール（ミディル）　54
ミール・エスパン　62, *63*
ミレー族　62
ムーア、トマス　242
メイヴ（ミーヴ）、女王　81, 90, *97*, 97-131, *98*, *99*, 101, *120*
目印の神性　36
雌豚、つきることのない食料としての　48
メヌウ　184, 188
メンデルスゾーン、フェリックス　148
文字の読み書きをしないこと　12, 33, 106
モリガン（モリーガン）　30-2, 37, 50, 100, 112-3, 118, 224
モリス、ウィリアム　217
モルガン（モルゲン）　221
モルク　59
モンタギュー、ジョン　38

ヤ

槍　19, 95, 101, 125, 128
ヤン・ガン・イ・タン　226
『ユリシーズ』（ジョイス）　243
妖精の存在　218
「夜の子ども」　225
「夜の洗濯女たち」　224-5, *225*
「夜の羊飼い」　217
「夜の者たち」　53
ヨロ・モルガヌグ　238

ラ

ラエナス、マルクス・ポピリウス　10
ラッセル、ジョージ　84
ラ・テーヌ文化　19, 33, 45
ラーリーネ　120
ランスロット　*216*, 217
リア　135
リアス・ルハラ　135, 136, 137, 138
リアンノン（フリアンノン）　50, *188*, 198, *198*, 201, 202, 205-6
リウィウス　10
リバス、マヌエル　237
リー・バン　95
リーフィのケアブリ（カルブレ・リフェハル）　155-9
リール（リル）　239-40
リール（リル）の子どもたち　*239*, 239-245
「リールの子どもたちの運命」　244
『リンディスファーンの福音書』　33, *33*
ルー（ルグ）　61, 122
ルギド・マク・コン・ロイ　129
ルナサ　61
ルフタ　55
ルフト　96, 239
ルーマニア　20
レイアルハ（レヴォルハム）　76, 80-1
レーグ（ロイグ）　123
レディンヴレの雄鹿　192
レプラホーン（レプラコーン）　223
レポント語　24
ロハズ・マク・フィセマン　128
ローハル　113
ローマ人　10-1, 15-6, 24, 25, *25*, 26, 32, 39, 41
ローマ略奪（前390年）　10, 19

ワ

ワーグナー、リヒャルト　230, *232*, 232-3

図版出典

AKG Images: 63

Alamy: 4 (North Wind), 11 (Interfoto), 13 (Imagebroker), 18 (Art Archive), 20 (North Wind), 22 (Interfoto), 23 (Yolanda Perera Sanchez), 26 (Kevin George), 32 (Ancient Art & Architecture Collection), 33 (North Wind), 35 (Peter Wheeler), 40 (QED Images), 42 (Art Archive), 52 (Art Archive), 59 (David Lyons), 60 (Travelib Ireland), 64 (Chronicle), 66 (Robert Malone), 67 (Scienceireland.com/Christopher Hill), 69 (Doug Houghton), 70 (Ancient Art & Architecture Collection), 71 (Alain Le Garmseur 'The Troubles Archive'), 75 (John Warburton-Lee), 77 (Chronicle), 82 (Chronicle), 93 (Fine Art), 97 (David Lyons), 99 (MOB Images), 103 (Holmes Garden Photos), 105 (North Wind), 106 (Radharc Images), 109 (Steppenwolf), 112 (David Lyons), 116 (Elizabeth Leyden), 120 (Jack Maguire), 127 (Classic Image), 132 (Pictorial Press), 134 (Chronicle), 135 (Design Pics Inc), 136 (AF Fotografie), 137 (J Orr), 140 (De Luan), 141 (Mike Rex), 147 (Chronicle), 148左 (Lebrecht Music & Arts Photo Library), 152 (AMC), 161 (Cameron Cormack), 166 (Alwyn Jones), 168 (Chronicle), 170 (Stuart Walker), 173 (Interfoto), 176 (Jeff Morgan), 181 (Jeff Morgan), 183 (Art Archive), 184 (Prisma Archivo), 191 (Mick Sharp), 208 (Keith Morris), 210 (Ange), 212 (Newberry Library), 214 (Chronicle), 216 (Newberry Library), 217 (Print Collector), 218 (Print Collector), 222 (North Wind), 225 (Hemis), 226 (Roger Cracknell), 228 (Michael Wills), 230 (Celtic Collection – Homer Sykes), 231 (Falkensteinphoto), 233 (GL Archive), 234 (Print Collector), 235 (Classic Image), 237 (Pictorial Press), 238 (Graham Bell), 239 (Donal Murphy Photography), 244 (Alain Le Garmseur)

Alamy/Heritage Image Partnership: 2, 14, 16下, 17, 31, 48/49, 51, 73, 74, 83, 114, 142, 175, 232上

Alamy/Ivy Close Images: 61, 81, 95, 118, 138, 146, 204, 215

Alamy/Mary Evans Picture Library: 55, 87, 98, 102, 148右, 154, 180, 193, 220, 224

Bridgeman Art Library: 195 (Stapleton Collection), 203, 209

Corbis: 25 (Leemage)

Depositphotos: 6 (Ramonespelt1), 46 (JoannElle), 54 (MardyM), 104 (Design Pics Inc), 188 (Spumador)

Dreamstime: 5 (Gazzag), 28 (Daniel M. Cisilino), 37 (Pattdug), 62 (Ihorga), 85 (St Bernard Studio), 144/145 (Lokono), 160 (Quadrio)

Fotolia: 21 (Antonio Alcobendas), 30 (Erica Guilane-Nachez), 39 (Legabatch), 43 (Erica Guilane-Nachez), 68 (Erica Guilane-Nachez), 164 (Vanderwolf Images)

Getty Images: 15 (Hulton), 16上 (De Agostini), 94 (IIC/Axiom), 201 (Leemage), 232下 (Ullstein Bild), 240 (De Agostini)

iStock: 169 (Madmickandmo), 202 (Froggery)

Mary Evans Picture Library: 56, 58 (Arthur Rackham Collection), 89, 90, 91, 107, 111, 124, 126 (Historic England), 145 (Arthur Rackham Collection), 155 (Arthur Rackham Collection), 156 (Arthur Rackham Collection), 185 (Illustrated London News), 196, 221

Topfoto: 110, 151, 198, 205 (Fortean)

◆著者略歴◆

マイケル・ケリガン（Michael Kerrigan）

　イギリスのコラムニスト・書評家で、「スコッツマン」紙や「タイムズ文芸付録」誌などに特集記事を寄稿。著書に、『ダークヒストリー カトリック教会の歴史（Dark History of the Catholic Church）』、『ダークヒストリー3 図説ローマ皇帝史』（中村佐千江訳、原書房、2010年）、『世界の碑文』（池田裕訳、東洋書林、2010年）、『図説アメリカ大統領——権力と欲望の230年史』（高尾菜つこ訳、原書房、2012年）、『米ソ冷戦秘録幻の作戦・兵器1945-91』（石津朋之監訳、阿部昌平訳、創元社、2014年）、『写真でたどるアドルフ・ヒトラー——独裁者の幼少期から家族、友人、そしてナチスまで』（白須清美訳、原書房、2017年）など多数がある。スコットランドのエディンバラ在住。

◆訳者略歴◆

高尾菜つこ（たかお・なつこ）

　1973年生まれ。翻訳家。南山大学外国語学部英米科卒。訳書に、『バカをつくる学校』（成甲書房）、『アメリカのイスラエル・パワー』（三交社）、『ダークヒストリー 図説イギリス王室史』、『ダークヒストリー4 図説ローマ教皇史』、『図説アメリカ大統領』、『図説砂漠と人間の歴史』、『レモンの歴史』、『ボタニカルイラストで見るハーブの歴史百科』、『図説金の文化史』、『中世英国人の仕事と生活』（以上、原書房）などがある。

CELTIC LEGENDS
by Michael Kerrigan
Copyright © 2016 Amber Books Ltd, London
Copyright in the Japanese translation © 2018 Harashobo
This translation of Celtic Legends first published in 2018 is published
by arrangements with Amber Books Ltd.
through Tuttle-Mori Agency, Inc., Tokyo

図説
ケルト神話伝説物語

●

2018年4月10日　第1刷

著者………マイケル・ケリガン
訳者………高尾菜つこ
装幀………川島進デザイン室
本文組版・印刷………株式会社ディグ
カバー印刷………株式会社明光社
製本………小高製本工業株式会社

発行者………成瀬雅人
発行所………株式会社原書房
〒160-0022　東京都新宿区新宿1-25-13
電話・代表 03(3354)0685
http://www.harashobo.co.jp
振替・00150-6-151594
ISBN978-4-562-05491-6

©Harashobo 2018, Printed in Japan